枫桥经验故事集

全国公安文联
诸暨市公安局 编

群众出版社
·北京·

图书在版编目（CIP）数据

枫桥经验故事集/全国公安文联，诸暨市公安局编.—北京：群众出版社，2018.11
ISBN 978-7-5014-5890-5

Ⅰ.①枫… Ⅱ.①全…②诸… Ⅲ.①故事—作品集—中国—当代 Ⅳ.①I247.81

中国版本图书馆CIP数据核字（2018）第251793号

枫桥经验故事集

全国公安文联　编
诸暨市公安局

出版发行：群众出版社
地　　址：北京市西城区木樨地南里
邮政编码：100038
经　　销：新华书店
印　　刷：北京市泰锐印刷有限责任公司
版　　次：2018年11月第1版
印　　次：2020年6月第2次
印　　张：21.5
开　　本：787毫米×1092毫米　1/16
字　　数：275千字
书　　号：ISBN 978-7-5014-5890-5
定　　价：68.00元

网　　址：www.qzcbs.com
电子邮箱：qzcbs@163.com

营销中心电话：010-83903254
读者服务部电话（门市）：010-83903257
警官读者俱乐部电话（网购、邮购）：010-83903253
公安业务分社电话：010-83905672

本社图书出现印装质量问题，由本社负责退换
版权所有　侵权必究

枫桥的故事枫桥的人

枫桥是个有文化的地方，枫桥自然也是个有故事的地方。

枫桥的文化积淀厚重而温暖，悠长的历史画卷铺陈在这块美丽的土地上，点缀着西施浣纱的潺潺流水和王冕画荷的清气乾坤，也回响着浙东抗日根据地的激昂歌声。枫桥有雨，枫桥有风，枫桥的雨细而风轻，枫桥的故事也就温润，绵柔，有情有义，如诗如画。

枫桥的故事是丰富多彩的。而创造故事的枫桥人，自然也是有着丰富而温暖的内心世界的人。枫桥的故事和枫桥的人，如今集成这样一部厚重的书，翻开哪一页，都是家国情怀的深情倾诉，都是枫桥过往的峰回路转。

2018年是毛泽东同志批示学习推广"枫桥经验"55周年，习近平总书记指示坚持发展"枫桥经验"15周年。此时此刻，将枫桥的精彩故事重新呈现在读者面前，将枫桥人的精神风貌重新梳理和展示，是一件非常有意义的事情。

打开这本书，认识这些人，你会从一个新的角度来了解"枫桥经验"的历史，你会在被时间拉长了的讲述中捕捉到灵魂的一种鲜活和一种恒久。

你会结识曾数十次出入枫桥的周长康。作为"枫桥经验"诞生和发展的见证人和参与者，当年他和同志们到枫桥蹲点，挽起裤脚和农民一起下田劳作，和农民聊心里话，和农民讨论对"四类分子"是"文斗"好还是"武斗"好。话越说越透，理越辩越明，枫桥的故事由此拉开新的帷幕。

你会结识曾九次赴枫桥调研的徐贤辅。作为《枫桥区社会主义教育运动中开展对敌斗争的经验》的起草者之一，当年他睡在农民家的粮仓里，头枕着小小的衣服包，却在思考着枫桥故事这篇大文章的起承转合，思考着与社会治理有关的雨雪阴晴。

你会结识始终保持了农民本色的地下党员周中贤。曾在新中国成立前的残酷斗争中九死一生的老周，在新中国成立后却仍然埋头耕耘在家乡的原野上，甘心做一名默默无闻的普通农民。

你还会结识精干的派出所指导员许根贤，结识本分的生产队长魏绍和，结识改邪归正成为先进工作者的小骆。甚至，你还会结识到一位在群众教育下从满腹牢骚到心悦诚服的老地主……历史是人民书写的，在历史的每一页上，都闪耀着人民的智慧和才华。"枫桥经验"历经55年风霜雨雪，不仅没有萎缩，没有衰败，反而如经霜的梅花，以其旺盛的生命活力，向世界吐露着一种自信的芬芳。特别是习近平总书记就"枫桥经验"在新时期新时代的继承发展作出重要指示之后，枫桥的红枫更显艳丽，枫桥的风景更加壮观，枫桥的故事更有了崭新的内涵和色彩。

于是，我们又结识了老杨调解中心热情的主人，结识了穿红马甲的"红枫义警"，结识了"跑不死"的派出所教导员吴嘉军，结识了镇南警务站的"邻家警察"，也结识了更多的警察兄弟和热心的群众，结识了新时代枫桥新故事的创造者们。

55年的枫桥历史，已经构成了一部文化大书，内容丰富、饱满、热烈而深沉。它的前言，书写在历史的深处；它的后记，还孕育在未来的创造之中。我们常常以为文化是一种单一的、孤立的形态，我们以为舞台上的吹拉弹唱、书斋里的涂涂写写，画案上的挥毫泼墨才是文化。殊不知，我们的认知是狭隘的，是片面的，文化是人民书写在大地上的宏图，是历史刻画在山河间的壮丽。文化是我们在工作中、在生活里、在斗争间用汗水和才智书写下的时代篇章。还是说枫桥的故事吧，在55年不长也不短的空间与时间里，谁能不说它已经形成了一种闪耀着价值光辉的文化形态？谁能不说这故事是充满精神力量和人文色彩的社会主义文化产品？谁能不说这故事和创造这故事的人值得我们永远尊敬？

枫桥，已经成为社会主义中国的一个样板，枫桥的故事和枫桥的人，当然值得我们去了解去学习。因此，我希望亲爱的读者们以一种平静而崇敬的心境，深入到这些平凡而又不平凡的故事里，去认识和了解这些平凡而又不平凡的故事创造者，或者更准确地说，是文化创造者。一位当年曾参与枫桥社会主义教育运动，亲身经历了"枫桥经验"诞生过程的老同志，在自己的回忆录里说了这样一句话："马克思主义的哲学在书本上也许深奥难懂，而在枫桥这块土地上成为实实在在的工作指针。"这句话让我印象深刻，这句话更让我心潮澎湃。因为这位老同志发自肺腑的话，说出了一个真理。马克思主义与中国革命实践相结合，创造出的是中国特色的社会主义，是中国故事的精神之髓，是当代中国人的精神之髓，是我们在以习近平总书记为核心的党中央领导下，实现伟大复兴中国梦的不竭动力。

枫桥的故事在枫桥人的努力下，一定还会继续写下去，而且，会越写越好，越写越精彩，越写越美丽，越写越有气魄。那是中国人的气魄，是中华民族的气魄。

更是中华文化的雄浑气魄。

全国公安文联副主席　张　策
2018年9月5日

目录

序

枫桥的故事枫桥的人 ………………… 张　策（1）

难忘峥嵘岁月·珍贵回忆

"枫桥经验"的产生过程 ……………… 吕剑光（3）
毛主席亲自树立的一面红旗 …………… 李先觉（15）
起草"枫桥经验"的经过 ………………… 徐贤辅（18）
参加"社教"工作 ………………………… 马成生（22）
回忆"枫桥经验"的产生 …… 孙子甫　骆炳理（40）
难忘的日子
　　——忆出席全国公安战线表彰大会的情景
　　　………………………………… 许根贤（45）

诞生时期代表·一往情深

耄耋之年续写枫桥新篇章 ……………… 邹霏霏（51）
来自公安部的李副所长 ………… 董文骐　胡　军（55）
许根贤的枫桥十年 ……………………… 张　琼（60）

老宣的城里亲戚宋金良 …………… 朱建平（66）
情系乡民的老公安魏仲尧 …………… 蒙 奇（71）
队长·书记·厂长
　　——俞善昌与"枫桥经验"的难舍情结
　　　　　　　　　　　　………… 王定舒（75）
人民代表陈友堂 …………………… 徐贤辅（80）

新时期群英谱·星光璀璨

俞国行与"枫桥经验"的不解之缘
　　………………… 董亢骃 陈新禄（85）
傅缨眼中的"金矿" …………… 郑莲花（92）
"枫桥经验"的"炼金人" ……… 唯 秋（95）
从"枫桥经验"中汲取力量砥砺前行
　　………… 张 力 赵 爽 孙 波（103）
总结提炼新时期"枫桥经验"让他难忘
　　………………… 宋砚峰 张先登（109）
九次蹲点枫桥留下历史记忆 …… 于朝耘（115）
朱建阳的半生缘分一生牵挂 …… 边章敏（118）
我与"枫桥经验"的情缘 ……… 张锦敏（123）
你好，枫桥岫山1993
　　——王水芳纪实 …………… 黄雨佳（131）

新时代新动力·平民英雄

红枫义警
　　——平安枫桥的"新警力" ……… 文 漪（139）
陈家村的"小宪法" …………… 易 横（144）

三个百分之百

　　——永宁水库征迁安置实录 ………… 船　长（150）

步森的"连环计" ………… 楼　婷　黄佳彬（155）

望乡

　　——乡贤的力量 ………… 孟　妍（161）

巾帼之力

　　——记"枫桥大妈"陈佩英的故事 … 何　敏（167）

山野轶事

　　——记栎桥村党支部委员杨山野 … 应赛赛（172）

王海军的"三大法宝" ………… 王　建（177）

公益种子吕小祥 ………… 冯　昱（183）

从厂长到村长再到会长

　　——陈水月的华丽转身 ………… 吕　远（188）

骆根土与枫源村里三件宝 ………… 史春波（193）

企业家赵林中的家国情怀 ………… 富　润（197）

新时代公安人·枫桥故事

风雨前行人　薪火相传者

　　——杨光照的故事 ………… 魏羽佳（207）

枫桥的红"峰"叶

　　——记杨叶峰的一天 ………… 傅　顺　张泽楠（213）

从未停歇的吴嘉军 ………… 王　晶（219）

有你真好

　　——边赟让你"安心租" ………… 傅媛媛　周　丹（225）

赵信：一颗心以人民的名义跳动 ……… 黄纯杨（230）

调解能手沈凯的二三事 ………… 杨佳丹（236）

社区民警赵纲的"望闻问切" ………… 傅　顺（242）

3

孙法均：一棵扎根在枫溪江畔的红枫树
　　……………………………………… 朱旭洋（248）
邻家警长黄彬炳 ……………………… 张丁元（252）
交警徐国鑫的服务经 ………………… 欢乐多（258）
邻家警事 ……………………………… 枫山挑夫（263）

新时代公安人·暨阳花开

卢国泉的三尺岗亭 …………………… 楼　科（271）
"老宣"不老 …………………………… 陈　聪（275）
城东好警黄呈亮 ……………………… 郭海飞（281）
"小福哥"与"邀邀灵" ……… 杨　毅　魏羽佳（286）
"倒背钿筒"陈可义 …………………… 刘纪明（292）
孙何峰的耐心功夫 …………………… 赵玲飞（298）
杨天均心中的一家人 ………………… 孙硕行（305）
社区"三哥"魏越锋 …………………… 张　扬（311）
何伟忠：被群众需要就是一种幸福 … 陶蓓静（317）
异乡人在店口 ………………………… 许栋海（322）

后记 ………………………………… 编委会（329）

难忘峥嵘岁月·珍贵回忆

"枫桥经验"的产生过程*

吕剑光

"枫桥经验"是毛泽东主席亲自推广的依靠群众力量制服反革命和其他犯罪分子的一个很典型的经验，在全国推广后对维护社会治安秩序起到了非常好的效果。作为当年中共浙江省委工作队的一名成员，我有幸参加了总结"枫桥经验"的工作，现将这一经验的产生及推广过程简述如下。

一、选择枫桥区作社教试点

1963年5月，毛泽东主席在杭州市主持召开中央政治局会议，研究制定了《关于目前农村工作中若干问题的决定（草案）》（前十条）。该《决定（草案）》认为当时敌情严重，必须充分发动群众击退资本主义和封建主义两股势力的猖狂进攻，同时又强调要坚持教育人和改造人的方针，即毛泽东主席在1962年1月扩大的中央工作会议上指出的："对于整个反动阶级专政，必须依靠群众依靠党。对于反动阶级实行专政，这并不是说把一切反动阶级的分子统统消灭掉，而是要改造他们，用适当的方法改造他们，使他们成为新人。"

同年6月19日，中共浙江省委根据中共中央《关于目前农村工作中若干问题的决定（草案）》的精神，重新部署农村社会主义教育运动。省委派出了省委书记处书记兼

---

* 原文成稿于2006年，刊出时有节选，对一些历史问题的提法和用词，尽量尊重作者，保持原貌。

宣传部长林乎加率领的省委工作队到诸暨县枫桥区，会同诸暨县委在枫桥区的枫桥等7个公社进行社会主义教育运动试点。我当时担任浙江省公安厅党组副书记、副厅长，和浙江省公安厅、宁波地区公安处抽出的30多名公安民警参加了这次试点工作。

诸暨县枫桥区，地处浙江省中部偏北的会稽山，是革命老区。早在1927年2月，中国共产党就在枫桥镇建立了党支部。1939年3月31日，周恩来以国民政府军事委员会政治部副部长的身份，到枫桥镇大庙发表了《团结抗日，一致对外》的演说。抗日战争和解放战争时期，枫桥的部分山区是中共领导的浙东革命根据地的重要组成部分。

1949年5月诸暨县解放后，枫桥人民在当地党政组织和公安机关的领导下，为了巩固人民民主专政，根据党中央和毛主席提出的改造反动阶级分子的政策，对地、富、反、坏"四类分子"认真地进行监督改造，在农业合作化后建立了"集体承包、专人负责、大家监督"和治保会建立"四类分子"档案等监督改造制度，创立了依靠群众监督改造"四类分子"的良好工作基础。

1958年8月，枫桥区公安特派员应邀参加了第九次全国公安会议。在枫桥区社教运动试点中，划出一段时间开展对敌斗争。尽管试点工作处于以阶级斗争为纲的大气候中，但是，省委工作队领导根据省委的指示，规定在社教运动中除现行犯外，一律不捕人。并且坚决贯彻执行党和国家对待"四类分子"的一贯的方针政策，参加试点的省、地、县公安干部，深入群众，对"四类分子"的状况进行实事求是的调查研究，从实际出发，协助省委工作队领导设计试点中对敌斗争的方案，采取适当的步骤和方法，从有利于改造出发，尽量缩小打击面，并且率先试点示范。

1963年7月到9月，枫桥区7个社教运动试点公社各生产大队先后依靠和发动群众开展对敌斗争。7个公社6.5万人口中有"四类分子"911名。根据调查，有比较严重违法行为的163名，占总数的17.9%。这少数"四类分子"主要是在19世纪60年代初期国家遇到暂时困难，国际上敌对势力反华叫嚣，特别是在1962年台湾国民党当局妄图武装窜犯大陆时，记"变天账"，写反动诗，收回土改时已分给贫苦农民的房子，等等，更多的是利用"酒、色、财、气"腐蚀拉拢基层干部。少数"四类分子"的这些活动，激起了基层干部和群众的义愤，一部分基层干部和群众积极分子提出要对"四类分子""武斗（即打骂体罚）一遍，逮捕一批"。他们说："江山是打出来的，不是靠说出来的。对敌人只能打服，没有说服！""这些人不法办，公安局的监狱就白造了。"运动一开始，试点的7个公社的一部分干部和群众积极分子就要求逮捕45名"四类分子"。针对上述情况，省委工作队深入群众，组织基层干部和群众学习党和国家的有关政策与法律，引导他们敞开思想，展开辩论，用回忆对比的方法，总结土地改革以来对敌斗争的经验，回答群众提出的问题：是"文斗"（即摆事实，讲道理的说理斗争）好，还是"武斗"好？少捕好，还是多捕好？主要依靠群众专政还是单纯依靠公安司法部门专政？通过讨论，大多数基层干部和群众认识到："'武斗'斗皮肉，外焦里不熟；'文斗'摆事实，讲道理，以理服人，才能斗倒敌人，擦亮社员眼睛。""'四类分子'表现有好有坏，破坏有轻有重，如果一刀切，都捕起来，斗一遍，赏罚不明，对改造不利。"在初步统一干部、群众思想的基础上，以生产队为单位依靠群众先对"四类分子"进行全面评审。根据他们的表现实行区别对待，对于守法的给予适当鼓励；对于基本守法的指出他好的地方，批评他不好的地方；对于有一般违法行为的，给予严厉批评。之后，只对个别有严重违法行为、在评审中又不低头服法的，才列为重点对象，依靠群众进行说理斗争。为了坚持"文斗"，省委工作队规定，如果在评审中出现"武斗"就要推倒重来。有的"四类分子"，在参加评审会前，做好了"护膝垫"，准备罚跪，到会一看，不仅不打，不罚跪，表现好的还得到鼓励，就坦白了自己的违法活动。

有的"四类分子"说,这次评审是"明镜高悬,好坏分明",表示要"悬崖勒马,重新做人"。

西畴大队一个原有 1400 多亩地的大地主,土改以后一贯拒绝参加劳动,留恋过去不劳而获的地主生活,把现在自己居住的十多平方米的房子比喻为仅容纳一个膝盖。还写了一本署名"容膝斋"妄想复辟倒算的反动诗抄,过去斗过 20 多次,都没有制服他,越斗越皮条,群众称他为"橡皮碉堡"。这次评审,群众同他进行了充分说理,其他"四类分子"也揭发他在家偷偷写反动诗。这个被称作"橡皮碉堡"的地主分子终于交代了制造谣言、记"变天账"、写反动诗等,群众高兴地说:"说理斗争真正好,'橡皮碉堡'攻破了!"他自己也说:"这次评审,对我很有助益,我服了。"

7 个公社有 67 名"四类分子"被列为重点对象,斗争会上干部群众坚持摆事实、讲道理,不打不骂,并且允许斗争对象申辩,没有捕一个人,就把"四类分子"制服了。

之后,省委工作队组织群众民主总结,进一步激发了广大群众以国家主人翁的姿态,参加社会管理和改造"四类分子"的信心与积极性,使人民民主专政的工作落实到基层,扎根于群众。浙江省公安厅将枫桥区社教运动中的"四类分子"用"文斗"不用"武斗"的经验报告了公安部。

二、"枫桥经验"的产生

1963 年 10 月下旬,当时的公安部部长在杭州向毛泽东主席汇报诸暨县枫桥区在社教运动中,通过依靠群众说理斗争制服了"四类分子",没有捕人的情况时,毛泽东主席说:这叫做矛盾不上交,就地解决。并且指示要好好总结枫桥的经验。

同年 11 月 20 日,毛泽东主席在公安部起草的向第三届全国人民代表大会第四次会议作"依靠广大群众,加强人民民主专政,把反动势力中的绝大多数改造成为新人"

的发言稿上批示："此件看过，很好。讲过后，请你们考虑，是否可以发到县一级党委及公安局，中央在文字前面写几句介绍的话，作为教育干部的材料。其中应提到诸暨的例子，要各地仿效，经过试点，推广去做。"

11月22日，毛泽东主席同当时的公安部副部长汪东兴谈话时说："你们公安部，日常的具体工作很多，如巩固边防的工作，搞一些特大案件，投靠外国使领馆的案件，重大的刑事案件，等等，这是经常要做的。还要研究情况，提出一个时期的政策。但最重要的一条，是如何做群众工作，教育群众，组织群众，做一般性的公安工作。……从诸暨的经验看，群众起来之后，做的并不比你们差，并不比你们弱，你们不要忘记动员群众。群众工作做好了，可以减少反革命案件，减少刑事犯罪案件。我们的公安工作，历来是与苏联不同。诸暨县有经验要好好总结一下，整理一个千把字的材料批发下去，回答两个问题：（1）群众是怎样懂得这样做的；（2）依靠群众办事是个好办法。材料要短一点，长了没人看，短了就有人看。你们经常要蹲点，做这种工作。"

遵照毛主席的指示，枫桥区7个公社在社教运动中对敌斗争基本告一段落后，省委工作队即部署各工作组总结试点经验，省委领导责成我组织参加社教的浙江省公安厅干部组成专门班子，对枫桥这次对敌斗争试点工作进行初步总结。在同志们座谈的基础上，由浙江省公安厅办公室写了个初稿，大约有两千多字。我送给当时到杭州检查工作的周总理办公室分管政法工作的李波人同志审阅。他看后说："这个稿子，食之无味，弃之可惜，需要修改。"

经反复修改后，浙江省公安厅派我带办公室主任、秘书于10月底到公安部，向部长作了详细汇报。

同年11月上旬，公安部派了凌云（时任公安部党组成员、一局局长）等人来到枫桥协助浙江省公安厅蹲点干部进一步研究和修改枫桥区社教运动中进行的对敌斗争的经验。经过公安部和浙江省委领导的讨论，形成了以中共浙江省委工作队和诸暨县委署名的《诸暨县枫桥区社会主义教育运动中开展对敌斗争的经验》。12月5日，中共浙江省委转发了诸暨县枫桥区社会主义教育运动中开展对敌斗争的经验。

三、"枫桥经验"的全面推广

1964年1月14日，中共中央向各中央局、省、市、自治区党委发出《关于依靠群众力量，加强人民民主专政，把绝大多数四类分子改造成为新人的指示》，并且转发了"枫桥经验"。

文件指出："浙江省委批转的《诸暨县枫桥区社会主义教育运动中开展对敌斗争的经验》是一个很好的典型。诸暨县枫桥区在运动开始阶段，一部分基层干部和积极分子要求多捕人（7个公社共有65000人口，有地、富、反、坏分子911名，其中有比较严重的破坏活动的四类分子163名，要求捕45人），在运动过程中，贫下中农组织起来，干部和群众觉悟进一步提高之后，一个也没有捉，就把多数敌人制服了。他们的经验充分地说明现在完全可能和应该基本上实行'一个不杀，大部（百分之九十五以上）不捉'的方针。"

"在依靠群众力量制服反革命和其他犯罪分子方面，现在我们已经有了很成功的经验。这两篇讲话和浙江省委的文件是很有说服力的，特别是诸暨县社会主义教育运动试点的经验是一个很好的典型。"

"枫桥经验"首先在浙江省社教运动中推广，逐步在全省、全国掀起学习和推广"枫桥经验"的热潮。1964年2月，公安部召开了第十三次全国公安会议，研究农村社教运动中对敌斗争的政策问题，提出在全国推广"枫桥经验"。同年5月15日到6月5日，浙江省公安厅召开了第十三次全省公安会议，传达贯彻第十三次全国公安会议精神。同年10月，省公安厅根据浙江省委的部署，从厅直机关抽调了109名干部，分别由浙江省公安厅党组书记、厅长王芳和我带领，参加了中共浙江省委的诸暨、上虞等社教工作团。各地（市）、县公安机关也抽调了一批干部参加社教运动的试点工作。在全省分期分批开展的社教运动中都专门划出一段时间，仿效"枫桥经验"，依靠群众和发动群众开展对敌斗争，取得了显著成效。中共浙江省委诸暨社教工作团，从同年11月开始，在26个公社的465个生产大队先后开展对敌斗争，依靠群众共计评审了4716名"四类分子"。在评审中，全面体现了党和国家对"四类分子"的政策。对299名有严重违法行为的"四类分子"，通过群众说理斗争予以制服，对707名一贯表现守法的"四类分子"给予摘掉"帽子"成为公民，并且纠正和平反了117起冤假错案。群众发动起来后，还查出了46名暗藏的反革命分子，收缴隐藏的长短枪8支和子弹1000多发。运动中仅依法逮捕了1名负有血债的反革命分子和1名现行犯，政治、刑事案件大幅度下降，一般治安事件也很少发生。

1965年1月15日，公安部党组在向中共中央的一个报告中说，中央和毛泽东主席关于矛盾不上交、依靠群众监督、就地改造敌人的指示，在实际斗争中已大见成效。（略）

浙江省公安厅根据中共中央转发公安部党组的报告精神，把"捕人少、治安好"作为推广"枫桥经验"的基本要求，采取从群众中来到群众中去的工作方法，总结和推广枫桥群众创造的新的典型经验。从1964年5月到1965年9月，浙江省公安厅和公安部先后通报推广了枫桥区依靠群众教育改造"四类分子"、就地安置改造流窜犯罪分子、教育团结"四类分子"的子女，用群众自我教育的方法训练治保干部，以及依靠党委、依靠群众办公安等典型经验。

1965年9月，浙江省公安厅召开了第十四次全省公安会议，传达贯彻同年6月公安部召开的第十四次全国公安会议确定并经中共中央批准的"依靠群众专政、少捕、矛盾不上交"的方针。会议期间,浙江省委第一书记江华和其他领导就公安工作贯彻群众路线,化消极因素为积极因素等问题作了指示。作为省公安厅厅长,我在会议总结性讲话中要求全省公安机关更高地举起"枫桥经验"的旗帜,实现思想、作风、工作方法和组织上的大转变,把依靠群众专政、少捕、矛盾不上交的方针,贯彻到公安机关的实际工作中去。

会后,各地公安机关领导深入基层蹲点,在各项业务,特别是依靠群众制服现行反革命和其他刑事犯罪分子、预防犯罪、治理社会治安等方面,创造和总结了许多典型经验。浙江全省推广"枫桥经验"取得了明显成效。1964年和1965年,全省刑事案件发案率分别为万分之二点七和万分之二点三;捕人率分别为万分之零点五三和零点二五,都是新中国成立以来最低的,出现了"捕人少,治安好"的安定局面。

四、"枫桥经验"在发展

1998年11月25日,我再次来到诸暨市枫桥镇,我要亲眼看看在改革开放的今天是怎样继承和发扬"枫桥经验"的,我要亲耳听听群众是如何评论这个已走过了35年历程的"枫桥经验"。

粉碎"四人帮"后,枫桥的干部群众解放思想,冲破了"左"的思想束缚,率先在全国对"四类分子"开展评审摘帽,为全国范围开展摘除"四类分子"帽子的工作提供了成功经验。改革开放以来,枫桥的干部群众积极探索社会主义综合治理的新办法,保持了社会治安持续稳定,被中央社会治安综合治理委员会授予全国综合治理工作先进集体称号,枫桥成为综合治理的典范。

邓小平同志南方谈话后,我国现代化建设进入新的发展时期。在新旧体制交替过程中,社会矛盾增多,枫桥的干部群众在邓小平理论指引下,坚持两手抓,两手都要硬的方针,继承和发扬"枫桥经验"的精神,预防化解了一大批可能影响社会稳定的各类矛盾，出现了"矛盾少、治安好、发展快、社会文明进步"的良好局面。"枫桥经验"在实践中不断丰富和发展，形成了鲜明的时代特色：党政动手，依靠群众，立足预防，化解矛盾，维护稳定，促进发展，为农村的稳定与发展创造了新路子。

改革开放使枫桥的社会面貌发生了深刻的变化，但在社会转型、经济转轨过程中，由于利益格局的重新调整，产生了大量新的矛盾，特别是农村实行家庭联产承包责任制后，数以万计的剩余劳动力需要寻找新的出路，优胜劣汰的市场机制使一批企业出现生存危机，带来失业、劳资纠纷、债权债务等问题，影响稳定与发展。枫桥的干部群众强烈地意识到没有稳定，就不可能促进经济的发展，发展中出现的问题和矛盾必须用发展的眼光、思路和办法来解决。

邓小平同志南方谈话后，枫桥的干部群众解放思想，抓住机遇，培育块状经济，转移农业剩余劳动力。他们以市场为导向，瞄准有一定基础的衬衫纺织业，大力发展个体私营企业，全面活跃农村经济。几年来，枫桥党委、政府致力于改善投资环境，搞浓"合力兴工"气氛，引导民间资本集中投向衬衫、轻纺业，使这两个行业发展成为枫桥经济的支柱产业，以衬衫和轻纺为特色的块状经济的崛起，加速了枫桥农村工业化进程，使枫桥经济实力跻身于绍兴市"三十强"，农民收入大幅度提高。1997年人均收入达到5120元，比五年前增长2.19倍。农村面貌日新月异，呈现出"过了一村又一村，村村像城镇"的生气勃勃景象。第二、三产业的发展，提供了众多的就业机会和致富门路，使枫桥四五万名农业剩余劳动力就地转移，彻底改变了"男人呆大路，女人咬耳朵，有人无事干"的现象。在枫桥人人有工作，个个想致富，家家奔小康，并吸纳了一大批外地务工经商人员。现在已有11家外地企业在枫桥落户。农民的思想和注意力已牢牢凝聚在发展经济上，富裕起来的农村更加珍惜来之不易的安定局面，人心思定，安居乐业。大量因经济利益引发的矛盾和问题迎刃而解，为社会长治久安打下了坚实基础。

枫桥镇党委政府在坚定不移推进经济发展的同时，不断加大维护社会稳定工作的力度。各级领导始终保持清醒的头脑，正确处理稳定与发展的关系，"要戴致富帽，先戴平安帽"，把维护稳定摆在突出位置，以高度的政治责任感和使命感，认真履行保一方平安的职责。多年来，这里的干部换了一茬又一茬，但坚持"枫桥经验"，依靠群众，化解矛盾，维护稳定的传统作风没有变。在党委、政府的统一领导和协调下，公安派出所、法庭、司法所、工商所、税务所等执法部门主动积极，各司其职，密切配合，齐抓共管，使社会治安，社会生活和经济领域出现的苗头性、倾向性问题解决在基层。16年来，枫桥没有发生群体性上访事件，没有发生凶杀案件，没有因民间纠纷调解处理不当激化为刑事案件；近5年，枫桥刑事案件发案数一直控制在万分之八左右，年捕人数没有超过万分之二，大大低于诸暨市、绍兴市、浙江省的平均水平。

公安机关是坚持和发展"枫桥经验"，维护社会治安稳定的主力军。多年来，枫桥派出所以发扬"枫桥经验"为己任，以人民满意为最高标准，积极当好党委、政府的参谋和助手，积极发挥职能作用，为"枫桥经验"的不断发展，维护枫桥的社会治安稳定作出了重要贡献，赢得了党委、政府的赞誉和人民群众的拥护。他们始终坚持"枫桥经验"的基本精神，把工作的着力点放在依靠群众，组织动员群众搞好社会治安上，把公安工作深深扎根于群众之中。随着形势的变化，不断得到丰富和发展，显示出强大的生机和活力。近年来，派出所狠抓了以治保组织为主体，以护村队、护厂队和治安信息员为基础的覆盖整个辖区的群防群治网络。尊重群众的创造精神，在实践中及时总结和推广就地化解矛盾的"四前"工作法，使大量的矛盾纠纷能够在基层得到解决。

枫桥派出所针对农村治安的新特点，深化改革，积极探索符合农村特点的警务方式，调整工作重心，改革警务机制，采用警务区与在警务区内再划分责任区的形式，分片包村，落实民警工作责任制。责任区民警主要承担管理防范，每月下责任区不少于15天，走访群众不少于30户，当年群众熟悉率必须达到30%，3年达到80%。警务区由所领导或骨干民警任警长，民警既分工负责，又密切协作，共同负责处理治安问题，办理案件。每周定时在警务点办公，主要是接受群众报警，提供法律咨询，代办各类证件。警务点的设立，极大地方便了群众，缩短了派出所与群众的心理距离和实际距离，群众高兴地说"派出所建在家门口，民警就在我身边"。为确保责任制的落实，派出所建立了日查、月考、季评、年总结考核奖惩制度，把工作目标量化细化，考核结果与奖惩挂钩记入民警个人工作档案，作为年终评优的重要依据。实行警务方式的改革，增强了民警工作责任心，激发了民警深入群众、做群众工作的积极性，全所上下出现了"老同志不甘落后，新同志争先恐后"的良好局面。

进入枫桥派出所的大门槛，先过群众工作这一关，"以群众满意为目标，把服务群众融入各项警务活动中"，这是派出所工作的最高标准。把依靠群众抓治安一直视为传家之宝，胜利之本。开展爱民、便民、利民，服务群众活动，坚持为人民服务的宗旨不动摇，坚持爱民、利民的好传统不动摇。为方便与群众联系，派出所在辖区设立了12只警民联系箱和3处报警点，向群众发放了4000份警民联系卡。建立了派出所办证室，取消了双休日，办公时间延长到晚上9时。并设置警务公开栏，公开办事制度、办事程序和办事结果，主动接受群众监督。派出所不断拓宽服务范围，主动接受群众求助，乐于为群众排忧解难。只要群众需要，只要群众求助，不分大事小事，不分白天黑夜，派出所民警主动去做，而且尽力做好，形成了"分内的事情全力做，分外的事情帮助干"的良好风气。派出所以警为本，把"树正气、强素质、严管理"作为队伍建设的关键环节常抓不懈,树立了警容严整、纪律严明、秉公执法、文明服务的良好形象。所领导班子团结一致,严于律己,为民警作表率。开展向身边的模范典型学习,激发广大民警强烈的事业心和责任感,使广大民警学有榜样,干有方向,始终保持良好的精神状态。35年来,枫桥派出所没有发生民警违法违纪现象,警民关系融洽。据抽样调查,群众对派出所工作的满意率达99.5%。

通过亲自调查,亲眼所见,亲耳聆听,我感到"枫桥经验"这面红旗仍在高高飘扬。

毛主席亲自树立的一面红旗*

李先觉

公安战线的同志都知道"枫桥经验"是毛主席亲自树立的一面红旗,今年喜逢毛主席诞辰120周年,也是"枫桥经验"诞生50周年。50年来,中国社会经过了许多风风雨雨,经历了不少曲折、坎坷,但这面毛主席亲自树立的红旗,始终在公安战线上迎风飘扬,而且鲜艳不减,愈加深入人心。

"枫桥经验"到底是什么呢?还得从50年前说起。20世纪60年代初,浙江省诸暨县枫桥区人民,在党委领导下,在当地公安机关具体组织和帮助下,根据毛主席"依靠群众、改造敌人"的指示,在社会主义教育运动中,充分发挥了广大人民群众的威力,坚持"矛盾不上交",对全区的"四类分子"进行全面评审,开展说理斗争和思想教育,最大限度地分化、瓦解敌对阵营,就地将敌对势力中绝大多数人改造成为拥护社会主义的、自食其力的新人,为当地社会主义建设创造了一个安定、和谐的生活环境和良好社会治安秩序。

1963年11月20日,公安部根据在浙江省诸暨县枫桥区调查研究和实地考查,撰写出题为《依靠群众,加强人民民主专政,把反动势力中的绝大多数改造成为新人》的专题报告,准备在第二届全国人大四次会议上发言,并送毛泽东主席审阅。毛主席即在这份发言稿上批示:"此件

---

* 此文成稿于2013年,刊出时局部有修改校正,但以不改变作者原意为原则。

看过，很好。其中提到诸暨的好例子，要各地仿效，经过试点，推广去做。"不久，毛主席又指出："从诸暨的经验看，群众起来之后，做的并不比你们差，并不比你们弱。你们不要忘记动员群众，群众工作做好了，可以减少反革命案件，减少刑事犯罪案件。"后来，中共中央遵照毛主席的指示，先后两次批转《诸暨县枫桥区社会主义教育运动开展对敌斗争的经验》，强调指出："这是一个很好的典型，是教育干部的好材料。"

"枫桥经验"就是把坚持党委领导下的群众路线和人民民主专政的根本任务落实到基层的好典型，其基本精神就是发动和依靠群众，就地开展说理斗争制服、改造敌人，就是少捕、矛盾不上交，把敌对势力中的绝大多数改造成为新人。几十年来，枫桥人民不但始终贯彻这个基本精神，而且随着形势的发展，与时俱进，不断丰富和发展了"枫桥经验"的内涵。他们不仅曾经据此斗争、制服、改造了"四类分子"，同时对危害社会治安、破坏安定团结的其他违法犯罪分子，也坚持做到少捕、矛盾不上交，依靠群众力量教育改造他们，妥善处理好各种社会治安问题，始终为那里的社会主义建设保持一个良好的社会环境。时至今日，这个成功的典型经验，仍然充满着旺盛的生命力，为建设中国特色社会主义的新形势下探索维护良好社会治安环境的途径和办法提供一个行之有效的依据。然而，就是这样一个好典型、好经验，在十年"文化大革命"中也曾一度遭到严重的践踏和破坏。

1977年10月，也就是粉碎"四人帮"的第二年，公安部根据中央的指示，组织强有力的工作组到浙江诸暨蹲点，进行恢复、巩固和进一步推广"枫桥经验"，坚持、高举毛主席亲自树立的"枫桥经验"这面旗帜。工作组组长由赵明同志担任，我有幸成为这个工作组的一名组员，并由中共诸暨县委决定兼任枫桥区派出所副所长，时间共一年两个月。在工作组和当地党委领导下，我同所内公安民警一起，身体力行，踏遍了枫桥区15个公社185个大队的山山水水,走进了不知多少村庄、农户,接触了数不清的干部和群众。在和他们朝夕相处,经常同吃、同住、同劳动、同工作的日子里,从他们身上学习了许多我所没有的优秀思想品质,学到了许多我所不懂的东西,特别是学到了他们创造"枫桥经验"的过程中所表现出来的那种鲜明的政治立场,捍卫和巩固人民民主政权的斗争方法、艺术,以及为了建设美好家园不断创新、开拓的精神。短短的 14 个月的经历,在我整个生命史上,留下了终生难忘的一页。如今人已老了,回忆起这段历史似乎还有些心潮涌动,壮志未已。离开枫桥后我先后回访过两次,每次都受益匪浅。但愿还有机会再回访一次,重圆当年那段难忘的旧梦。

起草"枫桥经验"的经过

徐贤辅

1963年6月,我在浙江省公安厅任研究科副科长,被指派参加中共浙江省委工作队在诸暨县枫桥区进行的社会主义教育运动试点。开始,我在枫桥镇工作组负责材料工作。在运动进入对敌斗争阶段时,我被派到枫桥镇西畴大队蹲点。在当时"以阶级斗争为纲"的大气候中,当群众揭露有的"四类分子"在1962年夏秋台湾国民党当局妄图武装窜犯大陆时幻想"变天",少数干部、积极分子强烈要求工作组把"四类分子""武斗"后"捕走";有的甚至说对被称作"橡皮碉堡"的地主陈荫林要"一枪两个洞"。在这种情况下,我们根据省委工作队的部署,认真学习了毛泽东主席有关改造反动阶级残余的方针政策和论述,依靠大队党支部把党的有关改造"四类分子"的政策交给群众,组织干部群众就"上交"还是就地改造、"文斗"还是"武斗"展开讨论,结果大多群众不赞成"武斗",认为"'武斗'斗皮肉,外焦里不熟"。在此基础上,进行评审"四类分子",依靠群众用摆事实、讲道理的说理斗争,一个人也没有"上交",就促使"四类分子"接受改造。

在对敌斗争阶段基本结束之后,中共浙江省委工作队领导就部署各工作组以大队为单位总结这段试点的经验,并且指示由浙江省公安厅蹲点的同志负责总结全区社教中对敌斗争的经验。

在枫桥蹲点的浙江省公安厅党组副书记、副厅长吕剑光同志根据中共浙江省委工作队领导的指示,指定由浙江省公安厅党组成员、办公室主任杨永恒，治安处副处长边文东和政保处副处长林景法三位同志负责，召集了我、董光（浙江省公安厅研究科副科长）、顾民生（浙江省公安厅研究科科员）、朱增荣（浙江省公安厅治安处科员）组成一个班子，并从浙江省公安厅机关调来一位打字员，于同年10月8日开始总结枫桥区对敌斗争试点经验的工作。

我们被安排在枫桥镇公社紫薇大队一农户家，这是一座三间二层木房。户主让出楼上两间，作为我们8位同志住宿、办公之用。我们在楼上打了地铺，有两张破旧的小桌子作为"办公桌"。为了能日夜工作，公社特地给我们住地拉了一根电线，装了电灯。在我们开始工作后，各工作组陆续送来总结材料。材料内容相当生动丰富，我们几位同志都是来自试点的第一线，脑袋里也装了不少东西。当时，毛泽东主席刚发表哲学论著《人的正确思想是从哪里来的》，他精辟地论述了物质和精神、实践和认识的辩证关系。我们担负总结经验的工作，就是要完成从实践到认识的一次飞跃。尽管我们有过实践，但要飞跃，实在是一件很不容易的事。所以，我们几位同志在思索不清的时候，常开玩笑地说："唉，飞不起来，真难飞呵。"

在杨永恒同志的主持下，我们反复做了研究，最后决定把有关材料消化后综合起来，采取一篇总结和几篇专题的典型材料的形式，进行起草工作。我们几位同志起早贪黑地翻阅材料、思索和写作。由于桌子不够，便利用一切可以利用的地方，甚至趁房主人尚未做饭的时候，蹲在灶前长凳上写材料。一边写一边打字，整整花了23天，到了1963年10月31日把材料装订成册，标题是"枫桥区社会主义教育运动对敌斗争总结"，送领导审阅。

10月下旬，毛泽东主席在杭州听取了公安部领导汇报诸暨县枫桥区社教运动中对敌斗争试点情况时说："这叫做矛盾不上交，就地解决。"并且指示要好好总结枫桥的经验。11月上旬，公安部派党组成员、一局局长凌云同志和公安部办公厅副主任陈光遽，在浙江省公安厅副厅长丛鹭丹同志陪同下来到枫桥。杨永恒同志将上述"枫桥区社会主义教育运动对敌斗争总结"送给他们看。凌云同志在枫桥镇公社先后召开几次由省、地、县三级在枫桥蹲点的公安干部参加的座谈会，听取了到会同志汇报的情况和试点体会，他在笔记本上详细地做了记录。其间，他还到枫桥镇公社的紫薇大队深入群众调查，听取群众对这次运动中对敌斗争的看法，和对监督改造"四类分子"的意见。

凌云同志从枫桥回到杭州后，在一天晚上召集杨永恒、董光和我三人在西泠饭店他的住处共同研究枫桥区社教运动中对敌斗争的经验问题。他引导我们从实际出发，想想在这次对敌斗争的过程中，遇到什么问题，又是怎样解决的。经过大家充分讨论，认为遇到这么几个问题：一是开始对这次社教运动中对敌斗争的指导思想不够明确，群众问："土改斗地主是为了分田地，现在斗'四类分子'又为了什么？"后来，中共浙江省委工作队领导研究提出是为了巩固集体经济，发展生产；二是对"四类分子"是区别对待，还是不分好坏"一刀切"；三是"文斗"还是"武斗"；四是少捕还是多捕；五是监督改造，是依靠几个干部，还是依靠广大人民群众。经过这样排列问题，使总结有了一条比较清晰的思路。在方法上就按照斗争发展过程中遇到的上述问题，通过分段叙述如何解决，以实际的事实体现基本的经验，这就突破了我们在机关总结工作的那些"套套"。研究中，凌云同志要求文字要短，多采用群众活动和群众语言，还提供了他在枫桥调查研究中收集的一些典型事例。并且，对总结的导语也进行了研究，认为导语十分重要，要直截了当简明扼要地提出问题，要引人看下去。研究快到子夜时，凌云同志提出请浙江省公安厅起草个稿子。

我们回来后，由杨永恒同志主持，董光同志和我根据上述研究的框架，分段分头起草。为了进一步核实某些事实和收集群众反映，我和朱增荣同志又去枫桥作调查。总结初稿汇总经过浙江省公安厅党组讨论修改后，我随从鹭丹同志去枫桥镇公社送给中共浙江省委工作队主要领导、中共浙江省委书记处书记林乎加同志审查，林乎加同志看过后表示同意，指示由浙江省公安厅把这稿子送公安部审查。接着，浙江省公安厅派了杨永恒和董光两位同志带着稿子去。根据董光同志回来说，他们抵达北京的当晚，公安部部长向他们传达了毛主席对"枫桥经验"的指示，并且指定由公安部办公厅主任刘复之同志主持，浙江同志和公安部办公厅的同志一起对这稿子集体修改。公安部认为当时全国突出的问题是多捕人，为了突出"矛盾不上交"，将稿子中有关"对敌斗争为了巩固集体经济发展生产的指导思想"部分内容删去，但其精神可以体现在全文之中，并在个别文字上作了修正。修改后的稿子共3100多字。在中共浙江省委书记林乎加同志主持下，中共浙江省委在杭州饭店开会讨论通过了"枫桥经验"的稿子，形成了以中共浙江省委工作队、中共诸暨县委署名的《诸暨县枫桥区社会主义教育运动中开展对敌斗争的经验》的文章，并由中共浙江省委起草《中共浙江省委转发诸暨县枫桥区社会主义教育运动中开展对敌斗争经验的批语》，于1963年12月5日发至浙江各地、市、县委，并报中央、华东局。于是，这个充分体现毛泽东思想并由毛主席亲自指示总结的"枫桥经验"形成了文字，诞生了。重新排出清样后，由杨永恒、董光两位同志带回。

  1964年1月14日，中共中央发出《关于依靠群众力量，加强人民民主专政，把绝大多数四类分子改造成新人的指示》，指出诸暨"枫桥经验"是一个很好的典型，并将中共浙江省委批转的"枫桥经验"作为附件，转发全国。

参加"社教"工作

马成生

一

1963年暑假,凡是被分配到浙江的大学毕业生,除个别保送生被原单位要回去外,其余一律参加"社教"工作,一年后再分配。

同年9月初,大家集中在文一路西头北面一幢楼房里(即后来杭州师范大学本部所在地,编号是文一路222号),主要是学习《关于目前农村工作中若干问题的决定(草案)》。这个文件,论述了当前农村的很多问题。共有十条:(1)形势。当前,农业生产不断发展,悲观情绪没有根据(此处略去20个字)。(2)在社会主义阶段还有阶级、阶级矛盾和阶级斗争,还存在社会主义与资本主义两条道路的斗争,存在资本主义复辟的危险性。(3)当前尖锐的阶级斗争情况,如被推翻的剥削阶级,反攻倒算;地主富农分子腐蚀干部,篡夺领导权;利用封建宗族、宗教与反动会道门,进行罪恶活动;破坏公共财产、投机倒把、雇工剥削等。(4)有些同志对严重敌情认识不足。(5)要依靠贫农、下中农,团结中农。(6)"社教"政策,是要分清敌我,团结95%以上群众和干部,方法上是把毛泽东同志的指示及有关文件同当地具体情况结合起来,要训练干部、贫下中农积极分子,然后全面铺开。(7)在公社、大队、生产队三级建立贫下中农组织,组成革命的阶级队伍。(8)搞好"四清"(清理账目、仓库、财务、工分)。(9)干部参加集体生产劳动。(10)运用马克思主义的科学方法进行调查研究。最主要的是如下三个方面：一是，当前农村严重的尖锐的阶级斗争情况，有不少权力已经不是掌握在无产阶级手中；二是，在新形势下，如何组织新的阶级队伍，新的革命力量；三是，如何打退封建势力与资产阶级的进攻，确保社会主义的正确方向；等等。简称为"十条"。领导要求：大家首先要认真听讲，要自己深入体会；同时，请人来做辅导报告；阐释"十条"内容；并且，请一些已经参加过"社教"工作的同志介绍农村的具体情况以及他们的亲身体会。总的要求是让大家充分认识到：在社会主义整个阶段中，都存在资产阶级复辟的可能性。集中学习分成若干专题，既有小组讨论，又有大家交流，最后每个人写了小结，直到9月底，学习暂告一段落。

国庆节后，大家便被分配到全省各处已经开始"社教"的区、公社去了。我被分配到诸暨枫桥区，共有四十余位大学生，单独编成一个队，我被指定为副队长。我们这个队，先在枫桥镇住了一天。次日，便到栎江公社。

二

到枫桥区后，大家便被分配到视南、视北、新枫、檀溪、东溪，以及栎江、永宁等各个公社。我与杜英信、郭东生等分配到栎江公社三联大队。这个三联大队，由江口、霞廊与溪下三个自然村联合而成。附近一些"社教"工作队员与新去的大学生，集中在三联大队部办伙食，我感到难得下乡，为了与农民接触更多些，便吃住在大队贫下中农协会组长魏行芳家里。魏行芳是主要劳力，他父亲魏荣庆搞家务。这一家就这么两个人，是一个简单的家庭。

这个区是省"社教"试验点，1962年11月就开始了，不久即总结了扬名全国的"枫桥经验"，主要精神是当地一些问题，就在当地解决，矛盾不要上交。这时已经进入后期。对照"社教"搞好的六条标准，（1）贫下中农是否真正发动起来；（2）干部"四不清"问题是否解决；（3）干部是否参加劳动；（4）好的领导核心是否建立；（5）地、富、反、坏分子是否交群众监督；（6）是否增产。可以说是"社教"进一步深入、巩固阶段。有的"社教"队员已逐步被抽调到别处去，留下的"社教"队员便颇为系统地给我们介绍经验：如何传达文件，发动群众，提高觉悟，掌握"阶级斗争"这条"纲"，通过"清理账目、清理仓库、清理财物与工分"等"小四清"，从中摸清区、社、队的干部队伍，理出他们的一些突出问题，如阶级立场不稳、敌我界线不清、生活特殊化，以及脱离群众、不参加劳动、强迫命令之类；并且，对一些问题特别严重的，已采取组织措施。如枫桥区委书记魏寿瑞，三联大队支书葛全法都已被撤职。在此同时，更是相当有力地打掉了阶级敌人的嚣张气焰，在广大群众中相当有力地清除了资产阶级思想影响与旧社会习惯势力，让人进一步感到社会主义之"香"，资本主义之"臭"，从而更激发起爱国家、爱集体、先公后私、艰苦奋斗的道德风尚，等等。目前，要进一步巩固"社教"成果，搞好新的组织建设，尤其是巩固、发展贫下中农组织，把涌现出来的积极分子选拔到各级领导岗位上来，按照"枫桥经验"，还要处理好一些已经暴露出来的问题；至于思想教育，提高社会主义觉悟，这是今后不断要进行的。毛主席在八届十中全会上指出："在整个社会主义阶段，资产阶级作为阶级都将存在并企图复辟。"这是劳动群众始终要记住的。"社教"队员还告诉我们，努力发展农业生产，这是中心任务，很快就有积肥、兴修水利等，我们都要积极投入。

住在魏行芳同志家，随时可以向他了解大队里一些情况。还有，在一起劳动时，任意闲聊家务事、儿女情。再加上走家串户，访问交谈，大约花了半个月时间，我便把队里的男女老少、阶级成分、思想特点以及脾气好坏，大致都能清理在小本子上。这样，随时遇到，交往起来，心中便有个数，出口便有个准。当时，原在省公安厅工作的王毅同志，是我们的主要领导，经常召集附近的队员，汇报工作情况，尤其是新发现并须及时解决的问题。大约又经过半个月时间，我直接接触的或间接听来的，在本子上便记下如此这般的问题：

一、明春，大队干部选举，目前便要做好准备工作，如大队长魏宏巨，"贫协"组长魏行芳等，全是霞廊村人，已初定为候选人，要深入普遍了解，要收集并编写好材料；

二、霞廊的魏建法是较富裕的中农，积极要求参加"贫协"，需要深入了解，及时研究；

三、有人反映，霞廊的魏成方偷了大队部一根树，口径约4寸左右，长约一丈余，要及时查实、解决；

四、往年，霞廊有社员在自留地上种丝瓜，瓜藤却缠在集体的桑树上，极大地妨碍桑叶的生长，今年如何及时防范。

五、大队的青年会计与有夫之妇生了一个儿子。有人说是堕落腐化，是否必须批斗，以儆效尤。会计的母亲说，一个人有几个儿子，都是命里注定，如今与别人生了一个，自家就少了一个，如果命里注定只有一个儿子，自家就无人传宗接代了，为此，要把这个儿子抱过去。这个有夫之妇的婆婆却出来说情，千万不要批斗，说是自己儿子有病，不能生育，这原是她的主意，为了传宗接代。这件事，至今仍是不冷不热地搁着。一些社员问起，究竟你们要如何处理，自然也只能不置可否，但思想上总要进行教育。

六、口粮应如何分配？劳动力强的人，往往要求按"工分"分，而年老体弱的，往往要求"四六"分，即"工分"占四成，"需要"占六成。究竟应该如何分，才能让双方满意？

七、有一个相当普遍的问题，即生产队之间、大队之间以及公社之间，一旦利害有冲突，人们总是希望或者利用种种方式让自己所在的生产队、大队、公社多占一些利益，这不是个人主义而是本位主义，应该怎样解决？

八、贫下中农协会这个组织到底能否长期存在？有些会员思想并不先进，也与"四类分子"划不清界线，有的能力薄弱，作用不大，虽说是兼任监督员，实际上难以监督干部，恐怕"社教"工作队一走，连"牌位"都没有呢，有什么久全的办法？等等。

　　这些问题，有的是自己的"分内"之事，需要运用现成的"枫桥经验"及时去解决。还有一些，不一定要自己去解决，也不可能及时解决，但却值得认真思考。总之，一入生产队，走入社员中，诸如此类问题源源而来，甚至邻居之间、婆媳之间、夫妇之间一些琐碎的争吵也会向你提出。作为一个新的"社教"工作队员，总是实事求是，尽其能力去做说服教育工作，化解一些问题。例如，魏宏巨、魏行芳的材料，经访问调查数次，春节前基本搞好，及时可用；给魏行芳，还配上几句顺口溜："行芳同志思想好，不拿公家一根草……"后来，群众反映是"说得真切"。又如，魏建法加入"贫协"问题，访问了许多社员，都说他肯帮助别人，有集体主义思想，看来问题不久就可以解决；魏成方偷树的问题，调查访问了好几家，都说"确有此事"。后来，找魏成方谈，他终于也承认了错误，并且在一个黄昏，趁无人之际，悄悄把树背回大队仓库门口。又如，丝瓜藤问题，与许多社员交换了意见，说：事先可以讲清，在自留地周边插木桩，拴上绳子，搭个瓜棚就行了。至于大队会计与有夫之妇生了儿子之事，一面开导其母亲，不要再相信"命里注定"的旧思想，终于不再去闹；这个会计经过教育，表示再也不干这事。这样，也就不搞批斗了。等等。其余一些问题，只是与队员之间谈谈想法，或提一些建议，最主要的还是首先努力学习，提高觉悟。

　　1964年春节，我回到杭州，在人民大会堂召开全体"社教"工作队员大会。意料之外，我被评为"六好"队员。

　　春节过后，又是大雪，汽车不通，家不在杭州的一些大学生又在火车站附近的红楼与汽车站附近的武林饭店住了五六天。闲着无事，只有聊天，便聊出不少笑话：有位同学口若悬河，一开了口便是滔滔不绝。一次，从会场出来，被山风一吹，"呀"了一声，嘴巴便歪了，上唇不对下唇，好多天不便说话；有位同学开会回来，经过一条山沟竟绕到一座坟圈里去，一圈一圈，一直在那里转，直到别人点了火把找到他，才把他领出坟圈；有位女同学，胆子小，夜里不敢到屋外的厕所去，便把小便解到住家的水桶里，住家认为，这只水桶再也不能盛水了，工作队只好去买一只新水桶……大家觉得，参加这次"社教"工作，对自己也是一次多方面的锻炼。

将近元宵节，我才回到霞廊，便有社员反映："马同志，队里出了问题了！""什么问题？""经济问题，有人挪用公款！""谁？挪用多少？""你到队里一问就知道了。"

我马上到生产队队长魏绍和同志家里，未曾开口，魏队长便是一脸的歉意与无奈，说是自己挪用，共5元钱。"这是怎么回事？"魏队长便原原本本地说出了事情的经过："亲戚家办喜事，别人有送6元以至8元的，我不去送，脸面上过不去，便从会计那里挪了5元，吃了餐喜酒！""亲戚家有喜事，送点礼，本也人之常情；可是，不该挪用队里的钱呀。""家里没有一分钱，正月新春，又不便向人家借，实在没法子！""那，这事怎么解决？""等到春花收成，宁可省出口粮，卖点钱，马上还掉。"听了这话，我马上想起这位魏队长的家庭情况：他结婚迟，孩子小，自己身体差，工分少吃口重，口粮总是不足，往年草籽长时，常煮来当主粮，今年为了此事，还是要吃更多的草籽！这种草籽，一般叫紫云英，种植起来是作绿肥的。它的嫩叶煮熟了，吃一两口尝尝味道，倒也可以，若吃上半碗、一碗、一餐、两餐，恐怕谁都要倒胃口了。我们参加"社教"，每天补贴二角钱，一月有六元，真想送他五元。可是，作为一个"社教"工作队员，用这样的方法解决问题，总是不妥当的，领导难免要批评。临了，只说了句："好吧，以后不要这样。""一定。"此后，自己再也不提起，队里有个别人说我包庇了他。此后不久，当草籽茂盛之时，想起魏队长一家，不由感到一股酸楚。

天放晴后，很快便热起来。队里有好几块地要削高填低，许多社员都在挑泥土。魏行芳家只有扁担，没有畚箕，我到枫桥买了一双，也与大家一起挑。两畚箕土，至多七八十斤，并不吃力，而且，嘻嘻哈哈，挺为欢快。

有一天，一个社员竟说："马同志，像你这样，可以评12分，一个正劳力。""我在家，原也是种田的，这么挑挑泥土，也并不怎么吃力；不过，正劳力可比不上。""差不多，差不多。而今有些人，一天120分呢。"于是，大家七嘴八舌议论起工分问题。所谓"一天120分"，平时并无此事，今年栎江边要建电排站，需要大量砂石，一个正劳力，一担150多斤，挑一天可得20~30工分。有人有钢丝车，一车能拉四五百斤，一天是能得120工分的。为此，大家都直率地发表自己的看法：按劳计分，自然没有什么；但是，有车无车，同样劳动一天，工分相差四五倍。我们这个社会，如果经常如此，岂不就是"分化"，劳力有强弱，各人家底有厚薄，如同指头有长短，怎能"共同富裕"？你们"社教"工作队，怎么看待这问题？

我真的是一下子回答不出。联想到春节之前，人们的"口粮"问题，是按"工分"分，还是"四六"分的争论，实在与此有"质"的相同处。如果只说一些书本上的理论，社会主义阶段是"按劳分配"，共产主义阶段是"按需分配"之类，与这"共同富裕"很不易切合，一些弱劳力，低收入者怕也不易听进去。此后，与其他一些"社教"队员谈论及此，大家也表示："按劳分配"是原则，"共同富裕"也要坚持，两者如何结合，还应有别的措施，如思想教育之类。此后，与社员同志见面时，我只是表示这点想法。

1964年4月中旬，北京来了洪廷彦等五位同志，带了《贫下中农协会组织条例（草案）》来到枫桥区，要直接听取贫下中农的意见。4月15日，来到三联大队，要我做一些协助工作，首先召集本大队的代表，进行讨论，提出修改意见。白天大家都要出工，只好安排在晚上，共通知了十几位，由洪廷彦同志念一节，解释一节，停了片刻，听了意见，再念一节，就这样，整整花了一个夜晚。此后四五天，要我一直跟着，去泂村、郭店等大队，首先由我召集代表，洪廷彦同志照着前面的程序，都是花去一个夜晚。到了4月20日，召集枫桥区各个公社的负责人或代表，在枫桥镇北面一幢二层楼的小院内开会（这里原是区政府办公室，现归省"社教"工作队使用，省里一些领导来检查工作，常在这里住一两天），对这个《贫下中农协会组织条例（草案）》的内容以及文字，逐句斟酌，细细揣摩，从7时开到12时。电灯早熄，点了四五支蜡烛，一闪一闪，有几位同志，东倒西歪，讲话已是语无伦次。指定我记录，看也看不清，记也记不全，好在此刻已无重要的内容了。然而，要我及时整理出全部记录，要复写3份，只得开夜车。

三

1964年4月21日，要我留在枫桥镇这个院子里，参加"毛主席著作学习小组"的辅导员会议。

原来，"社教"工作组的领导早已布置，全区各公社领导与各大队领导都要组织、参加"毛主席著作学习小组"。我，还有陆剑平等同志，要做一些辅导工作。这个会议，先让我们了解一些情况，明确自己工作的性质与任务。

首先，这个"学习小组"的学习内容，主要是围绕党的八届十中全会上毛主席的重要指示，即社会主义阶段始终存在资产阶级复辟的危险性。要选择毛主席与马、恩、列、斯有关著作来学，并联系本公社、本大队的实际情况，如先进人物、落后人物以及阶级敌人有关事例，要有针对性，活学活用，不断提高广大干部和群众的社会主义觉悟，解决实际问题。总之，这样的学习，是防止资产阶级复辟、确保社会主义正确方向的百年大计。

同时，像已经进行的"社教"工作，确实解决了不少问题，取得了很大成绩。但是，社会主义是一个很长的历史阶段，不可能依靠一两次或更多次"社教"就能解决的。而且，"社教"工作队之类，总是有时限的，根本的问题是广大干部与群众不断提高社会主义的觉悟，所以必须要把这样的学习小组搞好。这样"枫桥经验"可以长期使用下去。现在学习毛主席著作，就是要开一个好头。

我们这些辅导员，主要是检查了解各公社、大队学习小组的情况，如组织是否健全，时间是否保证，学习内容是否适当，是否能解决一些实际问题，有何经验教训，等等。要及时互通情报，以便相互促进。陆剑平同志是主要负责人，我是助手，要编一个《学习简讯》。

这天下午，便回三联大队，把铺盖搬到桥亭去。魏行芳和他父亲，送我一段路，彼此都有些依依不舍，毕竟相处半年多了。从此，我便奔走于枫桥区7个公社数十个大队之间，如同"钦差大臣"。

22日，沿栎江上行，去永宁公社及各大队。光是新山大队，几乎花了半天。

23日，回桥亭，去郭店大队，又近半天。而后，去泗村大队、三联大队，便是一天。原想再与魏行芳同志聊聊，可是，他出工去了。一个栎江公社，花去两天多时间。

27日，去枫桥镇附近的新枫公社以及霞阳、彩仙等大队。晚上即回桥亭，来往一趟，20多里。

30日，到檀溪公社，先在公社所在地赵家下车，而后去跃进（原名"后金"，当地口音是"后进"，不好听，改为今名）大队，遇上"社教"留守工作人员刘中林、王金良两同志。他俩较详细地说了公社、大队的学习小组情况，并概括地认为：公社一级，组织基本健全、时间保证、学习毛主席著作初步形成风气，有时已能运用毛泽东思想分析、解决一些实际问题；至于大队一级，普遍要差一些。这类情况，与我已经检查了解过的公社、大队情况差不多。而后，去东溪公社与各大队，又花了两天。

5月1日，回枫桥镇，即沿栎江而下，去视南、视北公社以及几个大队，情况与檀溪相仿。

前后十余天，将所掌握情况向领导作了汇报，并准备写一份《简讯》。而后，有选择地去几个公社、大队，提供一些情况，并对他们的学习提一些建议。例如：

一、口粮分配，究竟按"工分"分好，还是"四六"分好？有的公社、大队正是为此而议论不止，就结合学毛主席著作以求更深入的认识。

二、"按劳取酬"与"共同富裕"，应怎么去认识，去实行？这是一个具有普遍性的也不容易弄清楚的问题，几乎所有学习小组都应作为学习讨论的内容。

三、"本位主义"，更是一个普遍性问题，更应讨论。

四、不少先进人物，先进事迹，要予以重视。例如，永宁公社新山大队的黄金凤是大队副队长、妇女主任，"双抢"红旗手，是劳模、人民代表，1955年入党，1958年，一般妇女不会下田插秧，她不但自己学会，还教会别人；1959年，担任食堂主任，她按分配来的饭食，全家回家吃，决不在食堂多吃一口饭；一位队长被人请去吃喝，拉她也去，前后几次，她都拒绝，并批评了队长，被指为"呆婆"；1960年，有位社员想买一只小猪来养，缺钱，她主动把钱送去；有位妇女做产，眼睛瞎了，她主动去照顾；有位孤儿患肝炎，她主动去护理，以致孤儿感泣："如无金凤，我早见阎王去了。"……这类事迹，各社、队可能都有，要结合起来学习，深刻认识其意义，并大力弘扬。

五、社员中也有落后意识，如甲、乙两人一起去施肥，用肥田粉冲淡粪。两人回家吃饭，甲先回，乙看看四周无人，便掏了一勺肥田粉，埋到自家自留地里。不料，被远处的丙看到了，趁甲乙离开之时，便去挖了浮泥，把肥田粉拿到自己家里，说是路上拾到的，老婆很高兴，说与外人听，终于暴露，被队里追回。

六、集体化的优越性，紫薇二队的章姝娥家很突出。她家六口（丈夫、三个子女、一个小叔），八亩田，每年收入谷子 3200 余斤；因请人代耕，需谷子 200 斤，肥料、虫药需谷子 400～500 斤，钱粮、捐税需 400～500 斤，每人平均口粮只有 320 斤，度日困难，只好卖田，等到解放，田将卖光。集体化后，1961 年，每人口粮 468 斤，1962 年增至 766 斤，1963 年又增至 1016 斤。这一年，还新制一条棉被、一顶帐子，每人一套新衣。

　　七、社员中，也有由进步变为落后的，如社员某，贫农，解放初，两子一女，一家五口，生活极苦。集体化、人民公社后，两子成年，又娶了强壮媳妇。到 1963 年，得 2500 工分，分得 2000 余元，每人口粮 800 余斤，一直都是赞扬集体化好。这年春天，准备造新屋，"判"（直接把山上未砍的树买来）来 50 元椽树，后因封山，买不到梁、柱，暂停造屋，而这批椽木，因订了合同，不能退钱，便转给另一贫农搭草屋。到年底，这位贫农生肺病，年底结账时只有 39 元，社员某便让儿子出面，把这 39 元全扣了去。这贫农身无分文，没法过年，求人去说情，请宽缓些时日，社员某的儿子竟说："他已经生肺病，日后死了，还能还我家？"等等。

　　这些问题，都分别提供给学习小组，让大家联系实际，触类旁通，由此及彼，进行学习、讨论，根据"枫桥经验"，以毛泽东思想为指导，寻求答案。

　　5 月 15 日下午，王毅同志叫我到他住处，开门见山地说："你，大家反映还好，准备分配你到省委办公厅工作，先跟中央来的工作组去干一段时间，目前先到黄岩县去调查研究养猪情况，马上得走，怎么样？"

　　我呆了好一下。

　　作为一个大学生，参加"社教"工作，这是一种锻炼与考验。领导居然看中我，准备将我分配到省委机关去，真该是求之不得，未免有些受宠若惊，自然要说些加倍努力，不负领导之类的感激话；可是，我三年来学的专业是"古典文论"，与目前养猪的调研有何关系？尤其是机关工作，省委也好，别处也罢，总感到与我个性不合适。我在杭州市委办公室，已干了两年多文字工作，就因此而再三请求，好不容易得到领导批准，才去投考中国科学院文学研究所与中国人民大学合办的文学理论研究班，跟钱钟书老师学习了数年，真想像钱老师那样，在文学研究领域终其一生呢。

"怎么样？"王毅同志催问了一句。

在这样的时刻，面对这样的问题，总感到不能说违心话，让自己背上思想包袱，于是，便简要地说了上述想法，并表示："如果临时调我去，再干一年两年别的工作，我绝对服从，可是要永远舍弃自己的专业，总感到可惜，而且对国家的培养，也是一种损失。"

王毅同志是代表上级意见与我谈话的。当时，我也没敢看王毅同志的表情，不知他是什么想法。因为，"绝对服从组织分配"，个人只是"齿轮与螺丝钉"这个观点，有似法律。不过，王毅同志没有什么批评与责备，我便也走开去。随之，便到附近几个队转了一下。过了一天，便又沿栎江而下，到视南、视北两公社去，继续做辅导员工作。

四

5月20日早晨，我一口气跑了20多里，从视北公社的包村，跑到枫桥镇那个去过数次的院子里。原想在此喝杯茶，休息片刻，再回桥亭去。不料，刚刚在一楼阶沿坐下，不知是谁指点，史莽同志便来招呼我，也是开门见山："领导决定，你来参加'三史'编写工作，马上上班。"这位史莽同志，原在省委办公厅工作，是位文化水平很高的老干部，是编写枫桥区"三史"的主要负责人。于是，立即去桥亭搬来铺盖，就住在这个院子里。原来的工作，谁接都行，不须交代。

"三史"编写工作，其实早已开始。

在《前十条》中，就已指出："结合本社和本队的革命斗争史、土地改革的历史、集体化的历史，让老一辈重新回忆过去身受剥削阶级压迫的痛苦,身受地主富农剥削的痛苦,激发他们的阶级感情,也让年青一代知道革命斗争果实来之不易,让他们续一续无产阶级的'家谱'。"根据这些,"社教"工作组来到枫桥不久,便作了动员,号召大家要牢记旧社会的黑暗、劳动人民的磨难以及艰苦的斗争,更有翻身后的创业。一般由中老年人口述,当地的"秀才"记录、整理。我们的工作,主要是收集已成的稿子;如果发现新的"点子",也继续编写。

我们陆续收到的"三史"中,有家史400多篇;村史50多篇;尚无社史。首先,根据其内容与文字水平,分成甲、乙、丙三类。甲类,进行修改、加工,准备刊印;乙、丙类则送给地县保管,让他们自行处理。在编写"三史"过程中,还要求我们学习报刊上有关"三史"的理论,努力提高有关"三史"的认识水平。曾有一个内部交流的刊物,就约我们写一些体会式文章。

我们的编写工作,少量是文字上的润饰或错别字的改正之类,主要还是在于内容方面进一步的充实,或作更深入、正确的理解与分析,以至事实、人名、地名的查对,等等。定稿之前,还必须经当事人的审核。我们工作量主要不在书房里、案头上,而是在奔走于各公社、大队与社员之间,这与学习辅导员差不多,但是,在这过程中,我却得到多方面的启发与感受。

如《泂村村史》,内容比较充实,文字也颇顺畅,但有些细节不很清晰。于是,便赶到泂村去,分别访问了周中贤、周启堂、周奎明三位地下党员。先把有关章节念给他们听,而后请他们提出补充或修改意见。他们都已六七十岁,每当听他们讲起新中国成立以前与地主恶霸、伪乡长、伪保长以及汪伪军等艰苦斗争的实况时,我竟如置身其间,一起惊惶,一起欣喜。与他们一起的,还有一位周达同志,在斗争最艰苦的1948年被捕,受尽酷刑,以至四肢不全,但未泄露一丝秘密,直到被杀害。周中贤讲述自己与周达烈士的事迹时,并无一点矜夸神色,而今,他仍是一个普通农民，也并无物质上或权利上的什么优惠，而且毫无怨言。自己想来，这就是共产党员的一种本色。

在泂村花了一天时间。周中贤同志等说，当时地下党的主要负责人是周洪发同志，现在杭州锅炉厂，有不少事迹，还得去问他。于是，次日我便赶到杭州锅炉厂。周洪发同志现任厂长，在繁忙中挤出时间，细细地校读村史，不时停下深思，非常慎重地修改一些时间、地点上的差误。他与周中贤等同志的地位不一样了，已是一个大工厂的领导，但是，言谈举止，待人接物却是完全一样。

又如《石砩村史》，请大队几位干部和群众一起审核。先是由我慢慢地念一段，然后请大家审核一段，等到一阵七嘴八舌过后，如再没有声音，这才算通过。当我念到《在共同富裕的道路上前进》这一段时，最为热闹，且有哄笑。先是说合作化初期，改造一坵滥污泥田，"既挑进大量细沙，又掺入肥沃的塘泥"。有群众马上说："挑进细沙，不再滥污，就好了。"接着又一个补充说："滥污田，主要在于滥污，要深陷下去，而泥土本来是肥的，何必再加塘泥。"又一个说："这是画蛇添足！"立刻是一阵嘻哈声。而后，又念"组里种的一亩三分田甘蔗，大家干劲足，积肥多，管理好，甘蔗粗壮如同茶杯那样大"。听了这一句，立刻又热闹起来。一个老年社员说："茶杯有大有小，到底指大茶杯，还是小茶杯？"一个男青年社员说："我家用的是大茶杯，有小饭碗那样大。"有一女社员说："我家用的是小茶杯，比一个铜板稍大一点。"有一个社员说："我家待客用小茶杯，自家喝茶用大茶杯。"随之又是嘻哈一阵。这时，一社员举起一支手电筒，说："还不如说，像我这手电筒那样粗。""对、对，这就比较贴切。"随之，有人附和。于是，便依此作了修改。

其他，还有一些村史，拿到当地审核时，大致都有类似意见。我深深感到，如果只是坐在书房里，伏在案头上，就难免如元好问在《论诗三十首》中说的"暗中摸索总非真"。

家史,数量大,叙述苦难占多数,初读一遍,往往便会使人落泪。

聚英大队第四生产队的朱林英,至今不知亲生父母是谁。她生下来仅半年,便因家贫,被送给人家做养女。她四岁时,养父去世,跟养母另嫁一家,而这位继父,不久被夺佃,只靠打短工度日,家有两个妹妹,常吃糠,大便用手挖,人也浮肿,想向地主讨些比较好吃些的早稻糠,地主说:"要喂猪。"最终,两个妹妹饿死,另有位姐姐,是童养媳,丈夫虐待她,把她又卖给另一个男人,这个男人又经常殴打她,她逃回家来,而家中已几天揭不开锅,她只好穿件破衣裳,独自一拐一瘸逃到深山沟里去,从此杳无音信。朱林英为了生存,曾去金华做过保姆,在枫桥街上卖过螺蛳,一直苦挨到解放。

奕村大队第七生产队的魏焕林,年轻时就给地主家做长工。常常天刚亮,就被逼去割草、砍柴。有一次,寒风刺骨,霜白如雪,他衣单鞋破,便躲在一扇柴房门后,想等到太阳出来再去干活,结果被地主看见了,便用烟筒管劈头盖脸暴打。他满脸是血,实在受不了,便到别村另一地主家打工。然而,这家地主十分小气,魏焕林身上只有一套衣裤,冷了热了,都不能换,雨淋湿了,等它自干。地主家破旧衣裤甚多,也不肯给他一套。他满身虱子,骨瘦如柴,只好又逃了出来。白天,他不敢公然走进自家门,等到夜晚,才轻轻敲门。母亲开门一看,见他一脸墨黑,蓬头乱发,下身只一破布遮着,以为是乞儿,便说:"孩子,你找错人家了,我家也穷,没有什么可布施的,你还是去别的有钱人家吧。"这时,他呜呜咽咽,轻声唤着:"娘,我是焕林。"他娘用袖子擦了擦眼睛,仔细认了认,这才把他一把拉入怀中,号啕大哭起来。

像这一类家史,你慢慢地念给本人听的时候,本人往往会哽住喉咙,甚至轻轻地抽泣起来,无暇提出什么意见来。每当此时,你也便只好停下,或说几句其他的话,冲淡一下浓重的气氛,而后,慢慢地再念。这样,本人才会慢慢地指出，或某些地方不够恰当，或有些遗漏之类。

还有一篇楼仁福家史，是一篇艰苦创业的家庭史。楼仁福，家在相泉大队第五生产队，是处于会稽山脉的崇山峻岭之中。晨起，我即乘车去东溪公社的皂溪，而后去相泉，而后翻上捣臼岗。楼仁福的家，就在一座高峰稍低处的一小块平地上，东西南北，高高矮矮，全是山峦，中间就只有这么一户人家。展眼望去，玉米、南瓜、豇豆、苋菜，一片深绿，还有香泡、香榧等经济作物，郁郁葱葱。家史中已有大致描写：楼仁福不是本地人，是逃荒到这里，搭个窝棚，勉强栖身，风霜雨雪，开荒辟地，艰苦奋斗数十年，终于创造了这么一个有房、有地的家园。我与楼仁福同志，就坐在家门口，在习习山风中，芬芳花香里，一句一句读家史稿，一节一节修改家史稿。直到黄昏，直到血红的太阳，从远处低低的山峦间，渐渐落到人们的脚底下。闲谈中，我问楼仁福同志，此地水源远，如果久晴不雨，这些玉米、蔬菜之类怎么办？他说：此处山高，早晚有雾，雾化成露，就如毛毛细雨，连晴二三十天，关系不大。楼仁福同志安闲地说："现在，弄点吃吃，没有问题。"他现在是一家四口，妻子勉强还能干些活，儿子阿根，23岁，是妻子带来的前夫之子，只可惜前数年患了眼病，治不好瞎了，长得一副好身材，只能在房前屋后做些轻松劳动。女儿招雅，13岁，整天在山谷间拔野菜作猪饲料。如今，一家平静祥和，与世无争，生活水平可算中等。我们同进晚餐，有干菜蒸猪肉，新鲜的南瓜片和豇豆，还有一碗鸡蛋汤。次日早餐后，我付给五角钱，楼仁福同志再三不肯收，最后只肯收三角，硬要退还两角，说是按工作队标准。

这类事，在编写"三史"中常常遇到。有一次，去下汇地大队朱爱茶同志家，她正是扁桃腺发炎，不便讲话，便约好两天后再去。到那时，我买了一包消炎药送她。她一看，便说："你先坐坐，歇歇力，过一下念给我听。"结果，做了一碗蛋花，先要我吃下，再念。表面看来，这些似乎是经济上的不含糊，其中，实在包含着他们待人的一种淳朴感情。

"三史",是"社教"工作中新提出来的事物。在数千年来的历史长河中,哪有为一户农家、一个农村、一个公社写历史？

曾因一个内部交流刊物的预约,写了如下一则提纲式短稿。

"三史"(家史、村史和社史的简称)是一种新生事物,有几个很具体的问题,该怎么看？

一是"时限",即该从哪一年写起？曾有人提出："从新中国成立前20年左右开始,直到今天,约45年。"这话,自有道理,但似乎尚欠完满。就我们所接触的"三史"看来,新中国成立前30年左右形势最为复杂,最应该也最值得写,但是,有些七八十岁的"三史"主人,往往在童年就有做小牧童、童养媳,那还是宣统以至光绪时代呢,甚至还有写到三代人的,岂止是辛亥革命、北洋军阀！看来,不能因这个"时限"而"削足适履",应当把"时限"放得更宽些,自然要详近而略远。

二是"事限",即"三史"该写哪些事？《前十条》已有明确范围。各地情况有别,自可根据实际而更为具体化。如诸暨枫桥一带,在新中国成立前除了与剥削阶级、蒋介石反动政权的斗争,更有与日本帝国主义、汪伪汉奸的斗争,凡此种种,可以概括为血泪史、斗争史与翻身史；新中国成立后,做主人就是创业史。有人概括为阶级斗争、生产斗争与科学实践"三大革命运动"史,这自然也可以,只是稍感简略些；至于某一篇,自然从实际出发,各有所重；可以兼写几方面,也可单独写某一方面,不应求全责备。

特别提一下。关于创业史,总不免要涉及带头人,在一些带头人中,往往要涉及"四清"问题,以往是"小四清"(清账目、清仓库、清财物、清工分),现已有新的"四清"含义(清政治、清经济、清思想、清组织),"社教"工作往往称为"四清"工作。写创业史,自然要注意这方面的事，要处理好一些方针、政策。

三是"作用"，即写"三史"，究竟为的什么？《前十条》已经提及，这些老一辈的"回忆史"能"激发他们的阶级感情，也让年轻的一代知道革命斗争果实来之不易"。从中不难体会，"三史"就是为提高广大干部与群众的思想修养服务，让大家从中更能正确认识自己，在不同历史时期的命运与使命，从而提高阶级觉悟与社会主义觉悟。又因为"三史"和广大干部与群众的关系最为密切，也是最为熟悉，自然也是最易理解的历史，也就最易于起到上述作用。当然，现代史的学者，也很值得参考。

四是"性质"。"三史"是"史"，属历史科学，不是文学作品，绝对要求"真"，即真实地反映事物的本来面目，不能夸张，更不应虚构。我们接触的有些篇幅，就有这种缺点。因为是"史"，自可参照历代的史书，或用编年体，或用传记体，或用纪事本末体。

7月底，我负责的村史与家史，该核对的、补充的以及最后让当事人审核的，均已完成，并且全送史莽同志看过并点了头。这样，"三史"编写工作就结束了。

8月2日，背了铺盖，离开枫桥，回到杭州。

回忆"枫桥经验"的产生

孙子甫　骆炳理

1963年6月,省委社教工作队在中共浙江省委书记处书记林乎加、省委副秘书长薛驹及宁波地委书记阎世印同志率领下,进驻枫桥区的枫桥镇、新枫、视北、视南、栎江、檀溪、东溪7个公社,开展"社会主义教育运动"试点。在省委、地委直接指导下,时任中共诸暨县委书记的我,与时任枫桥区委书记的骆炳理在枫桥镇负责工作队工作。

7月份,社教试点进入对敌斗争阶段,经过20天时间的摸底排查,7个公社有比较严重的破坏活动的"四类分子"163名,占911名"四类分子"总数的17.9%。他们有的记"变天账"、写反动诗;有的要倒回土地房屋;有的扬言杀人,甚至在工作队进村之后还公然殴打贫农社员,更多的则是利用酒色财气腐蚀支书、队长、会计和治保主任,或利用封建迷信和宗族关系分化瓦解贫下中农队伍,千方百计企图搞垮集体经济。

"四类分子"的大量犯法事实,激起了干部和群众强烈的义愤,要求政府严厉制裁,逮捕一批。很多大队、生产队干部主张对"四类分子"一律斗争一遍,"有破坏活动的敌人应该斗,没有破坏的内心也刁滑,也要斗"。并且说:"敌人软硬兼施,我们就要文武结合,主张'武斗'。"同时还普遍对"四类分子"的子女,叫小地主、小富农、小反革命分子,"龙生龙、凤生凤,老鼠生来打地洞""乌鸦生不出凤凰"。主张老子犯法子替罪,要扩大打击面。

我们中共诸暨县委和枫桥区委在省委、地委的直接领导下，在工作队及浙江省公安厅帮助下，同社、队干部一起学习中共中央《关于目前农村工作中若干问题的决定（草案）》（即《前十条》）和省委指示，统一对敌斗争的方针政策的认识，用回忆对比的办法，总结新中国成立以来对敌斗争的经验，让大家散开思想，辩论敌人到底怕什么？多捕还是少捕好？"武斗"还是"文斗"好？"四类分子"的子女是与敌人放在一起好，还是可教育好的人靠向我们好？7个公社的社、队组织骨干培训，学文件，摆敌情，讨论斗争策略与方法。并专门对可教育好的子女做思想工作，说明出生不可选择，道路和前途可以选择，要和人民站在一起，才能得到人民群众的信任和好感。通过工作，不少可教育好的人，纷纷揭发自己父亲的破坏活动及错误思想，使他们从思想上、行动上与敌人划清界限，团结了一支可以团结的力量，从而有利于亲人的改造。

在此基础上，发动干部与群众对本生产队的专政对象进行了一次清理、分类排队，对每个"四类分子"的表现进行了具体分析，研究处理的办法。通过分析排队，看到"四类分子"并不都是铁板一块，也有守法和基本守法的，这两类占多数。即使在违法分子中，有严重破坏行为的只占小部分。不少群众反映，"四类分子"表现有好有坏，破坏有轻有重，如果一刀切，都捕起来，都斗一遍，对改造敌人不利。讨论中有多数群众并不赞成多捕人，他们说，"四类分子""怕管不怕关""怕群众不怕坐牢"，捕起来后，集体还要替他们养活家小。

对敌斗争的基本做法是以生产队为单位，由全体社员参加对"四类分子"普遍进行评审。先评守法的，再评违法的，对于守法的，给予适当鼓励；基本守法的，指出他好的地方，批评其不足之处；有一般违反行为的给予严厉批评；对有严重破坏行为的，作为评审的重点，由群众批判斗争。

枫桥镇西畴大队的陈荫林，是一个原有1400多亩田的大地主，过去一贯拒绝参加劳动，写了一本署名"容膝斋"的反动诗抄，斗过20多次，用过罚跪、"假枪毙"等办法，都没有制服他，群众称他为"橡皮碉堡"。这次评审，群众同他进行了充分说理，其他"四类分子"也揭发他写的反动诗。没有大会斗争，陈荫林就被迫交代了造谣、记"变天账"、写反动诗等罪行，交出了长期保存的蒋介石相片。群众高兴地说："说理斗争真正好，'橡皮碉堡'攻破了。"他自己说："这次评审，对我很有助益，我服了。"有的"四类分子"在参加评审会前，做了护膝准备罚跪，到会一看，不仅不打、不罚跪，表现好的还得到鼓励，就坦白交代了自己的违法活动和思想。有的"四类分子"说，这次评审是"明镜高悬，好坏分明"，表示要"悬崖勒马，重新做人"。"四类分子"的家属对这次评审也表示满意。桥亭大队反革命分子宣植棠的老婆，参加评审会时满面愁容，担心丈夫挨打。评审后，带着笑脸回家说，"这样的评审真好，我一定帮助政府改造他"。

经过生产队的评审，大部分有破坏行为的"四类分子"都缴械投降了，剩下少数不低头认罪的分子，再以大队为单位进行斗争。7个公社110个大队，共斗争了67名。斗争会坚持摆事实、讲道理，不打不骂，并且容许他们申辩。有些狡猾的敌人越诡辩，反动本质就暴露得越充分，群众受到的教育就更加深刻，群众的发动也就更加广泛和深入。古唐大队富农分子陈善新，群众说他大会年年斗，坏事年年做，越斗越皮条，他自己说："我反正是会变戏法的猢狲，上台斗斗没关系。"斗争会上，陈善新仍然耍各种花招，共申辩了38次，他越申辩，看清他的反动面目的群众越多，好几个平时被他拉拢的落后群众都起来揭发他，陈善新低头认罪，交代了腐蚀干部、煽动单干、幻想变天的罪行。这样的说理斗争，也感动了他的家属，以往斗争回家，老婆是热酒一壶，鸡蛋五只，安慰养身，这次他一回家老婆孩子不理他，反而在家又批判他做坏事。他说七次斗争打过六次，这次没打，斗得最痛，连老婆孩子都要斗争，只有好好改造，重新做人。

总结斗争经验，依靠群众专政，确实有良好的作用。一是社员最了解"四类分子"的底细，眼睛多，管得牢；二是经常评审他们，大家脑子灵清一些；三是管好了是队里的一个劳动力，对集体有利，对他们家属子女教育也好办些；四是可以减少国家负担。所以得出经验是：通过"文斗"制服敌人，教育群众，使广大干部、贫下中农相信依靠自己的力量能制服敌人，改造敌人就有群众基础了。这样才能达到坚持"少捕，矛盾不上交"，依靠群众，以说理斗争的形式把绝大多数"四类分子"改造成新人的目的。

10月底，枫桥区社会主义教育运动对敌斗争工作基本结束，公安部领导到浙江指导工作，发现枫桥区在社教试点没有捕人，依靠群众用说理斗争制服敌人的经验，就立即向正在杭州视察工作的毛泽东主席作了汇报。毛主席听了汇报后肯定了"枫桥经验"。毛主席说，这就叫"矛盾不上交，就地解决"，指示要好好总结枫桥区的经验。于是，公安部派一局局长凌云等同志到枫桥实地调查核实后，主持起草了《诸暨县枫桥区社会主义教育运动中开展对敌斗争的经验》，即"枫桥经验"。其主要内容是：少捕人，矛盾不上交，依靠群众，以说理斗争的形式把绝大多数"四类分子"改造成新人。

11月17日至27日，全国二届人大四次会议召开，公安部根据毛主席指示和枫桥区的调查，在会议上作了题为《依靠群众力量，加强人民民主专政，把反动势力中的绝大多数改造成为新人》的发言，向全国人民宣传推广"枫桥经验"。11月20日，毛主席在这个文件上亲自作了批示："此件看过，很好。讲过后，请你们考虑是否可以发到县一级党委及公安局，中央在文件前面写几句介绍的话，作为教育干部的材料。其中应提到诸暨的好例子，要各地仿效，经过试点，推广去做。"1964年1月14日，中共中央向中央局、各省、市、自治区党委发出了《关于依靠群众力量,加强人民民主专政,把绝大多数四类分子改造成新人的指示》,并转发了《中共浙江省委转发诸暨县枫桥区社会主义教育运动中开展对敌斗争的经验和批语》,即"枫桥经验"。

"枫桥经验"引起了全国各地重视,在全国公安系统掀起学习"枫桥经验"的热潮。当时,由我们出面向他们介绍的就有广东、福建、新疆、西藏、河南等省和自治区,以及中央政法干校专程到枫桥参观、考察的代表团。

为了深化和发展"枫桥经验",枫桥区的区、公社二级党委在发动群众,抓"四类分子"改造的同时,依靠贫下中农,教育改造懒汉、二流子和迷信职业分子(几个好人挟一个坏人进行帮教活动),成效显著。一个12万人口的大区,自1964年至1967年年初,共捕11人,每年只捕2至3人;而治安情况比历年好,在这段时间发生各类刑事案件39起。当时的枫桥区确实出现了"捕人少、治安好、产量高、干部群众觉悟高"的局面。

难忘的日子

——忆出席全国公安战线表彰大会的情景

许根贤

　　1980年4月23日上午，浙江省出席全国公安战线先进集体、先进工作者表彰大会（以下简称"双先"大会）的代表共16人，在浙江省公安厅刘德芳副厅长、省公安厅政治部曹志华副主任的带领下，乘火车离杭赴京。24日上午到达北京，公安部领导率领欢迎队伍，热情地把我们送到空军招待所住宿。当天晚上，公安部副部长席国光代表公安部党组到我们浙江代表的住处看望大家。接着，省委副书记王芳也来看望我们，并语重心长地说："你们要虚心学习各地的先进经验，多找找自己的差距，把会议精神带回去。"

　　25日下午，首都风和日丽，万里无云，天气显得格外晴朗，公安部大会堂门前，樱花盛开，彩旗迎风招展，一派节日景象。出席"双先"大会的代表共553人，齐聚在公安部的大会堂里。3时正，在雄壮的国歌声中，"双先"大会隆重开幕了。

　　党中央和国务院领导同志彭真、彭冲、薄一波，全国政协副主席康克清、最高人民法院院长江华、最高人民检察院检察长黄火清；各有关部门负责同志吴波、黄玉昆、韩英、武新宇、刘复之、王汉斌、宋侃夫、李云昌、王国权、秦川、孙中一；公安部长赵苍璧、副部长于桑、凌云、席国光、吕剑光、高文礼、李广祥；北京市副市长刘坚夫、浙江省委副书记王芳、江苏省副省长洪沛霖、黑龙江省副省长卫之民等领导同志出席了开幕式。

于桑主持大会，赵苍璧在热烈的掌声中作了重要讲话；凌云副部长宣读了公安部《关于表彰全国公安战线先进集体、先进工作者的决定》。在欢快的乐曲声和热烈的掌声中，我以枫桥区委副书记和枫桥派出所指导员的双重身份登上了领奖台，向彭真同志庄重地行了一个军礼（因穿人民警察的服装）后，双手从彭真同志手中接过写有"发扬成绩、再接再厉，为保卫四化而奋斗"的奖状，彭真同志热情地与我握手祝贺。大会还授予本人为"全国公安战线先进工作者"的荣誉称号并记二等功，我怀着激动的心情，领取了由公安部颁发的二等功的奖章证明书和奖章。当时，我内心激动得无法言表，深深感到自己为党为人民做了一点工作，而党中央、公安部给了我这么高的荣誉，想到这里，我有感而发，凑成一首小诗：

阳春三月好春光，公安群英聚一堂。
中央领导亲颁奖，鼓舞鞭策斗志昂。
长征路上新起点，再接再厉攀高峰。
"枫桥经验"添新花，安定团结伟业创。

会议期间，有13位代表作了大会发言，并进行了小组讨论，对口按系统进行交谈。在讨论交流中，代表们情绪激昂，发言争先恐后，学先进找差距，使我受到很多教益。我们浙江代表在讨论中有一个共同的感受，觉得原来自我感觉还不错，但比比人家，山外有山，天外有天，为革命做贡献是无止境的，行行可以出状元，事事可以争先进，在平凡的工作岗位上，可以作出不平凡的业绩。我们每个代表，有空就看材料、学文件，每个晚上几乎到12点左右才睡觉。

会议期间，全体代表怀着崇敬的心情来到毛主席纪念堂，瞻仰万众敬仰的毛主席遗容，不由得心潮翻滚，浮想联翩。是他老人家领导中国人民推翻了三座大山，劳动人民成为国家的主人；是他老人家亲自肯定"枫桥经验"并作出了重要批示，正因为如此，使"枫桥经验"名扬全国，如今在新的历史条件下，"枫桥经验"更闪耀出夺目的光彩。我一面瞻仰，一面立下誓言：一定要按照毛主席的教导，把"枫桥经验"这面红旗高高举起，永远飘扬！

会议期间，传来了党中央对公安民警关怀备至的好消息，中共中央胡耀邦总书记委托中央办公厅警卫局局长杨德中转告他的意见，"要为公安民警组织一次参观中南海毛主席故居的活动，公安民警很辛苦，为了鼓励，优先安排照顾"。赵部长向我们传达后，代表们住所顿时充满了一片欢呼声。中南海毛主席故居，那时从未对外开放过。当时中央已决定在五一节向部长级领导开放，但我们例外了！到中南海时，个个心情激动万分，大家满怀着崇敬的心情参观了毛主席召开政治局会议的"颐年堂"。毛主席故居在"颐年堂"后面，是一个小院子，天井里有参天的大树。我们还寻觅了毛主席常去散步的"春藕斋""爱翠楼""丰泽园"和瀛台的"翔楼阁"。这些都是古建筑的平房，没有特殊的装饰。毛主席的办公室只有30多平方米，一个大写字台和几个单人沙发，旁边就是会客室，也只有办公室那么大，而毛主席的书房比办公室和会客室还要大得多，整个书房四周摆满书橱。毛主席的卧室，除了一张很普通的床铺以外，在床里边也堆满了各种书籍，有线装的古书，也有现代的各种新书，还有书法、字帖。甚至在卫生间里也放了不少书。毛主席这种求知好学的精神，深深地教育了我们。有的代表说："我三次到北京，三次感觉不同，这次教育最深，鼓舞最大。"

会议期间，公安部的全体正副部长共同会见了全国的12位特邀代表，枫桥区委是全国特邀代表之首，受到了大家的器重。部领导祝愿特邀代表再接再厉，取得更大的成绩。在大会期间，公安部副部长吕剑光，在自己的办公室里专门召见了枫桥的代表，亲切地询问了枫桥人民的生产、生活及社会治安情况，提出"枫桥经验"在新的形势下要有新的发展……

出席这次"双先"大会的绝大多数代表是第一次到北京，因此大会还专门组织大家参观人民大会堂、革命历史博物馆、首都体育馆、首都机场现代化的候车室，游览了八达岭、定陵的地下宫殿和十三陵水库大坝等宏伟建筑。

大会一共开了6天，4月30日下午胜利闭幕。在闭幕式上，国务院副总理薄一波代表国务院作了重要讲话。薄一波副总理勉励全体代表，要保持和发扬成绩，同全体公安民警和治安保卫人员团结一致，共同前进。在完成整顿社会治安、保护人民、打击敌人的任务中，在保卫四化建设中，再接再厉，做出新的贡献。

赵苍璧部长在闭幕式上传达了党中央胡耀邦总书记向与会代表的问候和勉励。胡耀邦同志说："先进人物以后一定不要骄傲，要谦虚谨慎，和群众打成一片。要使每个公安民警明确自己首要的任务是保卫人民，保卫国家的财富。"

大会结束的第二天，我们乘波音707飞机离京返杭，但由于北京上空有雾，飞机推迟起飞，飞机到杭州竟是下午7时多了。浙江省公安局的李朝龙局长和同志们一起，早已在杭州机场用彩车迎接我们。他们饿着肚子，一直等到接上我们为止。次日，在公安厅大门前全体代表拍照留念，然后返回各自的工作岗位。"双先"大会闭幕后，在全省公安战线迅速掀起了一个学先进、赶先进的热潮。

诞生

时期代表·一往情深

耄耋之年续写枫桥新篇章

邹霏霏

90岁高龄的周长康见证了"枫桥经验"的诞生、发展和创新。他研究"枫桥经验"整整55周年,进出枫桥镇数十次,组织开过数次理论研讨会,主编四本关于"枫桥经验"的研究书籍。可以说,他是"枫桥经验"的见证者和研究者,与"枫桥经验"的缘分难解难分。

见证"枫桥经验"诞生

1963年,中共浙江省委根据中共中央指示,决定到诸暨枫桥开展社会主义教育运动试点,省公安厅党组副书记、副厅长吕剑光带领浙江省公安厅和宁波地区公安处30多名干部到枫桥参加试点,周长康作为浙江省公安厅机要秘书也跟着到了枫桥。

周长康记住吕剑光的要求:"工作队员要下去,让群众讲心里话,听到什么要把原话记下来,如实汇报。"暗暗下定决心去摸清实情。那时候,枫桥派出所的房子很老旧,周长康和七八个人一起打地铺。白天跟农民一起在田里劳作,跟他们聊天,做群众工作,熟悉之后,农民就会跟他说心里话。晚上开座谈会,农民都会过来听。让他印象深刻的是,农民听得非常认真,还拿出笔记本记笔记,这说明他们非常重视教育和文化。

省委工作队组织群众学习党的政策,开展辩论,回答群众提出的问题,是"文斗"好还是"武斗"好,少捕好还是多捕好,通过讨论,统一了思想,在会上坚持摆事实、讲道理,不打不骂,并且允许申辩,没有捕一个人,改造了"四类分子"。

遵循毛主席的指示,省委要求公安厅组成专门班子总结"枫桥经验",省公安厅办公室拟定了2000字的总结稿。周长康跟随吕剑光去北京汇报总结稿,那是他人生中第一次乘坐飞机,很激动。向公安部部长汇报后,经过公安部和省委讨论,形成了以省委工作队和诸暨县委署名的《诸暨县枫桥区社会主义教育运动中开展对敌斗争的经验》。

1965年6月至7月,公安部召开第十四次全国公安会议。1964年、1965年"这两年是新中国成立十多年来捕人最少的年份,实践证明,实行依靠群众,少捕,矛盾不上交,收到显著成效"。从此,"枫桥经验"闻名全国。

为"枫桥经验"护航

1977年,周长康调到公安部办公厅任调研处副处长。

1980年,有人提出来,现在"四类分子"都没有了,帽子摘掉了,"枫桥经验"过时了。听到这样的质疑声,周长康很着急,他马上赶回诸暨,写了调查报告上报公安部,公安部副部长凌云阅后批示:"这一期《人民公安》就登这方面文章。"

周长康在调查报告中写到:"'枫桥经验'的基本精神依旧适用于维护社会进步,保卫四化建设,需要持续推广。""'枫桥经验'是深入细致的群众工作,是扎扎实实的基层基础工作,也是一项预防工作。如果每个大队,每个公社都这么做,把犯罪人员教育改造好,岂不可以大大减少各类案件的发生吗?这项工作虽然艰难,却是长治久安之计。"

1980年,他从公安部调回浙江省公安厅任办公室主任,1984年任治安处处长。期间,他结合工作实践,致力于推动"枫桥经验"的创新发展和总结提升。

1993年,"枫桥经验"30周年,担任浙江省青少年犯罪研究会副会长的周长康,接到了绍兴市委常委、公安局局长应勇的电话，让他帮助组织开个理论研讨会，请有关领导和专家学者来参加。

1993年11月，理论研讨会正式召开，主题是小城镇社区犯罪控制。周长康认为，浙江乡镇企业很多，只有把治安搞好，才有利于经济发展。周长康邀请了二十多位专家学者和县公安局局长，参加的人必须要有调查报告。研讨会结束后，由应勇、周长康任主编，金伯中任副主编，出版了《当代中国小城镇社区犯罪控制》一书。书里这样写道："改革开放以来，我国的小城镇有了突飞猛进的发展，到1992年底，我国的小城镇已达5.5万个，其中建制镇从20世纪80年代初期的2200个，发展到14500个，维护好小城镇的社会治安，预防和控制各类犯罪活动的侵害，这是我们面临的重大战略科研任务。"

1993年11月8日，浙江省公安厅主办的《犯罪问题研究》刊登了金伯中、黎伟挺的《毛泽东与"枫桥经验"》和周长康的《论枫桥社区犯罪控制模式》等文章，这是公安机关最早研究"枫桥经验"发展历史和理论研究的文章。

拥护"枫桥经验"创新

随着时间的推移，"枫桥经验"的内涵越来越深刻，包含的内容也越来越广泛，走的路也越来越长远。

1998年11月，第二次"枫桥经验"理论研讨会在诸暨召开。诸暨市市委常委、公安局局长金伯中，让周长康邀请省内外的哲学、法学、社会学、人口学、犯罪学等各个学科的教授来研究"枫桥经验"。周长康认为，因为"枫桥经验"不是单单属于法学的，也不单单属于社会学，是属于交叉的综合学科。会后，他和金伯中主编了一本书，名叫《走向21世纪的枫桥经验——预防犯罪实证研究》。书中还写道，"枫桥经验"是预防犯罪的典型，具有鲜明的时代特色，我们出书的目的就是希望创造更多的"枫桥经验"，希望21世纪预防犯罪理论在祖国大地上生根开花。

又过了五年，2003年，第三次理论研讨会在诸暨召开。这次主题是怎样把"枫桥经验"科学化、系统化，成为"枫桥理论"，使其在全国推广开来。当年11月9日至11日，来自北京、天津、上海、浙江的教授和博士生导师，以及资深警官等专家学者30余人，在阅读《新时期"枫桥经验"》资料的基础上，再到诸暨枫桥实地考察，听取了枫桥镇镇长关于经济和社会发展情况和派出所指导员关于社会治安工作经验的汇报。

各位专家学者从不同角度论述了"枫桥经验"的时代性、科学性和指导性，发表了"枫桥经验"的生命力、社会长治久安的战略观、犯罪控制模式的合理化、社会犯罪的预防与矫治、流动人口与犯罪问题、环境与犯罪的关系、社区警务模式的构建等新理论，为"枫桥经验"提炼、升华为"枫桥理论"提供了有力支撑。

2017年，党的十九大确立了习近平新时代中国特色社会主义思想的指导地位，90高龄的周长康深受鼓舞，经过调查，撰写了《大数据时代发展"枫桥经验"的探索》《"枫桥经验"的八个关键词》等文章。

如今，他和同志们一道到各地调查，埋头苦写《新时代"枫桥经验"的新发展》……

来自公安部的李副所长

董文骐　胡　军

1977年9月，公安部派出以一局副局长赵明为组长的五人工作组到浙江诸暨枫桥蹲点调研14个月，工作组成员在当地多有任职。公安部政治部的李先觉是其中的一员，他担任了枫桥派出所副所长。

带着重要使命而去

1977年，迈向实现"四个现代化"新长征的号角已经吹响，社会各方面工作得以恢复和整顿。公安部根据当时中央指示分派两个工作组去基层调研，一组北上去了哈尔滨的东莱派出所，另一组南下来到诸暨县枫桥区。到枫桥的中心任务就是贯彻毛泽东思想，恢复巩固提高推广"枫桥经验"，充分相信依靠发动群众，维护社会治安秩序，保障人民群众生产生活的稳定安全。赵明点将，李先觉作为五人工作组的一员。

1977年9月底，肩负重要使命的公安部工作组一行五人由赵明带队，从北京启程，经在杭州与省公安局联系后，于当年国庆节结束后进驻诸暨县枫桥区。

到了枫桥区后，公安部工作组与以省公安局副局长赵光华为组长的工作组、以绍兴专署公安局局长刘邦俊为组长的工作组和以诸暨县公安局局长阮超为组长的工作组组成联合工作组，由赵光华任组长，赵明、刘邦俊和阮超任副组长。

为便于工作开展，当时中共浙江省委任命赵光华、赵明为中共诸暨县委副书记，中共绍兴地委任命公安部的卢才、王永廉分别为诸暨县公安局副局长和中共枫桥区委副书记，李先觉则被中共诸暨县委任命为枫桥派出所副所长，而工作组中年纪最小的女同志杨小妹才十几岁，被分在了公社工作。

大家在一块共事，都住在枫桥，李先觉住在派出所的院子里，主要负责政策性的宣传工作，赵明和王永廉住在区委的院子里，和枫桥派出所教导员许根贤住在一起。

丰富"枫桥经验"内涵

进驻后，联合工作组主要对枫桥区监督改造"四类分子"的情况进行调研，筹备召开纪念"枫桥经验"14周年大会。

"枫桥经验"诞生之初是依靠群众改造"四类分子"为主的对敌斗争经验，可到了1977年，联合工作组在枫桥看到、听到、面临着与以往大为不同的情况。以前的"四类分子"都老了，有的都走不动了，年纪大的甚至已去世了，可他们中很多人还戴着帽子呢，所以这时候不存在1963年那会捕人多少的问题。如何对待"四类分子"的子女，成了摆在联合工作组面前的一个新问题。这部分人好多都是有文化的，而且有一定的才干，要尽量争取可教育的"四类分子"子女，把他们解脱出来，吸引到社会主义建设中，这是联合工作组讨论后认定的工作中心。

试点工作初期，联合工作组给表现突出且未再犯罪的"四类分子"适当摘帽，经讨论后先摘掉了30%"四类分子"的帽子，可以说走在了全国前列。随着试点工作的深入开展，联合工作组又率先给符合要求的"四类分子"全部摘帽，为1979年党中央在全国开展"四类分子"摘帽工作提供了经验。

除了给"四类分子"摘帽，这一时期的"枫桥经验"已开始向依靠群众维护社会治安为主的治安管理经验转变。联合工作组的第二项重要工作就是维护社会治安，延伸"枫桥经验"内涵。"文化大革命"期间，枫桥有些人离开家后跑到外面去作案，有些人则在本地干些偷偷摸摸的勾当，对社会危害挺大，所以枫桥当时成立帮教小组，派人把那些在外面的人找回来，并落实到具体工作人员对他们进行帮教。为搞好治安工作，枫桥区有的大队还根据党的政策和新《宪法》精神制定了《治安公约》，动员群众自觉遵守社会主义法制、维护社会治安。

通过调研，联合工作组发现枫桥人民不仅在实践中创造了"枫桥经验"，还总结出"枫桥经验"是否落实的标准——治安好、捕人少、产量高，并总结出普及"枫桥经验"的六项标准：（一）党支部能坚持党的基本路线，加强对治保工作的领导；（二）治保组织健全，战斗力强，执行政策，遵守纪律；（三）树立了贫下中农的阶级优势，敢斗敢批；（四）监督改造"四类分子"，做到经常化制度化，对外逃的及时追回，对有破坏活动的就地制服，矛盾不上交；（五）教育改造有违法犯罪行为的人成效显著；（六）发案少，治安好，巩固集体经济，发展了生产。浙江全省各地按照"六项标准"，有计划、有步骤地推广"枫桥经验"。

1978年6月下旬，公安部部长赵苍璧到枫桥区视察，肯定枫桥区给改造好的"四类分子"摘帽和运用公约管束教育有不良行为的人的经验。同年8月底，赵苍璧在第三次全国治安工作会议上高度评价枫桥区摘帽试点是个好经验。

1979年1月，中共中央印发了《关于地主、富农摘帽问题和地富子女成份问题的决定》，全国公安机关在各级党委、政府的领导下，以点带面开展了对"四类分子"的摘帽和地主、富农子女定成分的工作。

1979年2月5日，《人民日报》发表诸暨县枫桥区对"四类分子"摘帽的长篇通讯：《摘掉一顶帽，调动几代人——记诸暨县枫桥区落实党对四类分子的政策》，文章指出："中共中央作出关于地主、富农分子摘帽问题和地富子女成分问题的决定。这一决定，使至少2000万人结束了长期受歧视的生活。""枫桥经验"为全国"四类分子"摘帽和地主、富农子女摘帽树立了样板，提供了经验。

终身相随的枫桥情

  在14个月的调研中，李先觉先后跑遍了枫桥区的13个公社，走熟了28个大队，对枫桥产生了深厚的感情。

  李先觉从学校毕业后就到了公安部工作，没在基层公安干过。他觉得在枫桥那才叫干公安！一天到晚轮流转，哪里有案子就到哪里去。事无巨细都跟着，还学到好多东西，特别是枫桥人民群众的优良品质，他们斗争的艺术和方法，鲜明的政治态度立场，还有不断改进的"枫桥经验"，让他终生难忘。

  1978年10月13日至18日，枫桥区委召开治安保卫工作会议。会前，联合工作组成员都做足了功课，带头学习中央重要文件和精神，吃透摸准各项政策，打好自身底子，才好开始下一步工作——指导队员、训练队伍。这些思想政策不是自己懂了就行，得教给每个队员。

  当时，枫桥区每一个公社的公安员都参加了大会，会议提出进一步落实"枫桥经验"的具体任务，每个人都发了言。会后，联合工作组分头下到各个公社、大队检查工作落实情况。

  在调研中，令李先觉印象深刻的还有联合工作组通过树立典型等多种形式宣传推广"枫桥经验"，尤其是1978年夏天的"请您来、走出去"活动。所谓"请您来"就是请东莱派出所所长到枫桥作经验介绍，"走出去"就是由诸暨县公安局牵头，组织全县公安员去李先觉的故乡江苏宿迁取经。

  宿迁是当时全国治安最好的一个典型，大案不发、小案不犯，帮教工作搞得特别好，全国治安工作会议在那里召开。公安部副部长凌云去考察后指示工作组去那边看看。李先觉当起了联络人。到了宿迁后，枫桥派出所先传经，所长王光焕在会上做宣传。再取经，就是到各个点上听宿迁的同志介绍工作经验。令李先觉印象特别深的是对方宣传搞得特别好,把改造违法犯罪分子的工作事迹编成戏剧。回来之后由小杨组织,用越剧编剧介绍"枫桥经验"。

在 14 个月的蹲点调研中,李先觉只中途回去和家人过了一次春节,其余时间都在枫桥。家中事务都由他妻子一人操持,独自抚养着三个孩子,生活很是艰苦,所以李先觉至今对妻子心怀感激。

许根贤的枫桥十年

张 琼

许根贤的工作生涯基本是做教育人的工作，他当过老师、当过公安局局长、当过司法局局长、当过法院院长。回味整个工作经历，许根贤认为1971年到1981年这十年，在枫桥做人的思想工作那个阶段最有意义。

带着使命而去

1971年9月的一天，许根贤像往常一样，正在县公安机关军管组的档案室埋头整理档案。诸暨县革命委员会人民保卫组组长、县公安机关军管组组长李保庆（军代表、县人武部副政委）突然到访，严肃认真地跟许根贤说："现在组织上要交给你一个任务，派你去枫桥派出所工作。"许根贤听后连连摆手，认为自己以前是老师，不懂公安业务，无法胜任这项工作。

"你放心，让你去不是去破案，破案的事情交给所长！你以前是老师，会搞文字工作又会做学生的思想工作，这次组织上要选一个文化人去当指导员，这是一项极其光荣的任务。再过两年就是1973年11月，要在枫桥召开纪念'枫桥经验'诞生10周年的纪念大会。你的任务就是去枫桥教育人、改造人，争取再出一批排除干扰、高举'枫桥经验'红旗、依靠群众、加强专政的典型经验。这是一项硬任务。人员嘛，在全县24名人民警察编制中分配给你们派出所5名。"

"教育人、改造人、把教育改造的好经验再总结出来……"许根贤嘴上没有应答，心里在默默地琢磨：我对做人的思想工作还算有点心得，去枫桥也是做人的思想工作，也算对口，更能实现我的理想抱负。但转念一想，妻子现在在牌头工作，我如果去枫桥，这一东一西要见一面都难。许根贤再次婉拒了去枫桥工作的要求。

得知了许根贤的顾虑，李保庆承诺："这个问题不是问题，你只要安心去枫桥，其他问题组织上会安排的。"就这样，许根贤应下了去枫桥的历史任务。因为枫桥派出所的新牌子还没做好，许根贤就想先去原枫桥派出所了解一下情况。第二天，许根贤动身去了枫桥，发现原枫桥派出所的单位用房是一幢洋气的二层小洋楼，一楼被打击投机倒把办公室崔公悦等人占用，二楼被造反派村民占用，许根贤就上前告知他们枫桥派出所要重新成立了，希望他们把小楼腾空归还，对方表示同意。找回了派出所的办公楼，许根贤也高高兴兴地回到了城关。回来没几天，县公安机关军管组管总务的宣文虎来叫他："许根贤，你的牌子可以领取了，衣服也可以拿去了。"

看到崭新的公安制服，许根贤忍不住上前抚摸了一下。宣文虎看他这么慎重，提议穿穿看合适不合适，许根贤听了，不顾室内的高温，没脱下自己的衣服，直接将公安制服套在了身上，还忍不住拉拉袖子让衣服更加挺拔些。第二天，许根贤就穿着公安制服，一个人背着枫桥派出所的直木牌坐上了去枫桥的公共汽车。到了枫桥派出所原址，许根贤看到以前挂牌子的钉子还在，就上前先把牌子挂起来，正在收拾东西的崔公悦等人看见了，也过来帮忙把牌子摆正。许根贤成为枫桥派出所重新挂牌后第一个报到的民警，为了铭记这一历史时刻，难忍激动的他还在枫桥派出所直木牌前留影。

此后两三天，所长严茂才到了。在李保庆的指示下，严茂才、许根贤在枫桥所实习的新招募民警中，精心挑选了寿仲华、斯祝定、周明儿3名民警，派出所开始正常运转。

重建基层治保组织

枫桥派出所重新挂牌初期，基层治保组织已经接近瘫痪。单靠派出所这几个人是没有办法掌握枫桥区15个公社的所有情况的，必须把基层治保组织建立起来。为了重建基层治保组织，许根贤去枫桥区委拿了关于15个公社书记、公安员的花名册，然后和所长一起，按照花名册一个一个找上门去，把枫桥派出所重新挂牌的消息告诉他们。然后，召集了枫桥区全体公安员会议，在会上郑重宣布枫桥派出所重新挂牌、恢复治保会等决定，并要求公安员在每个村建立治保会，每个治保会至少物色5~7名治安保卫员，摸熟"四类分子"、流窜犯的基本情况并建档，将档案上交到派出所。在物色治安保卫员的过程中，许根贤发现镇上的几个公社很快就将材料交上来了，但是几个偏远的公社一直交不上来，他让管片的民警打电话过去问，原来部分人员有畏难情绪，因为"文化大革命"被批斗的经历，不想当治安保卫员。许根贤听说缘由后，就赶去做动员工作，然后陆陆续续把治安保卫员都组织起来了。

此后，许根贤每月组织召开一次治保例会，使枫桥派出所和治保干部的关系越来越密切。遇到什么难题，公社干部和治保干部都会主动来找派出所。

1972年的一天，钟瑛公社的支部书记骆定浩、治保主任谢欢金陆续来找许根贤，他们都是来反映帮教对象骆某松的婚姻问题。骆某松以前有小偷小摸的名声，因此到了适婚年龄找不到对象，附近的村民都不愿意将女儿嫁给他。后来，骆某松经人介绍，从江苏泰清县结了一门亲，付给女方200元礼金。想不到最后女方反悔了，而且不肯退还礼金。当时这200元礼金数额不小，已经是骆某松全部的家当了。亲没结成，钱也飞了，这对骆某松的打击非常大，整个人病恹恹地提不起精神。支部书记骆定浩、治保主任谢欢金都是骆某松帮教小组的成员，他们看在眼里，急在心里，担心骆某松好不容易改好了，会走"回头路"，都想帮骆某松解决这个难题,所以找许根贤商量解决的办法。许根贤和所长严茂才商量了一下,觉得这件事对骆某松非常重要,是影响骆某松一生的大事,就决定和公社干部跑一趟江苏。在人员选择上,许根贤年轻又能说会道,就让许根贤带头去。许根贤、骆定浩就和另一个岳父家也在泰清的村民一路赶到了江苏泰清县,先是找到女方所在地的公社干部,把前因后果讲了一遍,然后在公社干部的陪同下,到了女方家里。想不到女方父母态度非常坚决,说200元钱已经用掉了,而且家里非常穷拿不出钱来了。看着女方家徒四壁的样子,看来是真的拿不出这钱。但是想到出门前骆某松殷切的目光,许根贤和骆定浩不想这么轻易地放弃,就一直守在那里看看有没有其他机会。同去的那个村民住到了泰清的亲戚家里,许根贤和骆定浩两人就住在公社里,饿了随便吃点稀薄的玉米糊,晚上没有地方睡,两人就睡在晒谷的晒箕上,就这样整整熬了一周,人都瘦了一圈。眼看着许根贤两人不拿回钱誓不回家的样子,女方父母在公社干部的劝导下,从亲戚那里东拼西凑终于凑了200元,交给了许根贤两人。许根贤他们拿到了这钱,尽快赶回枫桥,将钱交给了骆某松。收到这笔钱,骆某松很感动,发誓要好好改造。后来,骆某松拿着这笔钱重新结亲,过上了幸福的生活,而且成为了生产大队的先进生产者。

"四类分子"全面摘帽

许根贤第一次参加"四类分子"年终评审大会是在枫溪村的村校里。他一进会场,所有"四类分子"都站起来了,根据惯例"四类分子"就要一直站着听。许根贤让他们都坐下,以后也是他坐着讲,大家坐着听,但是大家都不敢坐下,因为这是从来没有的事,也是从来不敢想的事,但是许根贤仍旧坚持让大家坐下听。

"你们是人,我们也是人,大家都有人格,政治上我们是不一样的,但是人格上我们都是一样的……"接下去,许根贤讲了当前的社会形势和"四类分子"应该怎么改造,这场大会持续了一个多小时,大家都听得很入迷。

事后,陈友堂到许根贤这里来反映:"大家都说以前从来没有开过这样形式的训话会,会上被点名的'猫头鹰'(绰号)回去跟老婆说要好好改造。"

1974年,在"四类分子"的政策上,许根贤又提出了"政治上区别对待、经济上同工同酬、思想上对症下药、方法上因人施教"的指导方针。

在"四类分子"年终评审过程中,当时政策规定只有3%的人能摘帽。"四类分子"在长期的改造过程中,大部分已经改造成新人,但是囿于名额限制,不能摘帽,甚至有的村明明有名额,但是因为符合条件的人太多,名额太少,宁可一个也不摘。当时,年纪最小的地主分子已经56岁了,带着"四类分子"这顶"高帽子",子女不能当兵,子孙不能当少先队员,甚至亲朋好友都要跟他们划清界限,许根贤越来越感觉到这违背了毛主席说的"要改造人就要给出路"的精神。他认为符合条件的其实都可以摘帽了,但是在当时极左思想下,他的想法得不到认可。1977年10月,公安部赵明等人到枫桥蹲点,许根贤跟赵明汇报情况,赵明也认可,他提出要办文艺训练班,先搞出宣传效果。他邀请文化馆阮逊、叶小龙等人写了剧本,编了《一根钓鱼竿》《一瓶青梅酒》《会前》三台小戏,描述"文化大革命"中因钓鱼被批斗、右派分子摘帽后和支部书记成为儿女亲家及"四类分子"子女参加文艺表演的故事。这三台小戏先在枫桥大庙演出,后到绍兴地区演出。但绍兴地区只演出一次就被封杀了。

"支部书记怎么可以和'四类分子'成为儿女亲家?"

"'四类分子'子女竟让上台表演?"

"乱七八糟的戏……"

1978年年初,赵明在北京过完春节,回来后就跟许根贤讨论摘帽的事情。当时枫桥区很多领导干部都反对全面摘帽,但时任枫桥区副书记兼枫桥派出所指导员的许根贤和另一名公安部挂职的副书记王永廉都坚持应该实事求是，符合条件的都摘帽。1978年春季，许根贤等人顶住压力，枫桥区开始全面摘帽，齐东公社摘得最快，"四类分子"全部摘掉。摘帽后，枫桥区的整个气氛都变了，大家明显感觉到空气都活泼了很多。有个"四类分子"家庭兴高采烈地说，父母同时摘掉帽子、亲朋好友登门走动、子女当兵入伍，家里真是三喜临门。

老宣的城里亲戚宋金良

朱建平

老宣是诸暨溪东人。人长得精瘦,虽然比较热心,但脾气不大好,只要稍有看不惯,会开口就说。他就是因为说话不看场合管不住嘴,加上其他的一些原因,被戴上了"四类分子"的帽子。

开始的时候老宣说他在绍兴城里有亲戚,根本没人相信。想想也是,老宣爷爷的爷爷都住在溪东的山窝窝里,走得最远,也只到过枫桥,连绍兴城在哪个方向都不知道,哪里会有绍兴城里的亲戚?

老宣说多了,大家就当他是吹牛说大话,也不再反驳,只是开始留意老宣家的动静,看看是不是真的像老宣说的那样,有绍兴城里的亲戚。一次秋后的黄昏,村里的大老宣路过老宣家那丘不足巴掌大的自留田,看到老宣站在田埂上,挥舞着双手,在指挥一个身材高大,三十来岁,戴草帽,穿白衬衫,白白净净的汉子耘田。大老宣有点好奇,就停下脚步仔细看。看着看着,他看出门道来了,汉子并不精通农活,巴掌大的水稻田,他笨手笨脚地弄了大半天,还是没有耘好。不过他动作虽慢,但经过他耘过的那几株没有插好倒伏的晚稻秧,像这个亲戚直起身歇歇的样子,都变得精神抖擞。

看了一会,大老宣觉得耘田的汉子有点眼熟,但又因为汉子弯着腰,看不清相貌,于是,就故意笑嘻嘻地对老宣说:"老宣,毛脚女婿上门帮你耘田了?"

老宣白了他一眼,说:"你的嘴巴呀,就是吐不出象牙,我只有三个儿子,哪来的女儿,你又不是不知道?"

大老宣笑了，说："那这位年轻人是谁？"

老宣拍了拍巴掌，说："这就是我城里的亲戚。"在干活的大汉听老宣这么一说，就直起腰，转身朝大老宣打了声招呼。

大老宣一看大汉，吓得差点掉下田埂，说道："乖乖，老宣，你的胆子也太大了，居然敢说宋公安是你绍兴城里的亲戚，还让宋公安给你耘田？你不要忘记，你还是我们的监督改造对象呢。"

宋公安挥挥手，说："大老宣，你别吓老宣，这是我自愿的，我是想着学会了农活，以后在你们忙的时候，也可以帮一下大家。"

大老宣说："宋公安，你是吃国家饭的人，你来我们这里是来搞调研的，虽然说每次来都要待上一两个月，可我们还是不能让你干这样的活，要是让上面的领导知道了，我们会吃不了兜着走的。"

宋公安笑笑，说："没那么严重，我不深入到群众当中，怎么能知道你们'矛盾不上交，就地解决，实现捕人少、治安好'的'枫桥经验'是如何总结和推广发展的呢。"

宋公安是当时宁波专署公安处的秘书科长。他是在毛泽东主席对"枫桥经验"做了批示后，按照浙江省公安厅的部署，专门到枫桥来蹲点调研提炼"枫桥经验"的。宋公安到了枫桥后，认为要想得到"枫桥经验"的第一手材料，就必须到群众中去。所以，他决定找一个"四类分子"作为帮扶对象，在和"四类分子"同吃同住的同时，做好帮扶教育监督工作，这样既能保证"四类分子"能安心改造，又能掌握"枫桥经验"的第一手材料。就这样，他在镇公安员和村（大队）治保主任的介绍下，挑选了老宣作为他的帮扶对象。

老宣是村里的"四类分子"，按照当时的政策，他是应该被送去劳动改造的。不过后来枫桥镇提出"捕人少"的方针后，老宣才逃出被劳动改造的"厄运"。当然，"厄运"这话是老宣自己和宋公安说的。当时宋公安听了老宣的话，连忙说："老宣，你话可不能这样说，你虽然没有被送去劳动改造，可你是要在村里所有人的监督中接受改造的，说话做事都要注意。"

老宣扭扭头，说："我祖宗都在这里生活，怎么到我这里，就成了'四类分子'了？我不服气啊。"

宋公安说："老宣，这个都是按照规定条条框框扣下来的，套到你身上，肯定是符合条件，不会错的。"

老宣叹口气，说："早晓得这样，我不如早点逃掉。"

宋公安连忙给老宣递上一支烟，"来，抽根烟。"老宣划了根火柴，先让宋公安把烟点了，再给自己的烟点了。吸了几口，又想说话，宋公安站起身，抬头看看门外，说："老宣，时候不早了，早点睡。"

宋公安说睡觉，老宣才突然醒悟过来，刚才只顾着发牢骚，忘记嘱咐老婆给宋公安铺床了。于是，连忙站起身喊老婆，让她赶紧给宋公安铺床。宋公安摇摇手，说："不用，我自己会铺的。"走之前，宋公安拉着老宣的手，说："老宣啊，你这人脾气直爽，和我很对胃口，只是你吃亏就吃亏在嘴上，以后要少说话，多做事，虚心接受群众监督，认真改造，争取早日把你头上的'四类分子'帽子摘掉。"老宣连连点头。

宋公安在老宣家住下后，天不亮就出门，去隔壁的村子走访调研。大山里的村子，和平原地方的村子不同。两个人眼看着能面对面了，结果真的要见一面聊个天，还得走好多路。这样的条件，让宋公安有些吃不消。虽然宋公安在三岁的时候父亲就去世了，跟着他妈妈吃苦受罪了好多年，但毕竟是从城市里出来的，这种山路从没走过。所以，刚开始宋公安跌跌撞撞走山路的样子，经常被村里人笑。当然，这个笑是背后笑，当面是不敢笑的，他们怕，怕宋公安发脾气，把自己都划到"四类分子"中去。

其实，对村民们的笑，宋公安知道得清清楚楚，他也明白，只要自己不攻下走山路这一关，和群众就融不到一起,也就推广、发扬、发展不了"枫桥经验"。所以,他后来索性买了双草鞋,和村民们一起穿着草鞋走路。这样一来,果然没人笑话宋公安了。

宋公安和群众融入进去了,老宣却有点想不通了,本来宋公安和自己亲近得像亲戚一样,自己也经常把宋公安这个亲戚挂在嘴上,可自从宋公安和其他群众融入一片后,自己的优越性体现不出来了。他想了好多天,终于找着个机会,把心里想说的话和宋公安说了。

这天是宋公安打算回城的日子。出来蹲点调研一个月多,家里的一切,特别是生病的母亲和两岁的儿子让宋公安时时牵挂。回去的时候,因为宋公安买了些山货,准备带回家,所以,宋公安不得不向老宣借了一根扁担,准备把行李和山货担到车站。

老宣看宋公安不会挑担,坚持要把宋公安送到车站。宋公安推却不过,只能同意。在路上,老宣附着宋公安的耳朵,小声小气地说:"宋公安,你怎么对每个人都这样好,你总得分一下亲疏远近的啊。"

宋公安听了老宣的话,有些明白老宣的意思了。他笑笑,说:"老宣啊,党派我来工作,是让我来调研'枫桥经验'的,我不深入到群众中去,怎么能得到'枫桥经验'的第一手材料呢?所以,对群众,我不能有厚薄吧。"宋公安停下脚步,让老宣也停下休息休息,等老宣放下肩上的担子,擦了把汗后,说:"老宣,像你,现在经过党的教育,已经能自觉接受群众监督,接受群众的帮助,积极进行思想改造,这说明'枫桥经验'确实有成效。你要知道,现在我比你们几个表现好的'四类分子'还急,我要把你们几个接受改造的情况及时向组织报告,争取早日把你们头上的'四类分子'的帽子摘掉。我一直把你,把这里所有的群众当成是我的亲戚,只有这样,你们才能信任我,我才能做好工作。"

老宣听了宋公安的话,不由自主地脸红了。他低着头说:"宋公安,我懂了,你放心,我一定认真接受群众的监督,争取早日改造好,早日摘帽。"

从此以后,只要宋公安下来蹲点调研,一定会住在老宣家里,村里人已经不再把老宣当成专政对象。时间一长,人们都一致认为,戴着"四类分子"帽子的老宣,已经被改造成功,和普通的群众没有了区别,就同意给老宣提前摘帽。被提前摘帽,这让老宣觉得扬眉吐气,宋公安更成了他口中的"绍兴城里亲戚"。

后来,随着交通的发达,经济的发展,宋公安虽然不再每年来枫桥蹲点调研了,但老宣却每年都会去绍兴城里走亲戚。到了1992年,宋公安被查出肺癌,80多岁的老宣得到消息,急得不得了。他四处打听治疗癌症的土方,找来后,请人认真誊写,寄给宋公安。有一次,他听人说,做过化疗的病人,吃野生甲鱼特别好,他就四处寻找,终于找到了一只两斤多重的野生甲鱼,请人连夜带到绍兴,好让宋公安能尽快吃上。

后来,老宣去世了,宋公安也去世了,但老宣家和绍兴城里的这门亲戚却一直没有断,因为老宣的儿子和宋公安的儿子对接上了。直到这时,老宣的儿子才知道,经常出现在"枫桥经验"宣传资料上的宋金良,就是自己父亲嘴巴里天天念叨的宋公安。当然,这是后话。

情系乡民的老公安魏仲尧

蒙 奇

1958年7月9日，魏仲尧同志作为枫桥区的代表前往北京参加第九次全国公安会议，受到了毛泽东、邓小平等中央领导的接见。他是研究"枫桥经验"诞生初期历史的重要人物，追随着他的工作经历，一步步找到一些知情者，慢慢地回味了当年老一辈公安人创造"枫桥经验"的过程，同时也深深地感受到了在魏仲尧身上体现出来的浓浓乡情。

他的乡情

90周岁高龄的魏仲尧住在东安五区，妻子已经去世，平常都是女儿魏兰萍在照顾他。在子女的印象中，魏仲尧有着浓浓的公安情结和乡土情结。

魏仲尧退伍后被分配到浙江省公安厅，但是他想回到诸暨，就跟领导说他文化低，在杭州大城市待不住，建议领导把他调到诸暨去。领导劝他说杭州是省会城市，生活条件比诸暨好，而且省公安厅比县公安局发展空间更大。但魏仲尧还是死活要回诸暨，领导拗不过他。在省公安厅工作大半年后，魏仲尧终于回到了魂牵梦绕的诸暨，并被任命为枫桥特派员。魏仲尧出生在枫桥镇上庄大队，能分配到枫桥工作，他非常开心，这里是他土生土长的家乡，他全身心地投入到工作中，把家里的事都交给了妻子安排。在担任枫桥特派员期间，魏仲尧工作爽利，为人豪爽大方，有时候为了办案几天几夜都不回家。

魏仲尧胆子很大，思路清晰，敢于在大会上发言，大家都夸赞他发言有头有尾。后来就推荐他为枫桥区代表，到北京参加第九次全国公安会议，见到伟大领袖毛主席，这是魏仲尧一直自豪的事。魏仲尧退休后，听说他参加第九次公安工作会议时有一张他和毛主席的合影。他找到公安局政工干事蒋信德，提出想要复印这张照片，但是当时一直找不到原件。2017年年底，公安局副局长兼枫桥派出所所长杨叶峰听说了这事，专门翻拍了这张有意义的照片送给魏仲尧，了却了他的这桩心事。

现在魏仲尧已经90周岁了，记忆力衰退得比较厉害，记不清以前的事，而且大部分时间都躺在床上。但魏仲尧依旧耳不聋眼不花，更可贵的是每天坚持读书看报，只要起床就会拿起一本书反复看、反复读。在魏仲尧的房间里，靠窗的位置放着好几本书，每天起床后，他都习惯翻一翻书，《诸暨公安志》《信仰与传承》是他翻得最多的两本书，每本书上都整整齐齐地标有不少横线，特别是讲述"毛泽东思想是中华民族之魂"这一章，密密麻麻地划着线条，就像小时候背课文时标注的重点。每当有客人想翻看这几本书时，魏仲尧都会兴致勃勃地介绍这几本书，甚至逐字逐句地读起了其中的片段，竟然一字不差。

魏仲尧的柜子里有很多新衣服，但都是崭新地堆在那里，他现在最爱穿的还是那几件公安的旧衣服，特别是那件藏蓝色"七一式"旧制服，蓝色的棉布材质，右侧的小口袋上醒目地写着"公安"二字。

阿罗妈妈送鸡蛋

2017年的正月里，魏兰萍在家，有亲戚来做客，还送来了一篮鸡蛋，大概有30~40个。据说是上庄村的阿罗妈妈托付她带上来的，因为阿罗妈妈90多岁了，自己没办法来送。问"阿罗"是谁，送蛋的人说几十年前，阿罗父亲当时是"四类分子"中的地主，年纪轻轻就死了，家中没钱办丧事，魏仲尧当时借给他们五元钱，靠着这五元钱他们把阿罗父亲抬上了山。直到现在他们还感念魏仲尧当年的恩德，阿罗妈妈千方百计托人送来家里积攒起来的一篮鸡蛋。

其实，"阿罗"真名魏利浩，是枫桥镇霞朗桥村上庄自然村人，父亲叫魏金（已逝），母亲叫吴茶青，现在已经95岁了，还健在。当初爷爷辈留下了300亩田地，土改时因此被划为地主，因为家庭成分的原因，大部分村民都看不起他们，他们跟村民接触、交往也很少。阿罗的父亲魏金36岁就去世了，全家的重担都压在了母亲吴茶青的肩膀上。当时，吴茶青一个人养育着五个女儿，一个儿子，日子过得非常清苦。后来，魏仲尧回到枫桥工作，看见阿罗家实在困难，他便经常资助他们，家里有什么东西就送一点过去。

魏仲尧的善心，阿罗一家一直都记在心里，但当时实在是无以为报。后来，孩子们都长大了，家里日子逐渐好起来，有点鸡蛋、番薯等土特产，阿罗妈妈就会千方百计托人送给魏仲尧。谈起魏仲尧，阿罗妈妈总要念叨几句："我只有一个儿子，当初我儿子生病快要死了的时候，村里有人笑话我家要断子绝孙了，现在我太婆都有得做了。"

在魏兰萍的记忆中，小时候家里日子一直过得紧巴巴的，不过有什么东西都舍得给别人，一旦邻居有需要，都会借出去。有一天，家里煮好了三碗饭，正准备吃饭，爸爸妈妈就突然把其中两碗饭端出去送人了，只留下一碗饭给自己吃，因为不够吃只能再擦点番薯丝填饱肚子。

奎钊阿叔的故事

魏奎钊也是霞朗桥村上庄自然村的村民，原来是栎江卫生院的医生，20世纪60年代的时候被定为反革命分子。为此，他失去了工作，妻子也离开了他，一辈子无儿无女，孤苦伶仃。当时魏奎钊回到村里就地落实改造，他身体文弱干不了农活，生活非常困难。

20世纪70年代的时候，魏仲尧看他着实困难，每年回霞廊桥都会定期来看看他，而且都会拿点钱给他，一年大概 100~200 元，这可是一笔不小的数目。那时候，一个健劳力一日可赚 10 个工分，大概是 5 角钱，一年最多也就 150 元。就这样，魏仲尧一直资助魏奎钊十来年。最后两年，魏奎钊身体更差了，自己已经起不了身，眼看着就要饿死了。

魏仲尧左思右想，终于在村里物色了一个为人热心又老实的村民魏均泉，让他每天烧好三餐饭给魏奎钊送过去，照顾魏奎钊的生活，烧饭的费用由魏仲尧支付。魏仲尧交代魏均泉：“奎钊现在生活很困难，他是我们同宗的长辈，我把他托付给你了，你要把他照顾好，我会经常回来看看的……”就这样，在魏均泉的妥善照顾下，魏奎钊平静地度过了最后的两年。

1984 年夏天的某一天，魏奎钊去世了，生产队长魏校灿接到魏奎钊去世的消息，第一时间通知了魏仲尧，并跟他商量魏奎钊的丧事怎么办？有的村民说奎钊无儿无女，也没有香火，直接抬到山上去好了。有的村民说农村里白事一定要讲究，一定要热热闹闹。但是当时大家经济都很困难，办一场白事花费不小，没有人主动来承担这笔费用。

魏仲尧听说了大家的顾虑，他拍了板说道：“我们是同村同宗，就是一个大家庭，奎钊叔无儿无女，也得热热闹闹办好这场白事。"他主动拿出了 500 元钱，同村的 20 余户村民看到魏仲尧这么豪爽，也每户捐了 20 元，总共凑了 1000 元左右。最后，大家捐米捐钱，办了 20 桌酒，热热闹闹地把魏奎钊送上了山，进行了安葬。

在枫桥镇霞朗桥村上庄自然村，受到魏仲尧恩惠的村民不只阿罗和魏奎钊这两家，他每次回村都会去看望村里的老人，而且鼓励经商、从政的儿女们积极回馈乡里。现在村里还立着两块捐助功德碑，2009 年，魏仲尧与儿子魏丹萍、魏建萍捐助 28.8 万元用作上庄村水泥路浇筑和安居房建造，魏仲尧捐助 2.8 万元用作村老年室建造。

队长·书记·厂长

——俞善昌与"枫桥经验"的难舍情结

王定舒

俞善昌,男,1933年1月10日出生,中共党员,枫桥镇钟山村原钟瑛自然村人,"枫桥经验"的早期创始人之一,曾担任枫桥镇钟瑛村生产队大队长,枫桥镇钟瑛村支部书记,枫桥镇枫江电器厂生产厂长。50多年前,在毛泽东同志批示"枫桥经验"之初,俞善昌就开始致力于钟瑛村的矛盾化解工作,从一开始的大队长转变为支部书记,到后来的生产厂长,他用一个个感人的故事书写了"枫桥经验"的辉煌篇章。谈起50多年前的往事,俞善昌就好像在说昨天的事一样。"我这辈子,就数和'枫桥经验'捆得最紧。"这是他一直挂在嘴边的一句话,也是他一生的真实写照。

当好队长带好头

二十世纪五十年代后期,俞善昌到枫桥钟瑛村当生产队大队长,二十多岁的他脸上还透露着稚气。那会儿还没有"枫桥经验",俞善昌所做的事情很简单,就是当个干部给村里办实事,化解矛盾维护村里的平安稳定、合理利用好土地加大生产等等。但就是在这些平凡的点滴当中,孕育出了"依靠群众、小事不出村"的模式。

"这天真热,还让不让人活了。"好几个泥瓦匠一边干活一边嘀咕,还没等到饭点就各自放下了手中的活。"老骆,你咋还不走?"三楼的屋顶上只剩下一个熟悉的身影还在用瓦片铺顶,那是被房东请来帮忙盖房子的泥瓦匠老骆,大家喜欢称他为"标兵",因为做事勤快,干活卖力,"标兵"深得村民喜欢。此时,他黝黑的脸庞上不断落下黄豆般大的汗珠,可见也是累了。"你们先走,干完这点我就回去。"老骆用破布衫擦了一把汗回答道。

时间又过去了十多分钟,老骆忙完了手头的活正准备起身,谁知立足不稳,只听见"呼"的一声,从三楼下来了一团"黑影",地上顿时红了一片,等到人们发现老骆的时候,他已经断了气。

事情很快在村子里面传开了,房东自然愧疚地抬不起头,明明是自己请来帮忙的,这下子出这种事情怎么和老骆的家人交代啊。果不其然,一大群绑着白带的家属就坐到了房东的家门口,这可麻烦了。

俞善昌知道后第一时间赶赴到现场,"很难过的结局,但是你们要冷静,这事由我们村里出面,大家坐下来好好商量。"

"我们就指望你给我们做主了。"家属对着俞善昌说道。

现场总算是撤离了,之后还有一场硬仗要打,俞善昌暗下决心,这事一定要在村中解决,他急中生智对着家属说:"人死了还不让他安息吗?这样子闹腾对得起谁?老骆也肯定不答应的,你放心,这事我也不会让你家吃亏的。"说完又对房东说:"虽然老骆的死不是你直接造成的,毕竟也是为了帮你,我知道你心里肯定也很难过,咱就出面给对方一个说法,加上适当的赔偿安抚安抚他的妻女吧!"村委会楼里的灯光就从早上亮到了晚上,又从晚上亮到了白天,俞善昌那匆匆的身影一直在楼里浮现。经过两天一夜的协商,双方最终达成了一致的赔偿意见,事态终于平息了。

当好书记改好人

钟瑛村的骆某,平时不务正业,经常干些偷窃的事情。一次偷窃过程中被同村的村民现场捉住,"好你个小贼,好的不学学坏的,多少次被你得逞了,今天一定要好好教训教训你。"村民们说道,气愤的村民于是想到了一个办法,用家中盛水的大水缸把骆某倒扣在地上,还在上面压上了大石块用来稳固,但是一个村民担心这样会闷死骆某,于是在缸下垫了一块石头留下了一道缝隙。

谁知半夜里,骆某实在待不住了,"这么点小缸会困得住我?"骆某小脑筋一动,把垫着的石头抓了起来,"哐"砸破了水缸逃走了,这一下又没了踪影。后来是通过派出所的同志找到了骆某,派出所的民警和已经担任大队支部书记的俞善昌商量后,决定把骆某送回村里并指派民警杨某做好帮教工作。

俞善昌看着"万人唾弃"的骆某,和他聊到了深夜,"我们村一定要把你改造好。"这是谈话结束前俞善昌对骆某说的一句话。经过讨论,俞善昌和大队干部决定把骆某安排在猪场劳动,让贫协委员尉庆茶做骆某的"导师",并发动了广大社员共同关心和帮助骆某。

"小骆,今天我来帮你,我教你干活,干活能充实自己。"

"谢谢啊,我以前真的不是人,怎么会想着一直做这种事。"在俞善昌及广大村民的感化下,骆某渐渐变好了,学会了自食其力,"我以后都不想当坏人了,你们看得起我来帮我,我就要对得起你们,感谢感谢。"骆某每次对着大家说,最终经过村里的讨论摘去了骆某的"坏"帽子,成功改造为好人。

当好厂长促发展

1985年,俞善昌离开了书记的岗位,突然感到闲了很多,但是每天心里总觉得空落落的。正在这时,日光灯厂的老板毛仲喜,对当了20多年书记的俞善昌一直是敬佩有加,他曾经多次想请俞善昌去厂里帮忙。这次俞善昌退休了,正好可以发挥余热,投身家乡的经济发展事业,为家乡企业发展出力,也就答应了。转而做了位于钟瑛村旁的日光灯厂的一个生产厂长。

进厂之后,俞善昌经常深入到一线车间亲力亲为,在茶余饭后他也不忘和厂里的员工拉家常,分享他在钟瑛村服务群众、化解矛盾的点点滴滴。厂里的人很喜欢这么一位老干部当生产厂长,有困难能帮忙,有矛盾能化解,还十分有亲和力。

有一天,厂里的两个员工之间产生了矛盾。

"你怎么来这么迟,干活不知道准时准点啊,害我多花那么多时间。"一位女员工说道。

另一头是一个喝了酒的男员工,他冲着女员工吼道:"多干一会儿会死啊,哪儿那么多废话!"

女员工听了瞬间委屈,"我要把你迟到还有喝酒的事情告诉厂长去。"说完就转身朝办公室走去。

男子一看急了,惊慌失措下随手拿起了身边的木柄扫把,对着女员工的头部就是一棒,这一棒可是不轻,女员工的头部霎时就流出了血,在场的人看得触目惊心。随后女员工的老公闻讯赶来,见到自己老婆如此状况,二话没说,只听得"啪啪啪"几下,几个巴掌印子留在了男员工脸上。

"你们在干什么?还有没有规矩了,这是一个枫桥人应该做的事情吗?"俞善昌赶到了现场提高了嗓门对着双方说道,"凡事需要冷静,打解决得了什么问题,只会搞得两败俱伤。"随后俞善昌把双方当事人都叫到了厂办公室,叫来医务室的医生对女员工头部作了包扎。

"现在需要的是冷静,现在是法治社会,这种事情闹大了是要蹲牢房的。"俞善昌两眼凝视着双方说。

"他动手打我老婆,这口气我咽不下。"女子的丈夫先开了口,情绪也比较激动。

"你老婆不多嘴我会去打她?"男子回应道,原本安静下来的场面顿时又激烈起来。

看到双方又有动手的倾向,俞善昌急忙把双方拉开到不同的房间,并对肇事男子说道:"你喝酒迟到本来就不对,别人给你指出来你还要骂别人,况且你是个男的不会让让女人的,斤斤计较的还是个男人吗?这下你不仅伤害到了别人,自己也吃亏了,有什么意思?"

对于女子的老公,俞善昌说道:"心情我可以理解,但是你也急躁了些。对方本来就是一个村子的,大家都是亲戚朋友,动了手当然是对方的不对,但是你后来参与进去了,有道理也变成没道理了。"

三个小时后,借助俞善昌的"神奇力量",男员工开口了:"哥,对不起,今天是我太冲动了,我向你们赔礼道歉,各类费用我都会出的,希望你们大人不计小人过。"

夫妻双方看到男子如此诚意,也急忙说道:"都是枫桥人,我们也有不对的地方,不该打你,请你理解。"

说完双方握手言和,俞善昌拍了拍双方的肩膀:"走,我请客,吃饭去。"

从那以后,厂里的员工都更加团结了,俞善昌用行动维护了厂内的稳定,日光灯厂就这样在和谐的氛围中不断发展,发展为枫江电器厂。俞善昌也伴随着时光退休了,但是他传承的精神始终没有退休,一直延续至今,成为"枫桥经验"生生不息的源泉。

人民代表陈友堂

徐贤辅

陈友堂的父亲是个药店倌（即店员），八九岁时父亲离开了家，母亲带着他到杭州在有钱人家当娘姨（保姆），他则在震旦丝织厂做童工，在杭州熬过了好多年。后来日本鬼子打进来，陈友堂的母亲带着他回到了枫桥。他有时到地主家打工糊口，有时到米店拉车赚钱，和母亲一起过着苦日子。

有一天，母亲将一个衣衫褴褛、满脸污垢的女子带回了家，偷偷地对陈友堂说这个姑娘给你当老婆好不好？陈友堂使劲摇头，说她难看，蓬头散发，不要！母亲将这女子领进里屋梳洗打扮，一会儿出来，陈友堂见到面前的女子却是另外一个模样，母亲问怎样？他点点头。就这样他们成了亲。母亲把他穿过的旧长衫拆了，夹里花布给新娘做了件衣服，外边的仍给新郎穿，成亲的床铺，还是现在那张竹篾片编的旧床铺。

陈友堂夫妇生了一男一女，但他有一个比亲骨肉还要亲的养女儿。

有一天，陈友堂拉着大板车替米行搞运输，路过一家贫苦农户门口，见一个妇人在呼天喊地的啼哭，边哭边诉说她因饥饿没奶水，小毛头（婴儿）死了。陈友堂停下车走过去，用大拇指贴在小毛头的小嘴上，感到小嘴唇在蠕动吮吸，连忙说："没死，交给我吧。"抱过小毛头快步回家。正在哺乳刚生了女儿的妻子，没说二话，把奶头塞进这个小毛头的小嘴里。就这样，养大了第二个女儿，在诸暨县城里做工。

1963年夏天，开展社会主义教育运动时，部分基层干部和积极分子要求对"四类分子""'武斗'一遍，逮捕一批"，却有一个基层干部发出不同的声音，这就是陈友堂。他反对"武斗"，说"人心都是肉做的，你有情有理，他（指'四类分子'）才口服心服"。他反对多捕人，说："把可以改造的'四类分子'送去劳改，给国家增加一分负担，留下的老婆孩子要吃饭又给生产队增加一分负担。"他始终认为"四类分子"是可以改造成新人的，还说他们的子女是"门里边的人，不能将这些青年推到门外去"。

"文革"开始了，一个"造反派"的头头夺了枫溪大队的权，将陈友堂叫到大队部，气势汹汹地质问："你对阶级敌人是怎么做的？"陈友堂回答说："我照'枫桥经验'做的。"这个"造反派"头头喊道："你是认敌为友！"并拿出"红本本"念道："什么人站在帝国主义、封建主义、官僚资本主义方面他就是反革命派……"陈友堂也掏出"红本本"念道："我们的责任，是向人民负责，每句话，每个行动，每项政策，都要符合人民的利益。"这个"造反派"头头暴跳起来，招来一些人，抬来一扇5尺长、2尺宽的窗门，糊上白纸，写上"牛鬼蛇神保护伞"，用细细的铅丝，将大块牌子挂到陈友堂的脖子上，还强迫陈友堂左手撑着破雨伞右手拿着破茶壶，后边跟着一群"四类分子"押到枫桥镇上游街。然后将他和大队里的"四类分子"一起关了起来，办所谓"封闭"式的"学习班"。

陈友堂想，这个"学习班"正好是教育"四类分子"的好机会。他在关押期间，教育"四类分子"在这乱世里不可乱说乱动，仍要老实守法，改造自己。在这个"学习班"结束后，"造反派"又给陈友堂的手臂上戴上"走资派"的白袖章，强迫他扫大街，他仍不忘治保工作的职责，在街上维持社会秩序，提醒人们防止扒窃，并对路上人说："他们说我是'走资派'，我还是跟贼骨头过不去！"

陈友堂是一位坚持"枫桥经验"的硬骨头，在第十五次全国公安会议后他又参加了"枫桥经验"的宣讲团，到全省各地宣传"枫桥经验"，受到人们的尊重。

20世纪70年代，枫桥镇西边钟山的山腰有一片绿油油的茶园，枫溪村还办起茶叶工厂。这些都是自1963年开始，陈友堂把社教运动落实到发展生产上后结的硕果。

1978年2月26日至3月5日，第五届全国人民代表大会在北京举行，枫桥镇公社枫溪大队党支部书记兼治保主任陈友堂当选为全国人大代表。

陈友堂去北京前理了发，他的妻子拿了一件半新的中山装给他换上。诸暨县委书记带了一队干部群众来到陈友堂家，给他送来全国人民代表的证书并给他戴上大红花。然后，枫桥群众敲锣打鼓地、前呼后拥地欢送陈友堂上北京开会。

欢送的队伍一直走到枫桥区委门口，县委的汽车在等候。陈友堂正要上车时，一位扎着两根辫子的姑娘喊着爹，气喘吁吁地跑来。这个姑娘就是陈友堂所说的比亲骨肉还亲的女儿，她想到北京寒冷，特地买来一套卫生衣和卫生裤，一早从诸暨县城赶来，给他父亲送行，亲切地扶父亲上了车。

新时期

群英谱·星光璀璨

俞国行与"枫桥经验"的不解之缘

董文骐 陈新禄

俞国行,1998年至2003年,担任浙江省委常委、公安厅厅长。这位土生土长的诸暨人,与诞生于家乡的"枫桥经验"这份历久弥新的"土特产",一直有着不解之缘。

进一步创新发展
"枫桥经验"是我义不容辞的责任

1998年,正值毛泽东同志批示学习推广"枫桥经验"35周年,改革开放的中国巨轮也已劈波斩浪20个年头,中国的社会环境发生了深刻的变化,如何正确处理改革、发展、稳定的关系是一个重大的时代课题。其中,"枫桥经验"这面一直高扬在全国政法战线的旗帜在新的历史语境中蕴含着何种时代意义、有哪些生动实践?亟待去挖掘、总结、推广。

同年2月,诸暨人俞国行被任命为浙江省公安厅厅长。生于斯长于斯的俞国行对"枫桥经验"有着更深刻的工作体验和学习认知。1964年,俞国行作为回乡知青参加青山公社社教工作队,1965年,他担任青山公社团委书记兼公安员,是最初"枫桥经验"在基层的实践者,对"枫桥经验"在改造、教育、管理人当中发挥的作用记忆深刻。担任公安厅厅长后,俞国行认为,在新的历史时期,面对新的治安形势,进一步创新发展"枫桥经验",是自己义不容辞的责任。

4月3日,俞国行到诸暨枫桥镇调研,要求以纪念毛泽东同志批示"枫桥经验"35周年为契机,认真总结新形势下的"枫桥经验",掀起学习推广"枫桥经验"的高潮。

为总结新时期"枫桥经验",俞国行多次到诸暨蹲点调研。通过深入调研,他看到的枫桥是这样的:枫桥派出所辖区二镇一乡,7.4万余人口,16年来未发生群体性上访闹事案件;没发生凶杀案件;没发生因民间纠纷调解处理不当激化的刑事案件。近5年刑事发案数一直控制在万分之八左右,年捕人数没超过万分之二;每年在枫桥有外来务工人员2500余名,近3年因违法犯罪受处罚的只有7人;民事纠纷调处率为97.4%,其中78%的纠纷在村一级得到调处,真正做到了小事不出村,大事不出镇,矛盾不上交。同时,枫桥1997年的工业产值比5年前增长10倍,农民年均纯收入比5年前增加2倍。

俞国行敏锐地意识到,"枫桥经验"的新发展符合邓小平同志关于发展和稳定的理论,符合党的十五大关于社会治安"打防结合、预防为主"的方针,符合党的十五届三中全会精神,枫桥已经走出了一条经济发展快,社会治安好的路子。在改革发展的新时期,"枫桥经验"经过创新不但可以推动公安工作,而且对维护全省社会稳定促进发展具有典型意义,不仅农村适用,城市也可以借鉴。

1998年8月底至10月,在俞国行的组织协调下,浙江省公安厅和中共绍兴市委、中共诸暨市委组成联合调查组进驻诸暨枫桥蹲点调研新形势下的"枫桥经验"。9月17日至18日,俞国行专程赴诸暨市枫桥,听取联合调查组的工作汇报,并就进一步做好新形势下"枫桥经验"的调查和提炼总结提出指导意见。要求深刻认识新形势下"枫桥经验"的重大现实意义,正确把握"枫桥经验"的新特征、总结好"枫桥经验"的新发展;要加大宣传推广力度,建立新型的党群、干群关系,使"枫桥经验"更好地服务于改革和发展大局。

经过为期近两个月全面系统的调查,联合调查组形成了《预防化解矛盾,维护农村稳定——"枫桥经验"新发展》的调查报告以及枫桥派出所、民警杨光照两个专题事迹材料和7个典型材料。报告总结概括了社会主义市场经济条件下的"枫桥经验",主要内容为:党政动手,依靠群众,立足预防,化解矛盾,维护稳定,促进发展,为农村的稳定与发展创造了新路子。报告还总结了"四前"工作法:组织建设走在工作前,预测工作走在预防前,预防工作走在调解前,调解工作走在激化前。

推动新时期"枫桥经验"向全国推广

在俞国行看来,一个好的经验,不仅要在本省广泛运用,更要将其推向全国,为维护全国社会稳定作出积极贡献。因此,俞国行不遗余力地向上级宣传推介新时期"枫桥经验",让源于浙江的这个宝贵经验在全国开花结果。

俞国行和浙江省公安厅党委就新时期"枫桥经验"专题向中共浙江省委和公安部报告,引起了中共浙江省委和公安部领导的高度重视。

1998年10月19日,浙江省公安厅领导带队赴京向公安部汇报"枫桥经验"新的发展情况。公安部党委委员、政治部主任祝春林听取汇报后指出,"枫桥经验"既体现了党的优良传统,又有时代特色,要在全国大力推广,并提出要在全国"北学东莱城市治安工作的经验,南学枫桥农村治安工作的经验"。

浙江省公安厅党委和绍兴市委向中共浙江省委报送了《关于推广枫桥新经验,更好地维护农村稳定的报告》。11月16日,省委书记张德江在报告上作出批示:"维护农村稳定,促进农村发展是一个重大的课题,枫桥提供了成功的经验,应在全省大力宣传,全面推广。"11月20日,中共浙江省委批转了这个报告。

俞国行还专门向到杭州参加全国公安保密密码工作会议的公安部党委副书记、副部长田期玉作了汇报。11月3日,田期玉专程到诸暨市枫桥镇考察调研。他指出,总结和推广新形势下的"枫桥经验",对于加强基层组织建设,促进农村社会协调发展,实现农村治安秩序持续稳定,具有特别重要的意义。11月5日的《人民公安报》头版头条以《田期玉副部长在浙江农村调查研究时指出 推广枫桥经验具有特别重要意义》为题作了报道。

11月5日至6日,公安部在宁波召开了部分省市公安厅局长座谈会,部领导充分肯定和高度评价新形势下"枫桥经验"新发展,提出要在浙江进而在全国推广。公安部副部长田期玉、牟新生,浙江省副省长李长江和省公安厅厅长俞国行等参加会议。

11月6日至13日,公安部治安局副局长崔子秋率领公安部调查组在诸暨枫桥蹲点,形成《关于浙江省诸暨市"枫桥经验"的调查报告》,建议在全国推广"枫桥经验"。

11月22日,纪念毛泽东主席批示"枫桥经验"35周年大会在诸暨市召开,总结了新时期"枫桥经验"的基本内容和精神实质:坚持维护农村稳定与促进农村发展的辩证统一,坚持强化组织领导和依靠人民群众的有机结合,坚持注重预防化解与严厉打击犯罪的双管齐下,坚持扩大基层民主与严格依法办事的协调推进。会议要求全省各地联系实际,认真学习,大力宣传、全面推广新时期"枫桥经验",促进、维护农村稳定和发展。浙江省公安厅接着召开了全省农村公安工作座谈会,俞国行对全省公安机关学习推广"枫桥经验"作了具体部署。

纪念毛泽东同志批示"枫桥经验"35周年大会之后,掀起了学习和推广新时期"枫桥经验"的高潮。1999年1月,在南京召开的全国公安厅(局)长会议上,时任诸暨市委常委、公安局局长金伯中作为特邀代表介绍了新时期"枫桥经验"。

1999年4月,公安部领导专程到枫桥进行了实地考察,同时派出工作组蹲点调查。1999年12月1日,《人民日报》在头版头条位置发表文章《立足稳定和发展——浙江诸暨"枫桥经验"纪实》，并配发评论员文章《"枫桥经验"值得总结和推广》。

俞国行提出，要连续抓上几年，让"枫桥经验"源于公安，跨出公安，成为政法战线开展综合治理的一个工程。他把这一理念、想法向省委领导和公安部贾春旺部长作了汇报，并得到肯定。

2002年3月23日，贾春旺出席在杭州举行的全国公安派出所工作会议后，专程到诸暨考察调研，对加强社区警务、学习推广"枫桥经验"作了重要指示。9月22日，根据贾春旺部长的指示精神，公安部办公厅主任刘跃进带领公安部综合调查组到浙江调研公安工作。公安部调查组认为，浙江公安工作已形成了"党政领导有力，群众基础深厚，政治优势明显，专门工作主动，社会治安平稳，人民群众满意"的良好局面。调查组总结了六条浙江公安工作经验，时称"浙江经验"。其中一条就是"不断丰富和拓展新形势下专群结合方针的新内涵，最大限度地依靠和发动群众维护社会治安。不断深化和发展'枫桥经验'，使之保持旺盛的生命力"。这六条经验由中央政法委发文向全国推广。

推动新时期"枫桥经验"向纵深发展

新时期"枫桥经验"不仅仅是囿于农村基层解决社会矛盾的一个经验，更是一个可以贯穿于、运用于各项公安政法工作的法宝。正是基于这样的认识，俞国行努力推动新时期"枫桥经验"向纵深发展。

自2000年以来，浙江公安将新时期"枫桥经验"很好地融进社区警务建设，进一步拓展群众工作的路子，使之成为全国公安基层基础工作的一个亮点。全省各级公安机关抓住城市管理体制改革、加快城市社区建设的有利时机，积极推进社区警务建设，建设了一批社区警务室，配备了社区民警，促使警力下沉和管理前移，以提高公安机关基础管理、防范能力。同时，将警务工作进一步向农村延伸，大力推行"驻村联户""流动警务站"等工作机制。利用警务室和警务站这两个平台，派出所民警走进社区和村居维护治安秩序，开展服务群众工作，推出了社区（责任区）民警记民情日记、建立治安纠纷调处中心、集中开展治安大排查等举措，预防化解矛盾纠纷的工作机制不断完善，绝大多数矛盾纠纷在基层和内部得到解决，社会稳定的基础工作不断加强。

新时期"枫桥经验"还成为深化交通管理工作的发力点。1999年，公安部交通管理局在绍兴上虞市（现上虞区）进行了深化交通管理工作试点。上虞公安以学习推广"枫桥经验"为契机，建立完善以落实警务责任制为核心，以加强责任区工作为基础，以推动交通安全社会化管理为依托的新时期公安交通管理模式，取得明显成效。俞国行专程到上虞进行调查研究，指出要立足稳定和发展，深入学习推广"枫桥经验"，强化交通管理基层基础工作，探索完善新型的交通管理机制。

在充分利用社会力量参与基层治理、维护治安方面，浙江公安在各个领域作了探索。大力发展经费由财政保障的协警队、社区保安队和有偿服务的企事业单位保安队。普遍加强以农村治保会等为主体、各种护村护厂护校护路护楼队为依托的群防群治队伍建设，形成了全方位、多层次的群防群治网络。大力组织开展群众性创安活动，创建"平安社区""平安村镇""平安大道""安全单位"和"无毒社区"等，积极引导群众协助公安机关共同做好治安工作。

俞国行认为，在复杂多变的治安形势面前，在"严打"整治斗争中深化发展"枫桥经验"，具有重要的现实意义。浙江公安以基层为着力点，围绕"人"字做文章，探索建立打防控一体化的工作机制，取得了明显成效。其间，创造的出租车出城登记查验的"金华经验"，成为公安部刑事侦查局在全国推广的强化基层基础和治安防范的重要经验。

2002年11月，党的十六大召开以后，浙江省公安厅党委按照科学发展观和构建社会主义和谐社会重大战略思想的要求，对发展新时期"枫桥经验"作了进一步探索，并积极在公安工作中付诸实践，有力地强化了整个公安基层基础工作。

傅缨眼中的"金矿"

郑莲花

绍兴是我国最早提出和实行综合治理的地区之一，傅缨是主要决策者和操盘手。

1990年1月，浙江省公安厅在杭州召开全省市、地公安局处长会议，浙江省委常委、公安厅厅长夏仲烈要求进一步学习和推广"枫桥经验"，积极探索新形势下贯彻群众路线的新路子，丰富和拓展依靠群众维护治安的内容和形式，把公安工作的基础扎根于群众之中。

1990年2月19日，绍兴市市委常委、公安局局长傅缨带领工作组与诸暨市公安局成立联合调查组，在枫桥蹲点调查两个月，总结改革开放形势下坚持和发展"枫桥经验"，维护社会治安的经验。

调查组跑遍枫桥区的15个乡镇，调查31个村，共召开各类座谈会27次。一行人先从周围的几个乡镇开始分组调研，白天调研，晚上回来碰头汇报交流，比如今天发现了什么例子，发现了什么新情况。傅缨常常感到，遇到了好经验，就像发现了金矿。

通过历时两个月的蹲点调研，形成了《依靠群众是维护社会治安的根本——枫桥区坚持和发展枫桥经验的做法》的调查报告和18个典型材料。调查报告认为，枫桥"为社会治安综合治理提供了极为宝贵的经验"，并将其具体归纳为"五个依靠"：依靠群众，就地消化矛盾纠纷；依靠群众，就地教育挽救违法人员；依靠群众，加强公共场所的治安管理；依靠群众，加强内部安全防范；依靠群众，协助公安机关查破刑事案件。

1990年4月5日，浙江省公安厅副厅长蔡杨蒙带领调查组会同绍兴市公安局和诸暨市公安局到枫桥开展调研，对"枫桥经验"作进一步总结，形成《紧紧依靠群众维护社会稳定——枫桥区在新形势下坚持和发展"枫桥经验"的调查报告》。4月19日至21日，绍兴市委在枫桥召开现场会，全面部署推广"枫桥经验"工作。4月21日，绍兴市委批转市公安局党委《关于诸暨市枫桥区依靠群众搞好社会治安的经验的报告》，部署各县（市、区）全面推广落实新形势下的"枫桥经验"。5月24日，新华社《国内动态清样》和《内参选编》上先后刊载了《诸暨市枫桥区坚持依靠群众抓治安效果好》的长篇报道，系统介绍了枫桥区自改革开放以来坚持和发展"枫桥经验"的做法和效果。7月24日，浙江省委办公厅转发浙江省委政法委报送的由浙江省公安厅、绍兴市公安局联合调查组起草的《关于推广诸暨市枫桥区在新形势下坚持和发展"枫桥经验"的报告》，并在批转通知中指出："实行社会治安综合治理，是维护社会稳定，保障改革开放和经济建设顺利进行的重要措施。枫桥区27年来始终如一地紧紧依靠群众，开展社会治安综合治理，并在新形势下不断完善和发展了'枫桥经验'，有效地维护了社会治安，保障了经济发展。当前，社会治安形势不容乐观，各种不安定因素大量存在，社会治安综合治理的任务很重，'枫桥经验'仍然具有重要的现实意义。省委希望各级党委参照枫桥区的做法，结合本地实际，抓住严打的有利时机，动员全社会的力量，齐抓共管，扎实工作，把我省的社会治安综合治理向前推一步。"

8月6日至10日，浙江省公安厅在杭州召开全省市、地公安局处长会议，会议指出，"枫桥经验"是综合治理落实在基层的最生动的典型，当前要突出地抓一下推广工作。9月27日，中央政法委在《政法动态》上刊登了《坚持依靠群众维护社会治安——"枫桥经验"的新发展》一文，对新形势下的"枫桥经验"给予了充分肯定，并向全国推广。11月4日至11日,第十八次全国公安会议在北京召开,诸暨市枫桥区区委书记楼志浪应邀参加会议,并介绍了枫桥区坚持和发展"枫桥经验"的做法。

1991年2月19日,中共中央、国务院作出《关于加强社会治安综合治理的决定》;3月2日,七届全国人大常委会第十八次会议通过了《关于加强社会治安综合治理的决定》,标志着我国社会治安综合治理工作走上了规范化、制度化的轨道。

傅缨眼中的"金矿",在新时期闪闪发光。

"枫桥经验"的"炼金人"

唯 秋

说起"枫桥经验",从北京到枫桥,从学者到百姓,有一个名字常常被提起,他就是浙江省公安厅副厅长金伯中。为啥呢?不妨来听一听他与"枫桥经验"的故事。

为新时期"枫桥经验"炼"金"

1996年10月的一天,金伯中从绍兴市公安局党委委员、政治处主任的岗位调任诸暨市委常委、公安局局长。在赴任路上,他想起了6年前的春天,作为绍兴市公安局办公室主任,跟随绍兴市委常委、公安局局长傅缨深入枫桥两个月,蹲点调研"枫桥经验"的场景。枫桥的山水,枫桥的群众,傅缨局长的眼光和热情,历历在目,恍若昨天。他想起1981年参加工作后每次到枫桥蹲点调研背后的故事,难忘老民警宋金良走进枫桥村子里时,老百姓与他熟如亲人的场景。金伯中熟悉诸暨,了解"枫桥经验"的价值。到诸暨任公安局局长是一次人生的机缘巧合,他几乎像对待久别重逢的恋人一样,投身"枫桥经验"的创新发展、总结提升。他觉得作为诸暨的公安局局长,官不大,但责任重大,在为百姓守护好一方平安的同时,还要担当起推动"枫桥经验"创新发展的历史责任。

20世纪90年代中后期,改革开放进入了新阶段,社会领域出现了许多新问题、新情况,社会治安问题、社会矛盾大量涌现。而令人困惑的是,社会上也有一种声音认为,"四类分子"早摘帽了,"枫桥经验"过时了。金伯中看在眼里,急在心里。1998年是"枫桥经验"35周年,

"枫桥经验"应该以怎样的面貌面对世界,诸暨公安工作应该以怎样的成绩交出答卷?他系统研读毛泽东思想、邓小平理论,反复思考并撰写了《论毛泽东思想与群众路线》《论邓小平同志的稳定观》等理论文章。他暗暗下定决心,要创新发展"枫桥经验",在35周年纪念活动来临之际,让新时期"枫桥经验"走向全国。

说干就干!他提出要组织省市县公安三级联合调研组,谋划总结提炼、创新发展"枫桥经验"。他将这一想法向诸暨市委常委会作了汇报,市委书记王国伟马上就说:"这是一件大事、好事,由市委出面抓。"金伯中心中悬着的心放了下来。他马上又向绍兴市委常委、公安局局长吴鹏飞汇报。吴鹏飞只说了声"好!"就带着金伯中向绍兴市委书记办公会议作了汇报。绍兴市委书记沈跃跃笑着说:"你们的建议很好!创新发展'枫桥经验'也是我们市委的一件大事,希望公安机关总结推广好。"

更让人欣喜的是,浙江省公安厅俞国行厅长来到了枫桥,提出要以纪念毛泽东同志批示"枫桥经验"35周年为契机,掀起学习推广"枫桥经验"的高潮。上下同欲,不谋而合!

1998年8月底,由浙江省公安厅和绍兴市委、诸暨市委组成的联合调查组进驻枫桥蹲点调研。经过近两个月的全面系统调查,形成了题为《预防化解矛盾,维护农村稳定——"枫桥经验"新发展》的调查报告以及枫桥派出所、民警杨光照等9个典型材料。报告总结概括了新时期"枫桥经验",认为枫桥通过党政动手,依靠群众,立足预防,化解矛盾,维护稳定,促进发展,实现了小事不出村、大事不出镇、矛盾不上交,为农村的稳定与发展探索了新路子。报告还总结了"四前"工作法:组织建设走在工作前,预测工作走在预防前,预防工作走在调解前,调解工作走在激化前。随后,浙江省公安厅党委、绍兴市委联合向浙江省委报送了《关于推广枫桥新经验,更好地维护农村稳定的报告》。省委书记张德江在报告上作出批示:"维护农村稳定，促进农村发展是一个重大的课题，枫桥提供了成功的经验，应在全省大力宣传，全面推广。"11月20日，省委向全省批转这份报告，全省掀起了学习推广新时期"枫桥经验"的热潮。

鲜为人知的是，为了这次调研，金伯中带着因侦破一起命案而导致右眼视网膜出血视力下降至0.2的病痛，每天服着中药坚持调研两个多月，推动着调研成果瓜熟蒂落。10月19日，金伯中随浙江省公安厅领导赴公安部汇报"枫桥经验"新发展。公安部党委委员、政治部主任祝春林听取汇报后指出，"枫桥经验"既体现了党的优良传统，又有时代特色，要在全国大力推广。从此之后，祝春林记住了金伯中，两人成了忘年交。

11月3日，公安部党委副书记、副部长田期玉在杭州参加全国公安保密密码工作会议。俞国行专题向他汇报并陪同到枫桥考察调研。田期玉听了金伯中汇报后，笑着说："小金局长，你的普通话是二流的，但你的工作是一流的！以后到北京，我要请你吃饭！"11月5日，《人民公安报》头版头条以《田期玉副部长在浙江农村调查研究时指出推广枫桥经验具有特别重要意义》为题作了报道。1999年1月，在南京召开的全国公安厅（局）长会议上，金伯中作为特邀代表介绍了新时期"枫桥经验"。与之相对应，诸暨市公安局在坚持发展"枫桥经验"过程中，全面推动公安工作进步发展，取得了骄人业绩：诸暨市公安局荣获"全国优秀公安局"称号，枫桥派出所荣获国务院命名的"人民满意派出所"称号，民警杨光照被评为"全国优秀人民警察"……

每当说起1998年这次调研和诸暨公安工作成绩，金伯中总是感慨万千："个人能力是有限的。取得这些成绩，是党委政府和上级公安机关重视支持的结果，是同志们共同努力的结果，是群众支持参与的结果，是天时地利人和的结果。"

擎着"枫桥经验"火种前行的人

20世纪末,绍兴柯桥拥有全国最大的轻纺市场。由于种种原因,联托运市场引发黑恶势力和毒品犯罪问题突出。当时的柯桥,动刀动武的事情常有,还时有枪声响起,成为公安部挂牌整治地区,也成了绍兴党委政府的一块心病。绍兴市委书记董君舒到绍兴县检查工作时讲,绍兴县的"三讲"讲得好不好,关键看柯桥有没有整治好。省委副书记、政法委书记周国富提出了"学枫桥,治柯桥"的治理思路。这时,绍兴市委的眼睛瞄上了金伯中,绍兴市委和市委组织部多位领导找他谈话,金伯中临危受命,开始担任绍兴市公安局副局长、绍兴县委常委、公安局局长。

金伯中一上任,就深入市场开展调查,依靠群众掌握实情,在加强基础防范工作的同时,他一方面组织开展禁毒和扫黑除恶专项行动;另一方面,他推动有关方面有序开放物流市场,让经营户放心经营。面对黑恶势力的威胁恐吓,金伯中始终坚持依靠群众开展打黑除恶,黑恶势力被打下去了,柯桥的治安终于恢复了正常。"柯桥治乱"让金伯中成为央视"东方之子",还被评为"全国公安优秀领导干部",并在全国公安机关报告"学枫桥,治柯桥"工作情况,报告的题目就叫《从枫桥到柯桥》。当时的金伯中成了一张名片,绍兴县刑侦大队的同志到广西办案,广西同行说:"啊呀,你们是从金伯中那里来的,我们一定全力以赴。"办案民警为有这样的局长而深感自豪。

2009年4月,经历了浙江省公安厅政治部、办公室、治安总队多个岗位任职后,金伯中被调到了湖州,任市委常委、公安局局长。湖州山水清远,民风淳朴,社会治安比较好。做好湖州公安工作,金伯中是"两只指头捉田螺",应该是十拿九稳。但一段时间跑下来,他就遇到了四大困惑:刑事发案率较低,群众安全感却不高;公安机关付出很多,群众满意度却不高;执法越来越严格规范,执法公信力却不高;公安队伍越来越庞大,警力紧张问题却得不到缓解。他深入到基层听意见，反复思考问题症结在哪里？最终，他想明白了，根本的问题只有一个，就是公安工作在体制机制上还存在许多不相适应的问题，影响了群众路线的落地生根。怎么办？改革公安工作的思维方法、体制机制、运行模式、方法载体！

他掏出了一本"宝典"，那就是"枫桥经验"，开始设计警务改革的蓝图，他给这个"工程"取名"警务广场"，就是依托广场、公园等公众活动场所和互联网，搭建群众参警议警、警务协商、民主监督的平台，建立开放、参与、合作、共赢的民意导向型警务新模式，最大限度地保障人民群众的知情权、参与权、表达权、监督权。推进警务民主化，营造警务共同体，使公安工作充分体现民意、广泛汲取民智、更好地保障民安、促进平安和谐。他带领湖州市公安局开始搭建"警务广场"战略的"四梁八柱"：组建了一大体制，即警察公共关系职能机构；架设了八大机制，即警民交流沟通机制、科学民主决策机制、民主监督机制、警民合作机制、民意评警机制、干部选拔任用机制、干部问责机制、文化育警机制。他要求把包括自己在内的全体民警手机号码向全社会公布，以完全开放的姿态去拥抱民意。他要让老百姓通过网上网下的渠道来决定公安惠民十大行动，改"计划警务"为"民意警务"。他要让老百姓来考核派出所所长的知晓率，知晓率太低的要换人；让第三方来测评安全感、满意度，成绩太差的所长换人。这下好了，王所长开始在街上"摆摊"，沈所长半年内走访3000多户人家，裘警官当起"安全门诊医生"，郭警官开设了"警务夜茶馆"，李警官成为"阳光交警"……金伯中经常挂在嘴边一句名言叫做"把控股权还给人民"。老百姓纷纷竖起了大拇指。

公安部密切关注湖州的警务改革，国务委员、公安部部长孟建柱在2010年就作出重要批示："好。浙江省湖州市公安局积极回应群众新期盼，努力构建民意导向警务活动新模式的做法好，值得各地学习、借鉴。"2012年，金伯中作为唯一一名地市级公安局代表，参加了全国公安厅局长座谈会，就推行"警务广场"战略和坚持群众路线作了发言。2013年，金伯中作为先进代表，在公安部公安机关群众工作先进事迹报告会上作了典型发言。公安部给予评价说，湖州"警务广场"是践行党的群众路线的新模式，是坚持发展"枫桥经验"的时代样本，是公安改革创新的典范。

2013年，《法制日报》对金伯中这些年的经历有一个评价："从诸暨枫桥到绍兴柯桥，再到湖州，金伯中带着党的群众路线法宝，一路把'枫桥经验'的种子撒向所到之处，并且开花、结果，赢得了警民关系水乳交融的可喜局面。"

是啊，他就是擎着"枫桥经验"火种前行的人。

为新时代"枫桥经验"再炼"金"

真是机缘巧合。2015年金伯中回到浙江省公安厅担任副厅长，恰巧又分管治安工作。他就开始谋划55周年纪念活动，力争把"枫桥经验"再次推向全国。2017年，金伯中以浙江省公安厅副厅长的身份，受浙江省委领导和省公安厅指派，以公安为主，组成省市县三级联合调研组深入枫桥，蹲点调研发展变化了的"枫桥经验"。2017年8月8日起，调研组在他带领下，分6个走访小组，分片走访全部31个村居，访谈干部群众600多人；在走访基础上，确定8个先进集体和9名先进人物进行跟踪培育；最终形成了《社会治理的典范 平安和谐的绿洲——枫桥镇提升推广新时代"枫桥经验"调查报告》，向公安部和浙江省委、省政府、省政法委报送成果，得到了上级领导的充分肯定。金伯中敏于行，在蹲点调研过程中不断推动枫桥警务模式的完善。国务委员、公安部部长赵克志对枫桥警务模式赞不绝口，指示公安部有关部门好好总结，向全国推广。金伯中既善于思考、也善于表达，早在2017年11月19日诸暨召开纪念毛泽东同志批示"枫桥经验"54周年理论研讨会上,他就提出了重要的理论判断:毛泽东思想诞生了"枫桥经验",习近平新时代中国特色社会主义思想孕育了新时代"枫桥经验",并对枫桥镇创新社会治理的做法作了高度概括:矛盾不上交、平安不出事、服务不缺位。对应于新时期的"枫桥经验",新时代"枫桥经验"简称"新三不"。

一石激起千层浪。一时间,学界和实务界众说纷纭,赞赏的有之,不屑一顾的有之。金伯中坚信,随着时间的推移,这一概括终会得到大家认可。首先在全省公安机关,副省长、公安厅厅长王双全在大会小会许多场合,强调"新三不"。然后是本省和外省的一些地方,"新三不"走上宣传橱窗,贴在墙上、记在心里。2018年9月的一天,国务委员、公安部部长赵克志走进枫桥,惊喜地看到了基层社会治理的新成果、新面貌,对"新三不"的总结也是充分肯定,后来在全国电视电话会议上,亲向全国公安机关介绍新时代"枫桥经验"。此时此刻,金伯中和调研组的同仁,内心得到了极大的满足。蹲点调研就像"炼金",炼出的是不是真金,要权威人士鉴定。鉴定过关,"炼金人"当然高兴啦。

金伯中真是"枫桥经验"的"炼金人"。毛泽东同志批示35周年也是"枫桥经验"理论研究的重要一年。金伯中联合浙江省犯罪学会和青少年犯罪问题研究会,举办了一次"枫桥经验"理论研讨会,形成了一系列理论成果,在学术界颇有影响。1999年离开诸暨后,他换了很多不同的岗位,但对"枫桥经验"的牵挂却从未中止过。2002年,他在《人民公安》杂志发表了一篇《枫桥情结》,对枫桥的爱流淌在字里行间。2003年,他在省公安厅工作时,仍念念不忘枫桥。为了回应理论界建立"枫桥理论"和"枫桥学派"的呼声,他再次回到枫桥调查研究,发表了论"枫桥经验"的文化底蕴、"枫桥经验"的人本思想、"枫桥经验"的时代特征等一组理论文章。2009年,在即将赴任湖州之前,他发表了《论"枫桥经验"与社区警务创新发展》一文。2013年,他一边在湖州推进"警务广场"战略,一边仍然回眸着"枫桥经验",朝思暮想,写下了《弘扬"枫桥经验"创新群众工作》《毛泽东同志批示"枫桥经验"日期考》等理论文章。他是名副其实"枫桥经验"迷。据公安部战略研究所的研究成果,在全国所有研究"枫桥经验"的学者当中,金伯中的论文被引用的次数和平均每篇被引用的次数都排在第一。这是他付出了多少心血换来的成果!由此,金伯中也成了全国研究"枫桥经验"绕不开的理论家。

抢救"枫桥经验"史料也是金伯中多年来为之奋斗的一件大事。早在1998年,他预感到随着时间的推移,"枫桥经验"的珍贵史料不断消失,他非常着急。于是,他就在诸暨市成立自己挂帅的"枫桥经验"史料抢救小组,赴北京拜访王芳、林乎加、凌云、吕剑光、赵明等参与总结"枫桥经验"的重要亲历者,到公安部档案馆等单位收集相关史料,并一手策划推动了枫桥派出所"枫桥经验"史迹陈列室建设。2014年,在考证的基础上,撰写了著名的《日期考》。2017年,蹲点期间,他再次领衔赴京,对"枫桥经验"的相关史料进行考证,发现了重要的证据,表明汪东兴是在1963年11月21晚上才向毛主席汇报公安部的材料内容,因此毛主席不可能在11月20日作出批示。很多人虽然不理解他为啥要这么较真,但对他这种沙里淘金、石里炼金的精神还是由衷佩服的。

二十多年来,金伯中在理论上深度耕耘,在实践上持续推动,他矢志不渝,是"枫桥经验"的"炼金人"。这不,当下他在百忙之中主持编纂《枫桥经验志》,撰写了《新时代"枫桥经验"的根本遵循》等一组令人耳目一新的理论文章,许多理论见解像金子一样闪闪发亮。

从"枫桥经验"中汲取力量砥砺前行

张 力 赵 爽 孙 波

黎伟挺在警校读书时,就在课堂上学习了"枫桥经验",留下了深刻印记。参加公安工作之后,他从一个民警成长为公安厅副厅长,再到一个副省级城市的常委、公安局局长,在许多岗位上都与"枫桥经验"结下了不解之缘。

"枫桥经验"就是公安工作的最高境界

黎伟挺的学习和工作经历与"枫桥经验"密切相关,从警校的课堂上开始,他始终在学习"枫桥经验"、运用"枫桥经验"、发展"枫桥经验"。在绍兴市公安局办公室、浙江省公安厅办公室工作的十多年时间里,他历经"枫桥经验"30周年、35周年、40周年等重要节点,亲身参与省、市、县的"枫桥经验"联合调研,参与起草了一系列重要报告和文献。离开办公室系统后,无论是在浙江省公安厅任职还是在地方履职,他都将厚植基层基础作为公安工作的重要归依,直接推动了"枫桥经验"在一地一域的落地生根与创新发展。

黎伟挺认为,毛泽东等老一辈无产阶级革命家为公安机关制定了"党委领导下专门工作与群众路线相结合"的路线、方针、政策,"枫桥经验"就是公安机关践行群众路线的典范,而且经过了几十年风风雨雨的实践考验。

1990年春节刚过,绍兴市公安局局长傅缨带着办公室的同志,风尘仆仆地赶往诸暨枫桥蹲点调研,历时40多天吃住在派出所里。当时，他还是办公室的青年民警，第一次参加调查研究，在走村入户、座谈交流、收集资料等大量基础性工作中，长了见识，学到了搞调查研究的踏实作风和基本功，也第一次对"枫桥经验"有了理性思考。

通过这次调研，"枫桥经验"犹如一块磁铁，牢牢吸引住了年轻的黎伟挺。如何怀着对群众的深厚感情做好基层基础工作，如何在公安工作中抓早抓小、预防在先……这些心得体会对他日后的帮助非常大。特别是枫桥派出所几十年如一日，加强基层基础工作，对他起到了激励作用。他一直从"枫桥经验"中汲取营养，把"枫桥经验"当做他智慧和力量的源泉。

群众创造了博大精深的"枫桥经验"

1993年是毛泽东同志100周年诞辰，又是毛泽东同志批示推广"枫桥经验"30周年。当时，正值建设社会主义市场经济体制、加快改革开放的关键时期。回顾"枫桥经验"产生和发展的历程，重温毛泽东同志当年肯定推广"枫桥经验"的指示，对于进一步推广落实"枫桥经验"，推进社会治安综合治理，实现社会的长治久安具有十分重要的现实意义。

当年，绍兴市公安局局长应勇带队，金伯中、黎伟挺等人再次前往诸暨枫桥开展蹲点调研活动。为了掌握"枫桥经验"的第一手材料，调研组还前往北京查阅了大量历史资料，走访了一批"枫桥经验"的亲历者。

1993年5月4日，调研结束归来，黎伟挺与金伯中合作撰写了调研报告《毛泽东与"枫桥经验"》，刊发于当年《犯罪问题研究》杂志。在这篇文章中，金伯中、黎伟挺系统地回顾了"枫桥经验"的产生与发展，指出在改革开放和推广社会主义市场经济体制时期，进一步学习、推广"枫桥经验"，深化发展"枫桥经验"，对于解决社会生活中遇到的新问题，把社会治安搞得更好意义特别重大。

1993年11月，金伯中、黎伟挺合作撰写了题为《"枫桥经验"与综合治理》的调研文章，并在"枫桥经验"纪念大会暨城镇社区犯罪控制研讨会上作交流。这篇文章将枫桥地区"小事不出村，大事不出镇，矛盾不上交"的良好风气，与社会治安综合治理进行结合，指出"枫桥经验"的深化和发展，顺应了我国社会发展的客观规律，充分体现了社会治安综合治理的基本精神。

1998年是毛泽东同志批示推广"枫桥经验"35周年。浙江省公安厅、绍兴市委、诸暨市委成立了"枫桥经验"35周年联合调查组，绍兴市公安局局长吴鹏飞任组长，担任绍兴市公安局办公室主任的黎伟挺已是调查组的骨干成员。此时的枫桥地区，拥有上规模衬衫企业34家和步森、开尔、海魄等知名品牌，年产量超过2000万件，轻纺织机1万多台，年产各类织物4亿多米，产品远销国内外，被国家服装专业委员会命名为全国唯一的"衬衫之乡"。

黎伟挺与调查组的同志在诸暨枫桥扎扎实实地蹲点40多天，白天走村入户，晚上一起交流心得体会，系统掌握了解枫桥经济社会新变化、新趋势。调查组在将枫桥的情况基本摸清后，开始着手起草调研报告，但大家苦思冥想就是找不到好的切入点。调查组决定，从群众中来、到群众中去，他们再次开始走村入户，征求群众意见。一次偶然的机会，黎伟挺等人在夜访村支书、治保主任时，擦出了思想的火花、打开了写作的思路，"四前工作法"应运而生，"组织建设走在工作前，预测工作走在预防前，预防工作走在调解前，调解工作走在激化前"成为"枫桥经验"35周年调研报告的"点睛之笔"。

通过这次调研，黎伟挺深切地感受到枫桥地区位于诸暨和绍兴市区的结合部，兼有两地人文之长，语言和文化柔中带刚，底蕴深厚，因此调研报告中用得最多的是群众语言，鲜活生动的群众语言是坐在办公室里想不出来的。"枫桥经验"博大精深，人民群众创造了它，也是它得以传承发扬的功臣，因此"枫桥经验"非常伟大！

"枫桥经验"始终顺应民意与时俱进

2003年,在"枫桥经验"40周年之际,时任浙江省公安厅办公室主任的黎伟挺,再次参与浙江省公安厅、绍兴市委、诸暨市委联合调查组。调研组最后撰写了《看枫桥如何实现矛盾少发展快——关于"枫桥经验"创新与发展的调查》的调研文章,总结了"五个推进、五个最大"的新时期"枫桥经验":推进社会经济协调发展,最大限度地减少社会矛盾;推进民主政治建设,最大限度地畅通社情民意渠道;推进预防化解矛盾机制创新,最大限度地把问题解决在基层;推进管理理念转变,最大限度地化消极因素为积极因素;推进农村社区建设,最大限度地实现服务阵地前移。这份报告呈送浙江省委副书记、政法委书记周国富后获得首肯,很快通过了文稿,并进入了省委决策层。

2003年左右,浙江经济社会发展进入了新阶段,在取得一系列成就的同时,也面临着平安建设等新问题。当时的浙江省委审时度势,深谋"八八战略"大计,并就"平安浙江"战略作出部署。省委专门召开了纪念毛泽东同志批示"枫桥经验"40周年大会,省委书记习近平同志在大会上强调要充分珍惜"枫桥经验",大力推广"枫桥经验",不断创新"枫桥经验",切实维护社会稳定。这些给了黎伟挺极大的鼓舞。

2013年10月,在全党深入开展群众路线教育实践活动的背景下,习近平总书记就坚持和发展"枫桥经验"作出重要指示。强调各级党委和政府要充分认识"枫桥经验"的重大意义,发扬优良作风,适应时代要求,创新群众工作方法,善于运用法治思维和法治方式解决涉及群众切身利益的矛盾和问题,把"枫桥经验"坚持好、发展好,把党的群众路线坚持好、贯彻好。黎伟挺深深地感到,习近平总书记对于在新的历史时期继承和发扬"枫桥经验"有着深邃思考,并且一以贯之。意在告诫全党,不管时代如何千变万化，群众路线都不能丢，新时期的群众工作更要与时俱进。

"枫桥经验"在宁波开枝散叶

宁波与"枫桥经验"的发源地绍兴地理相近、文脉相通、人缘相亲，两地的公安工作来往十分密切，"枫桥经验"一脉相承。黎伟挺担任宁波市公安局局长后，牢牢把握"重在源头、重在预防、重在主动"的核心要义，积极践行"以人民为中心"的发展思想，不断将智能化、信息化、"互联网＋"等现代化元素注入新时代"枫桥经验"的探索实践之中，形成了智能警务亭、老潘警调中心、"海上枫桥经验"等一批具有时代特征和宁波特色的警务创新。

2018年伊始，宁波市公安局响应习近平总书记打好防范化解重大风险攻坚战的号召，按照省委"大学习、大调研、大抓落实"活动的部署，开展"千警下基层、万警大巡访"专项行动，并由黎伟挺带头在海曙分局古林派出所蹲点调研，为全市先行先试、抓点做样。从2月28日开始，黎伟挺带领市局工作专班进驻古林派出所，40多天时间里只要没有特别重要的工作安排，黎伟挺白天、晚上都在所里，以让基层同志刮目的踏实作风和高效率，带领工作专班深入古林各个角落开展风险隐患大排查，基本上是"白天调研、晚上座谈、深夜总结"的工作节奏。

通过半年多实践，黎伟挺感到"大巡访"活动不仅仅是防范化解风险隐患的一次专项行动，而是公安机关践行新时代"枫桥经验"的传承创新，是推动公安机关转变作风、服务群众的探索实践。古林蹲点后，宁波市公安局决定将"千警下基层、万警大巡访"专项行动转为常态化、制度化工作，坚持走专门工作与群众工作相结合的路子，持之以恒、久久为功，努力打造新时代"枫桥经验"的宁波样板。

浙江省委副书记、宁波市委书记郑栅洁，浙江省常委、政法委书记王昌荣,浙江省副省长、公安厅厅长王双全等领导,都对宁波公安开展"大巡访"活动、推广"老潘工作室"、创新基层社会治理等做法作出批示,予以充分肯定。

黎伟挺喜欢读书。他特别喜欢泰戈尔在《飞鸟集》中的句子:"你无论走得多远,都走不出我的心;黄昏时刻树影拖得再长,也离不开树根。"从会稽山下到西子湖畔,从三衢大地到甬江两岸,"枫桥经验"不仅成为黎伟挺守护平安的智慧源泉、不竭动力,而且给他的今生今世烙下了永不磨灭的印记。

总结提炼新时期 "枫桥经验" 让他难忘

宋砚峰　张先登

　　1998年下半年，为纪念毛泽东同志批示"枫桥经验" 35周年，浙江省公安厅、中共绍兴市委、诸暨市委组成联合调研组赴诸暨市，对新形势下的"枫桥经验"进行了调研和总结。时任公安厅办公室副主任的石小忠参加了"枫桥经验"调研组，并担任调研组副组长一职。经过一个多月的蹲点调研，石小忠与调研组形成了"枫桥经验"新发展的调研报告，为总结、推广"枫桥新经验"发挥了重要作用。

　　调研组由时任绍兴市委常委、公安局局长吴鹏飞任组长，副组长还有时任诸暨市委常委、公安局局长金伯中，时任公安厅三处副处长叶寒冰和时任绍兴市公安局办公室主任黎伟挺组成，在为期一个多月的蹲点调研中，调研组全体成员克服各种困难，白天一起深入基层、走访村居、与当地群众座谈交流，晚上加班加点赶写材料。

　　当时调研组成员居住条件比较简陋，石小忠和叶寒冰两人挤在一个房间，每天调研完回到住处，两人就开始忙着整理材料。石小忠负责起草报送省委的调研报告，叶寒冰负责起草报送公安部的调研报告，两个调研报告完成后，最后又重新整合成了一个综合性的调研报告。

　　邓小平视察南方讲话发表后，枫桥的干部群众解放思想，抓住机遇，大力发展有一定基础的衬衫和纺织业，很快使这两个行业成为枫桥经济的支柱产业，从而推动了枫桥工业、农业和第三产业的全面发展，推动了农村工业化进程。1998年，枫桥两镇一乡实现工业产值32.2亿元，利润总额2.8亿元，都比5年前增长10倍以上，农民人均收入5485元，比5年前增长2.2倍。为二、三产业发展提供了众多的就业机会和致富门路，使枫桥4.5万余名农业富余劳动力就地安置，并吸纳了一大批外地务工经商人员。在枫桥"人人有工做，个个想致富，家家奔小康"，农民的思想和注意力已牢牢凝聚在发展经济上，人心思定，安居乐业，为社会长治久安打下了坚实基础。

通过调研，石小忠和调研组发现，多年来枫桥的干部换了一茬又一茬，但坚持"枫桥经验"，依靠群众，化解矛盾，维护稳定的传统作风没有变。并形成了由党政领导，以公安派出所为主力军，以村级组织为依托，各部门配合，目标明确，责任落实，齐抓共管，广大群众积极参与的社会治安综合治理体系，使社会治安、社会生活和经济领域各个时期出现的苗头性、倾向性问题解决在基层。从1982年到1998年的16年间，枫桥没有发生群体性上访闹事事件，没有发生凶杀案件，没有发生因民事纠纷调处不当而转化为刑事案件；1994年到1998年五年刑事案件基本控制在万分之八左右，年捕人数在万分之二以内，大大低于诸暨市、浙江省的平均水平。

针对农村人民内部矛盾引发的各种纠纷逐渐增多的问题，枫桥镇党政领导清醒地认识到，这些矛盾是改革、发展过程中产生的，可预见、可调节、可疏导，只要主动预防、及时化解，一般不会酿成大的事端。为此，枫桥的干部群众特别是枫桥派出所始终把预防化解纠纷作为维护稳定的基础性工作和重点环节来抓，并成功探索出符合农村实际、行之有效的"四前工作法"，即"组织建设走在工作前，预测工作走在预防前，预防工作走在调解前，调解工作走在激化前"，基本建立了有效的预防和化解矛盾的工作机制。

通过调研，石小忠和调研组得出结论："四前工作法"是"枫桥经验"在新形势下的新发展，是枫桥群众智慧的结晶,反映了调解矛盾纠纷的客观规律。"四前工作法"在缓解民间矛盾,维护治安稳定的实践中取得了显著成效。在调研前的五年多时间里,枫桥共发生各类纠纷4345起,调处成功率为97.4%。其中78%在村级得到化解,基本做到了"小事不出村,大事不出镇,矛盾不上交"。

贯穿"枫桥经验"35年的一个根本点是"教育人,改造人"。新形势下的枫桥党委政府依然把它作为治本之策,从提高农民觉悟和法律素质入手,开展"创文明村、文明户,做文明人"活动和形式多样的法制宣传教育。调研组蹲点调研时,已有80%以上的村达到了文明村标准。枫桥重视文化体育事业建设,开展丰富多彩的文化体育活动,丰富群众的业余生活。组建禁赌协会等群众组织,开展社会公益活动。厂矿企业狠抓职工教育,提出"既出产品又出人品"的口号,办职校、编厂报,提高职工整体素质,使职工在企业里是有纪律有技术的员工,在社会上是文明守法的公民。对外来务工经商人员,派出所及时登记,及时发证,在严格管理的同时,注意维护他们的合法权益。并从各村、企业的实际出发,实行了公寓式、自我管理式、情感式、学校教育式等管理办法,减少外来人员的违法犯罪。枫桥有2500多名外来人员,三年间因违法犯罪受处罚的只有7人。对违法青少年、劳改释放和解除劳教人员,采取"不推一把拉一把,不帮一时帮一世"的方法,帮教与解困相结合,真情感化,真情教育,真心帮助,使他们安居乐业。截至调研时,五年多来,枫桥427名失足青年转好率达94.5%,刑释解教人员重新犯罪率只有1.5%。

石小忠和调研组通过实地调研认为,枫桥的绝大部分纠纷能够在基层得到化解,几十年保持社会的持续稳定,关键得益于一支有强烈事业心、责任感,善于做群众工作,在群众中享有较高威望、具有强大凝聚力、号召力和战斗力的基层干部队伍。

长期以来,枫桥的党委政府坚持把以党支部为核心的村级班子及配套组织建设,作为做好农村各项工作的重中之重来抓，通过开展整顿后进支部，实施党政、党群、干群"同心"工程，狠抓党支部规范化建设等，把党支部建设好，同时指导村民建立群众性自我管理组织，形成化解矛盾，维护稳定的合力。以党支部为核心的农村基层干部不仅是带领群众致富的领头雁，也是组织群众维护治安的带头人。他们处事公道，清正廉洁，敢抓善管，依法办事，察民情、帮民富、保民安、解民忧，赢得了群众的信任和支持，成为落实党的农村政策、有效开展各项工作的一支重要力量。

"进入枫桥派出所大门槛，先过群众工作这一关"，派出所始终把群众满意作为工作的最高标准。枫桥派出所为方便与群众联系，在辖区设立了12只警民联系箱和3处报警点，向群众发放了4000份警民联系卡。建立了办证室，取消了双休日，办公时间延长至晚上9时，并设置警务公开栏，公开办事制度、办事程序和办事结果，主动接受群众监督。不断拓宽服务范围，主动接受群众求助，为群众排忧解难。只要群众需要，只要群众求助，不分大事小事，不分白天黑夜，派出所民警主动去做而且尽力做好，形成了"分内的事情全力做，分外的事情帮助干"的良好氛围。为提高民警做群众工作的本领，枫桥派出所坚持在民警中开展"三懂三会"教育，即懂理论、懂法律、懂业务，会办事、会办案、会做群众工作，组织多种形式的岗位练兵。开展向身边的典型学习活动，激发广大民警强烈的事业心和责任感。老民警杨光照从军18年，从警13年。他从一名副营职军官到一名责任区的普通民警，无怨无悔，带病坚持工作，默默无闻地为群众日夜奔忙，以善心、耐心、爱心对待群众，以自己公正廉洁、勤政为民的形象在老百姓中树立很高的威信。使广大民警学有榜样、干有方向，始终保持良好的精神状态。35年来，枫桥派出所没有发生民警违法违纪现象，警民关系融洽。据当时抽样调查，群众对派出所工作的满意率达99.5%。

石小忠和调研组得出结论：农村治安事关大局，农村抓好了，社会稳定就有扎实的基础。新时期"枫桥经验"的魅力就在于它坚持促进农村经济发展与维护农村社会稳定的辩证统一；坚持强化组织领导与依靠人民群众的有机整合；坚持注重预防化解矛盾与严厉打击犯罪的双管齐下；坚持扩大基层民主与严格依法办事的协调推进。这也是新时期"枫桥经验"的核心内容和精神实质。因此，在新的历史条件下，学习、推广新时期"枫桥经验"有其强大的生命力。

浙江省公安厅党委认为石小忠和调研组的调研报告，全面总结了枫桥干部群众在改革开放新形势下，高度重视、认真抓好维护社会稳定的"党政动手、依靠群众，立足预防、化解矛盾，维护稳定、促进发展"的成功经验，并专题向浙江省委、公安部作出报告，引起浙江省委和公安部领导的高度重视。省委书记张德江同志批示："维护农村稳定，促进农村发展是一个重大的课题，枫桥提供了成功的经验，应在全省大力宣传，全面推广。"随后，浙江省委批转了浙江省公安厅和绍兴市委《关于推广枫桥新经验，更好地维护农村社会稳定的报告》。

1998年11月19日，浙江省公安厅认为，枫桥派出所是坚持和发扬"枫桥经验"的先进典型，他们的先进事迹，体现了党和人民对公安队伍的期望和要求，为做好新时期公安工作特别是农村公安工作提供了成功的经验，具有鲜明的时代特征，并印发《关于开展向枫桥派出所学习活动的决定》，在全省公安机关开展向枫桥派出所学习的活动。

新形势下的"枫桥经验"对于贯彻落实党的十五届三中全会精神，维护农村社会稳定和治安稳定，有着重要的借鉴和指导意义，公安部要求全国公安机关学习和推广。在纪念毛泽东同志批示"枫桥经验"35周年之际，浙江省公安厅召开了全省农村公安工作座谈会，对全省公安机关学习推广"枫桥新经验"作了具体部署，切实加强农村公安工作，维护农村社会稳定，努力为农业和农村发展创造良好治安环境的热潮已逐步形成。

难忘总结提炼新时期"枫桥经验"蹲点调研经历,石小忠始终对枫桥及"枫桥经验"有着深厚的感情,特别是走上浙江省公安厅副厅长岗位后,他多次前往枫桥实地调研指导公安工作,并结合分管工作,创新发展"枫桥经验",积极打造"网上枫桥经验",取得了良好效果。

九次蹲点枫桥留下历史记忆

于朝耘

从1963年起,徐贤辅多次蹲点枫桥,故事有一大筐。

他是"枫桥经验"诞生和早期发展的亲历者与见证人,经历了1963年"枫桥经验"的诞生、1978年"枫桥经验"的恢复发展。他参与了得到毛主席批示并被后人称之为"枫桥经验"的《诸暨县枫桥区社会主义教育运动中开展对敌斗争的经验》等有关材料的起草。1978年年底,他以浙江省公安厅办公室研究科副科长的身份,参与绍兴县城关镇治安大清查工作组,与工作组同志一道充分利用自己曾在枫桥蹲点调研的优势,运用"枫桥经验"基本精神,参与起草了《绍兴县城关镇综合治理社会治安秩序的经验》,总结了在镇党委领导下,各部门一起动手、多管齐下的"综合治理"经验。

1963年,徐贤辅跟随浙江省委工作组打着铺盖,到农民家中借宿……真正接地气,拿到了第一手原始资料。他先后九次参加公安部和省公安局有关领导赴枫桥蹲点调研,每次蹲点调研少则半个月,多则一年多。

1978年,当年龄已经48岁、步入中年的徐贤辅再次回到熟悉的枫桥,他的视线模糊了。

国家经历了曲折的发展历程,人们渴望安定的社会环境。值得欣喜的是,那几年,枫桥人以治保会为平台联系群众,以修订乡规调处民间纠纷,依靠民约自我约束教育,帮教一般违法人员,调处民间纠纷,依靠群众,抓小抓早,预防了违法犯罪,逐步做到"小事不出村,大事不出镇(乡),矛盾不上交。"

这年是毛泽东同志批示"枫桥经验"15周年。12月，徐贤辅参加浙江省公安厅工作组，到绍兴县城关镇对治安大清查工作进行检查。"治安大清查"的主要手段是集中搜捕，绍兴城关有关部门抱怨道："大清查这样下去，没人好捕了，只好拔拔高了。"所谓的拔拔高，就是将那些不够逮捕条件的人"拔高"逮捕起来。

这么搞法怎么行！大家一致认为需要对批捕的呈报对象进行逐一调查。

而一个"石器时代"的人——丁某，让大家产生了意见分歧。丁某和妻子、四个孩子住在一间破房子里，家里一贫如洗，只有用石头垫底的床铺和当凳子用的石头。一调查，得知丁某原来是企业炊事员，因琐事被开除，回城里生活无着，从变卖家具过日，到后来外出贩卖粮票。

像丁某这样的人，在绍兴有许多。抓还是不抓？有人说："为了养家糊口，不抢不偷，只贩些粮票，怎么能捕这种人呢！"有人说："这是投机倒把，挖社会主义墙脚，就要让他们吃吃苦头。"

徐贤辅和同事向领导汇报，镇党委很重视，立即调了10名干部参加公安工作组，对社会治安进行调查，一查影响社会秩序的主要问题；二查危害社会治安的违法犯罪人员；三查引起治安问题的主要原因。

找到问题的症结后，中共绍兴城关镇党委召集有关部门开会，决定实行责任政策和经费"三落实"，首先是安置闲散无业的人员，恢复"文革"中被划为几种人背了黑锅的人的工作权利。全镇共安置闲散无业人员就业88人，包括一些因生活无着有过一般违法行为的人，像丁某安排在一家锯板厂工作，每月工资34元，让他安心劳动。支农、支边回流的知青中有一般违法行为的，通过教育和家属工作，有28人回去支农地劳动；有28人按照政策留城分配工作……最让人欢欣鼓舞的是，粮食可以议价了，允许群众互相议价调剂，这样农民进城没有粮票，也不会饿着肚子。

这些政策的出台，离不开当时的大环境。党的十一届三中全会公报明确提出：急风暴雨式的阶级斗争已经基本结束，党的工作重心要转移到经济建设上来。这给了工作组胆量和底气。

各个部门齐抓共管，这些措施让绍兴城关地区案件大幅下降，社会秩序显著改观。几个月后，徐贤辅和同事们把这些措施作了梳理总结，撰写了《绍兴县城关镇综合治理社会治安秩序的经验》的材料。浙江省公安厅将以上材料，上报省委省革委会和公安部。浙江省委副书记、省革委会副主任王芳立即批示并加上省革委会的批语，转发全省各地和省直单位，接着公安部《公安工作简报》又摘要发至全国各地。

1980年，五十知天命的徐贤辅，离开公安厅绿树掩映的青砖小楼。离开的时候，他心中总有一丝不舍，那么多年的大大小小笔记本，字迹有深有浅，扔了可惜，还是打包装箱，尘封起来吧。他想，如果有一天将这一页页的记录汇成《枫桥蹲点》回忆，真实地再现那个时代的点点滴滴，该多好啊。

朱建阳的半生缘分一生牵挂

边章敏

2003年11月22日上午,北京中南海怀仁堂,在中央电视台"新闻联播"上常常出现的中央政治局常委开会用的红木圆桌上,正中间坐着时任中共中央总书记、国家主席胡锦涛,紧挨着的是中共中央政治局常委、国务院总理温家宝,中共中央政治局常委曾庆红、罗干等领导。圆桌的5点钟方向坐着一个笔挺的身影,他非常从容淡定,在他脸上看不到一丝紧张,正以说故事的形式生动地讲述着"枫桥经验"精神,阐述着"积极化解矛盾纠纷,维护社会和谐稳定"的工作实践。在将近7分钟的时间里,党和国家领导人都饶有兴致地听着,时不时对小细节问上一两句。在听完后,胡锦涛主席笑着说:"如果全国都像枫桥这样,把97.2%的矛盾纠纷化解在基层,那我们的国家就稳定了。"

这一年,他35岁,时任诸暨市公安局局长助理、枫桥派出所所长,作为全国三个基层代表之一受邀参加第二十次全国公安会议。他叫朱建阳,先后被授予第五届中国优秀青年卫士、全国优秀人民警察、省劳模等荣誉称号,带领枫桥派出所荣获"全国公安系统优秀基层单位""一级达标公安派出所"称号,是"枫桥经验"当之无愧的传承者、守护者、践行者。有幸走进中南海怀仁堂,坐上红木圆桌,同时向总书记、总理等四大常委汇报工作,有这样经历的诸暨人,绝无仅有。这既是朱建阳的殊荣,也是"枫桥经验"的荣耀。

"人活着总要有一个主题,使你魂梦系之。""枫桥经验"于朱建阳而言就是这样的主题,有些缘分是注定的,按照他自己的话来说:"我1988年警校毕业参加工作至今已30年,'枫桥经验'已经陪伴我一半的人生了,如果按照相识的年份算,比我自己的小孩都要大了。"

初识,已然情深

与"枫桥经验"的初次接触是在1992年,当时朱建阳已从诸暨市公安局城关派出所刑侦队调到治安科基础组工作,被抽调参与到政法委组织的"枫桥经验"调研组工作。进驻枫桥派出所后,他告诉自己,要沉下心,多听、多看、多问、勤记录,用最真诚的态度来对待"枫桥经验"。白天他跟随枫桥派出所经验丰富的老民警到枫桥镇的企业、社区、村居走访,了解社情民意。晚上就加班熬夜把白天的所见所闻整理出来,撰写成稿。调研组在枫桥镇蹲点两个月,经过大家的努力,最后编成了《枫桥新曲》一书。这次调研经历虽然短暂,却成为他与"枫桥经验"半生缘的开始。

转眼来到1993年,浙江省公安厅和绍兴市委决定在诸暨联合召开"枫桥经验"30周年纪念大会,这也拉开了之后"枫桥经验"每五周年召开一次纪念大会的序幕。25岁的朱建阳刚接任办公室副主任不久,在老局长许岳年的带领下积极投入到纪念活动的筹备工作中,实地走访、撰写调研课题、做好会务工作,勤勤恳恳,毫无怨言,每一项工作都使他觉得无比荣耀。这是朱建阳与"枫桥经验"的第二次亲密接触。从此,"枫桥经验"也深深烙印在他心中。

1998年国家遭遇百年一遇大洪灾,全国上下众志成城抗洪抢险,在中华大地上谱写了一曲威武雄壮的抗洪赞歌,涌现了一批感人肺腑的公安英雄事迹。在全社会一片叫好声中,浙江省公安厅、绍兴市委和诸暨市委组成联合调研组进驻枫桥,认真总结新时期枫桥人民在创新发展"枫桥经验"中的好经验、好做法,提炼出"小事不出村,大事不出镇,矛盾不上交"的新时期"枫桥经验",得到了各级的肯定,"枫桥经验"35周年纪念大会如期召开。因时任办公室主任的陈善平长期在枫桥蹲点,1996年就调任公安局指挥中心任主任的朱建阳实际上主持着办公室的日常运转,凭着对"枫桥经验"的一腔热血,他主动请缨,协调各方,积极融入到纪念活动筹备工作中,随处可见他忙碌的身影,在他心中这是与他无法分割的事业。

再见,难分难舍

又一个五年,历史进入了新世纪的2003年。此时,朱建阳已经在枫桥派出所任职第四个年头,成为创新发展"枫桥经验"的排头兵、主力军,他已经完完全全地成为"枫桥经验"不可分割的一分子。35周年后的"枫桥经验"再次在全国叫响,全国各地来枫桥学习考察的团队络绎不绝。如何在传承中创新,在创新中前行,如何保持"枫桥经验"的先进性,使枫桥派出所在全国公安机关处于领先地位成为朱建阳一直思考和努力奋斗的事。在他的带领下,全体民警众志成城、不辱使命、砥砺前行,克服了一个个困难,创造性开展工作,为新世纪创新发展"枫桥经验"赋予新的时代内涵,使"枫桥经验"与时俱进、历久弥新。

在朱建阳担任枫桥派出所所长期间,首创了执法办案公开制度,将执法办案全过程置于阳光下自觉接受群众监督,赢得了群众的信赖,"执法为民"工作经验在全国巡回演讲;积极探索农村社区警务模式,大胆创新,闯出了一条"派出所把面,警务区管片,警务点驻村"的农村社区警务新路子,得到了浙江省公安厅领导肯定,诸暨市公安局召开现场会予以推广。深化了派出所正规化建设,开创了每日早例会制度。这些,至今仍是诸暨市各公安派出所第一堂必修课。创建了老杨"六字工作法",增强民警群众工作能力,提出了新时期化解矛盾的"四先四早"工作机制。期间,公安部更是专门派出调研组,与全体民警同吃同住同工作 10 天，总结出了枫桥派出所"七个好"工作经验，得到了公安部白景富副部长的肯定，公安部办公厅、治安局专门发文予以介绍推广。

经过他的坚守与付出，枫桥派出所这个全国公安战线的老先进更加夺目辉煌，成为当年全国 54488 个派出所中的佼佼者。2003 年，由中央综治委和浙江省委联合召开的"枫桥经验"40 周年纪念大会在诸暨隆重举行。省委书记习近平同志两赴枫桥派出所考察指导。2003 年 11 月，在纪念大会上明确提出："要充分珍惜'枫桥经验'，大力推广'枫桥经验'，不断创新'枫桥经验'。"朱建阳牢牢地记着，在 40 周年纪念大会后，他的前任所长阮晓辉对他说了一句话："现在你可以说是完成了接班的任务。"

群众，心中的朱砂痣

2008 年，在公安局 7 楼副局长办公室，袁立江局长将红头文件递了过来，"朱局长，这是'枫桥经验'45 周年纪念大会成立调研组的文件，你是市委和市局调研组的双组长。"

朱建阳嘴角上扬，接过文件幽默地说："'枫桥经验'不来找我，我也要去找他的。"

这一次，朱建阳在枫桥蹲点住了半年，他深知"枫桥经验"的精髓是群众工作，只有心里装着群众，始终将"群众满意"作为评判工作得失的标尺，才能做"枫桥经验"真正的践行者。他深深感到要真正了解社情民意，做好工作，最有效的途径就是下到基层，进村入户，融入到群众中去。他带头自带铺盖，深入贫困村和治安复杂村，走村串户住农家，解决群众实际困难。他深有感触地说："这是为全体民警真正融入群众，切实做好群众工作提供了一个扎实的平台。"

正是有了这样的信念，朱建阳与枫桥派出所新任所长张营一起创建了"老杨调解工作室"，专业受理各类复杂的民间纠纷。后来的"老杨调解中心"就是由此而来。经过统筹全镇调解资源，调解人手越来越多，调解队伍阵容越来越强大，调解结案率达 100%，群众满意率高达 100%。同时，不断探索总结提炼了"枫桥经验"的新做法，在全市创建了交通事故联合调解等一批工作机制，确保事故发生后群众能在最短时间内解决问题。

"群众的困难就是我们的困难，只有把最大的方便、最好的服务、最公正的执法奉献给他们，那我们的工作才算做到家。"这是朱建阳的心声。他以 45 周年纪念大会调研工作为契机，心系群众，一心为公，再创新业，通过他的传承和发扬，"枫桥经验"这面红旗更加鲜艳灿烂，熠熠生辉。

传承，离不开的"局外人"

2013 年的时候，朱建阳已经离开了公安队伍，任职诸暨市政府办公室副主任，"无论我身处哪一个岗位，都无法离开'枫桥经验'，我现在仍然协助赵源恩常务副市长分管着公安工作，50 周年的纪念活动如果需要我出力，我将义不容辞。"他跟"枫桥经验"调研组组员们这么说，也是这么做的。这一年，他依然全程参与、协调、指导纪念活动的开展，不敢有丝毫松懈。

2018 年"枫桥经验"55 周年纪念大会即将召开，他已经是诸暨市建筑业管理局的局长。由于跟"枫桥经验"的这一段渊源，他说在建筑业管理局的工作开展中，特别是近几年对"烂尾楼"工程的处理上，都能看到"枫桥经验"矛盾不上交的影子。随着纪念活动相关工作的展开，为确保工程进度和质量，他又带着建筑业管理局的同志奔走在工地上……

我与"枫桥经验"的情缘

张锦敏

我出生于 1963 年,这一年也是"枫桥经验"诞生之年。因此,我与"枫桥经验"属同龄人。

一

"枫桥经验"进入我的脑海,是在我上小学的年代。有一天傍晚,当我背着书包从村校回家的时候,我家那堵斑驳的土墙上突然多了一块被石灰刷得雪白的墙报,已经初识文字的我抬眼一看,写的是"普及'枫桥经验'七条标准",仔细看了一下内容,里面好像与"农业学大寨"有关。因当时正处于"文化大革命"运动期间,墙上的政治性标语和墙报在不断地更换,况且自己当时还年少,也悟不出这块墙报的政治意义,但"枫桥经验"四个字从此烙在了我的记忆深处。

我在岭北山乡读完了初中和高中,慢慢知道诸暨县有个地方叫枫桥区,在那里出了一个"枫桥经验"。但由于当时岭北山区唯一的新闻媒体就是农村广播,没有报纸杂志可以阅读,在课堂里也从没听到老师讲解过"枫桥经验",因此也不知道"枫桥经验"到底是一个什么样的经验。

1987 年 3 月,在高考落榜四年以后,我被招聘到乡镇,成为一名农村基层干部,开始做农村群众工作,处理建房矛盾、调解邻里纠纷等也成了我的主要工作。但由于"枫桥经验"一度处于沉寂状态,虽然我在农村基层工作了近十年,但对"枫桥经验"并没有多深多细的印象。

二

在乡镇工作的第十个年头，我终于由"招聘干部"转为国家正式干部。十年期间，我除了做过共青团、农村文化、宣传、纪检等工作外，还做过诸暨报社和诸暨电视台一段时间的特约记者。1997年，由于我喜好写通讯报道，撰写文字材料也有较好的基础，被时任诸暨市委常委、公安局局长金伯中看中，经过组织选调进入诸暨市公安局，从此穿上了警服，成为一名公安机关的人民警察。

1997年11月是我从警生涯的起点。1998年八九月间，在金伯中局长的组织协调下，浙江省公安厅、绍兴市委、诸暨市委组成一个联合调查组，正在枫桥蹲点调研"枫桥经验"。办公室陈主任便通知我一起去枫桥派出所，参加浙江省公安厅厅长俞国行听取"枫桥经验"调研情况汇报会。我们到了枫桥派出所，当时的调研组向俞国行厅长汇报介绍了"枫桥经验"的发展情况，当我听到调研组介绍说，"枫桥经验"在改革开放新形势下，经过枫桥干部群众的坚持和发展，已经形成了"小事不出村、大事不出镇、矛盾不上交"的时代特征，我终于明白，"枫桥经验"是一个化解矛盾维护稳定的农村工作经验。从此以后，我开始收集文献资料，全面了解"枫桥经验"的发展历史，不同时期的时代特征，正式走进了调查研究"枫桥经验"的大门。

三

1998年是"枫桥经验"35周年纪念年，以"四前工作法"为主要形式和"小事不出村、大事不出镇、矛盾不上交"为主要特征的"枫桥经验"，得到了浙江省委、公安部和中央综治委的高度肯定，曾经沉寂一时的"枫桥经验"如雨后逢春，焕发出新的生机和活力，在全国掀起了学习推广"枫桥经验"的热潮。我从1997年选调进入公安机关工作后，一直在办公室从事文字工作，从而接触到大量的领导视察、专家调研、理论研讨等机会，为我后来长期调查研究"枫桥经验"积累了丰富的信息资料和工作基础。

2003年是"枫桥经验"40周年纪念年，时年8月，中共诸暨市委组织调研组进驻枫桥镇开展蹲点调研，我作为诸暨公安局办公室主任，成为市委调研组的主要成员和总结报告的七人起草组人员。在前期全面基础调查结束后，调研组分成七个调查小组，分头开展重点工作调研，我接受的调研重点是社会治安防控机制建设的课题。当时，"枫桥经验"的"四前工作法"成为预防化解矛盾纠纷的重要工作方法。我在重点课题调研过程中，也在一直思考通过"四前工作法"来推动社会矛盾防控机制建设的问题。带着这个思考，我走访了枫桥的一些基层干部，他们认为社会治安管理不但要工作走在前，更要做到工作抓得早。我让他们介绍一些工作抓得早的做法，他们说关键是苗头问题要了解得早、重点对象要控制得早、敏感问题要防范得早、矛盾纠纷要化解得早，这样才能更好实现"小事不出村、大事不出镇、矛盾不上交"。于是，经过调研梳理，我按照枫桥镇基层干部提出的"四个早"做法，总结出"预警在先，矛头问题早消化；教育在先，重点对象早转化；控制在先，敏感问题早防范；调解在先，矛盾纠纷早处理"的防控化解矛盾纠纷"四先四早"工作机制。"枫桥经验"的"四先四早"工作机制，得到了中央政法委领导的高度肯定。2003年11月25日，中央综治委、中共浙江省委在诸暨召开纪念毛泽东同志批示"枫桥经验"40周年暨创新"枫桥经验"大会，中共中央政治局常委、中央政法委书记、中央综治委主任罗干出席会议并作重要讲话，中共浙江省委书记习近平也在会上作了重要讲话。

四

自1998年以后，诸暨市委对坚持发展"枫桥经验"高度重视，逐步形成了"枫桥经验"逢五逢十进行一次总结调研和纪念推广活动的惯例。我便成了每一次调研总结的主要成员之一。

2008年是"枫桥经验"45周年纪念年，当年的6月份，我又随同诸暨市委调研组，进驻枫桥蹲点调研。在这次调研期间，我发现枫桥镇的城乡一体化进程快速发展，社会矛盾由过去比较单一的邻里纠纷为主，逐步向多元化社会矛盾转型。枫桥镇按照社会矛盾的发展变化，积极探索多元化矛盾纠纷化解的新形式和新途径。枫桥镇在村级层面首创了治安"网格化"管理模式；在镇级层面首创了"综合治理工作中心"，通过整合综合治理力量和职能，依托"综合治理工作中心"开展多元化矛盾纠纷化解。在这次调研工作中，我们调研组通过召开座谈会和进村入户调研，所掌握到的鲜活案例和材料并不多。就在我们为难之际，我无意间看到一张由枫桥镇党委政府编印的《今日枫桥》小报，16开纸四个版面，每月一期，里面刊登有枫桥镇的各类时政报道，内容涵盖了枫桥的历史、政治、经济、文化等各个方面，报纸虽小但内容全面。

我马上让枫桥派出所所长给我找来历时5年的全部报纸。在半个多月时间里，我住在步森集团的招待所里，对5年来的《今日枫桥》小报进行全面阅读，然后按照调研所需进行分门别类，将小报上的相关内容进行剪裁粘贴，收集整理成一套重要的调研基础资料。然后，我们调研组带着这套资料，结合前期基础调研，再次深入到相关村、单位进行重点调研，收集更加充实的调研资料。经过我们调研组长达3个月的调研，我们发现枫桥的多元化社会矛盾，主要集中在民事类、民生类、发展类三个方面，针对这三类社会矛盾，枫桥镇运用"四前工作法"和"四先四早"工作机制，探索创新了一些更加有效的工作方法。最后，经我们调研报告起草组人员认真讨论后，总结了在新形势下"靠富裕群众减少矛盾，靠组织群众预防矛盾，靠服务群众化解矛盾"，实现了"民事类矛盾不出村，民生类矛盾不出镇，发展类矛盾不上交"的"枫桥经验"。

2008年11月23日，中央社会治安综合治理委员会、中共浙江省委在绍兴召开纪念毛泽东同志批示"枫桥经验"45周年大会，号召全国学习推广"枫桥经验"。

五

从2003年开始，由于"枫桥经验"逐渐形成了五年一次调研总结制度化，在我们诸暨市公安机关，也逐渐形成了一个相对固定的调研小组，被诸暨同行称之为"铁三角"调研团队。

这个"铁三角"调研团队由三人组成，我当年是诸暨市公安局办公室主任，杨全荣时任诸暨市公安局党委委员兼政工科科长，赵伯明时任诸暨市公安局户政科科长。我们三个人的背景，其实都不是公安科班出身。杨全荣和赵伯明都是在同一年入伍，在同一个部队当兵，又在部队担任过军事参谋，且在同一年转业到公安机关的老战友，赵伯明还参加过对越自卫反击战；我则是从乡镇选调到公安机关工作的。为何会组合成"铁三角"调研团队呢，这与我们三个人的工作职责有很大关系。因为调研工作涉及文字材料整理、先进典型的培育、派出所警务体制和机制的调整建设、民警的业务考核和队伍管理等各个方面，既需要总结工作经验，也需要业务指导，更需要试点创新。而我们三个人的职责与这些工作都有直接关系，所以成为每次"枫桥经验"调研工作必须参加的人员，时间一长，便成为一个相对固定的"铁三角"调研团队。

从1998年开始，我们这个"铁三角"调研团队几乎每年都要到枫桥派出所蹲点调研，短则1个月，长则3~6个月。在多年的调研中，我们也逐渐形成了时合时分的工作特点。在前期基础调研中，我们一般都是集中调研，共同参加各类座谈会、收集各类基础资料、分析研究各类情况、确定调研方向和重点、制定一些调研工作方案，等等。基础调研结束后，我们三人开展分头工作，我主要负责调研总结的文字材料、有关宣传资料策划创意等，杨全荣主要负责试点培育工作，赵伯明主要负责派出所"枫桥经验"史迹馆、宣传画册等资料收集整理工作。从1998年到2013年，我们这个"铁三角"调研团队为"枫桥经验"调研和枫桥派出所工作指导共同工作了15年。我们先后策划建设了三次"枫桥经验"陈列馆，编辑了枫桥派出所宣传画册和专题片三辑，指导培育出一批枫桥派出所优秀民警。如今枫桥派出所史迹馆中的大量珍贵资料，都是我们通过各种途径收集整理的。

六

在做好"枫桥经验"调研总结和枫桥派出所建设指导的基础上，我们这个"铁三角"团队还探索培育了店口镇"外警协管外口"的好经验。

那是在21世纪初期，诸暨市块状经济迅速发展，大量外来流动人口涌入诸暨打工，店口、大唐的外来流动人口达到近20万，总量几乎超过了本地人员。由于外来流动人员来源地和落脚打工地都比较集中，随之带来复杂的社会治安形势，外来流动人口发生的刑事治安案件，约占全年总量的近45%，并逐渐引发因劳资纠纷引发的群体性事件，一些恶势力人员掺和其中，让治安问题变得更加复杂，外来流动人口管理成为主要社会"难题"。

在一次警务创新座谈会上，我们全局各科所队长围绕警力不足与警务繁重问题展开讨论。其中一名山区派出所所长对一位城区派出所所长开玩笑地说："我们的警务不很繁重，警力也相对宽松，但工作经费压力较大。我们可否搞警务合作，我们可以腾点警力支持你们，你们可以拿出点经费支持我们，我们不妨来个资源整合，取长补短。"

虽然这是一个玩笑，但却给我们一个很大的启发。会后，我们这个"铁三角"团队经过认真分析研究，认为这个合作模式完全可以嫁接到外来流动人口管理的警务协作之中。即通过引进外来流动人口总量较多、籍贯集中的当地民警，到店口、大唐等重点地区协助管理外来流动人口，形成"老乡警察协管老乡"的"亲情化"警务协作，可以破解大量外来流动人口管理中的难题。经过调研分析，我们及时向诸暨市公安局党委提交了建议方案，诸暨市公安局也及时向诸暨市委、市政府提报了内参意见。

从 2004 年开始，诸暨市委、市政府结合诸暨市公安局经过与贵州遵义、江西永丰县公安机关对接协调，决定率先商请遵义、永丰两县民警进驻店口，在店口派出所协管外来流动人口。试点期间，我们这个"铁三角"蹲点店口派出所近 3 个月，建立起比较完整的"外警协管外口"警务模式机制。到 2006 年，经过近一年多时间的试点，"外警协管外口"的警务模式取得了良好的效果，得到公安部的肯定，认为是"枫桥经验"在外来流动人口管理工作的有效创新。2016 年 11 月，公安部专门在诸暨召开现场会，要求在全国经济发达地区和外来流动人口集聚地区予以推广。

七

2018 年，是"枫桥经验"55 周年纪念年。早在 2016 年 5 月份，诸暨市委常委、公安局局长沈平江就找我谈话，希望我能发挥好个人优势，参与诸暨市公安局"枫桥经验"调研总结工作。并在枫桥蹲点两年，做好枫桥派出所警务创新指导和工作经验的基础总结。根据沈平江局长的要求，我欣然服从，开始了长达两年的蹲点调研工作。

这次调研，我们的"铁三角"小团队已经解散，杨全荣和赵伯明两人已经退休多年。在沈平江局长的带领下，我们重新组建了一个由老中青民警组合的调研小团队，进驻枫桥派出所调研。调研期间，我们从枫桥派出所警务体制改革着手，按照"枫桥经验"的基本精神和基本特征，创新建立以民意导向警务和群体主体警务相结合的"枫桥式"警务新模式，并开展了具有"枫桥经验"特色的"十访十清、五议一创、十小十好"等警务创新载体，指导培育了"红枫义警"等社会组织，为"枫桥经验"全面调研总结打好基础。

2017年8月份,由浙江省公安厅副厅长金伯中带领的省、市、县三级调研组近20人,又一次进驻枫桥,开展"枫桥经验"蹲点调研。在这次调研组成人员中,比以往调研人数要多,人员要广,既有浙江省委政法委的人,也有浙江省公安厅的同志,还有绍兴市公安局在全绍兴市范围抽调的调研骨干,有诸暨市委派出的有关部门人员以及诸暨市公安局调研人员。我以诸暨市公安局专职调研员的身份再度来到枫桥,加入到三级联合调研组。

调研工作在金伯中副厅长的亲自主持下,按照基础调研、重点调研、专题调研等形式,收集了党的十八大以来枫桥镇预防化解矛盾、加强社会治安综合治理、创新基层社会治理的大量资料,通过召开多次座谈会和研讨,分析研究"枫桥经验"在新的时代呈现出来的时代特征,总结形成了"矛盾不上交、平安不出事、服务不缺位"的新时代"枫桥经验"。调研期间,我参与了新时代"枫桥经验"主题报告的起草,"枫桥经验"史迹陈列馆的策划与资料整理,枫桥派出所警务创新改革等相关工作,为新时代"枫桥经验"的创新发展,再一次发挥了自己的一点作用。

从1998年到2018年,我伴随"枫桥经验"走过了近二十个春秋,也在我的人生中与"枫桥经验"结下了这样一段弥足珍贵的"情缘"。

你好，枫桥岫山 1993

——王水芳纪实

黄雨佳

时间，你是否还记得 1993 年？那年是改革开放 15 周年，虽已有邓小平南方谈话，但社会主义市场经济尚未席卷全国；虽已有中国扶贫攻坚计划，但扶贫雨露尚未全面铺开。相比于现在，1993 年无疑可以称为"旧石器时代"，而枫桥镇的岫山村更甚。20 世纪 80 年代末就列席绍兴市 100 个后进村之一的岫山村，被当地老百姓编了一个顺口溜："枫桥有个穷岫山，村级收入二百三，班子软弱又涣散，问题积压多如山。"但就是如此，1993 年，岫山村冒出了一个内心火热的青年，皮夹克包裹下的身躯，激情飞扬记录了一段奋斗的岁月。

青年叫王水芳，土生土长岫山村。1969 年入伍到上海警备区服役当兵，1975 年退伍就被当时岫山村的村支书招来担任村里的安全保卫工作。由于工作出色，半年后又当上了治保主任。1979 年投入党对"四类分子"的摘帽工作，"摘掉一顶帽，调动了几代人"的亲身经历，让王水芳坚信帮教改造的力量。1993 年，为彻底改变岫山村贫困落后的面貌，王水芳临危受命，担任岫山村党支部书记。这是毛主席批示"枫桥经验" 30 周年的 1993 年啊，恰其少年，风华正茂，书生意气，挥斥方遒。

一

时间：1993 年

地点：岫山村王老弟家

这已经是王水芳书记第五次找王老弟聊天了。王老弟二十四五，嗜好赌博，为了赌博舍得花血本，最狠的是他敢用一毛钱的利息借款赌博。家中老父老母、七大姑八大姨的苦口婆心在王老弟的耳中早已是不耐烦的絮叨，起不到半点作用。

"再问一遍你为什么喜欢赌博？"王书记总是喜欢开门见山地问。

"因为没事干。"王老弟回答得也是痛快。

"那如果给你事干，你能改吗？"有了前几次谈话的铺垫，王书记已经了解了王老弟的脾性，王书记发现王老弟不是没有想法，只是好像有什么难言之隐。

"可是我没钱，没有成本。"有了前几次谈话的铺垫，王老弟也已经了解了王书记的为人，王老弟发现王书记是真的想帮自己，只是自己还不够自信，唯恐辜负他的期许。

"我看好你，你有什么想法先说说看。"王书记坚定诚恳的眼神让王老弟心头一热。

"我年轻，我有力气，我想买辆运输车，跑运输赚钱，可是四方牌运输车至少要二三万，家里没有钱给我买车。"王老弟踏实真切的规划让王书记看到改造的希望。

"我帮你解决！"原来只是钱的问题，王书记想，能用钱解决的问题就不是问题。

可说得容易做起来难，王老弟之前的不良信誉严重影响了银行贷款，为了尽快落实资金问题，王书记不记得跑了多少次银行，并为王老弟作了贷款担保，又拿出自己的积蓄，总算解决了王老弟的车款。万事开头难，为避免王老弟重蹈覆辙，半途而废，王书记经常以和王老弟交流怎么做生意为由头，经常去看他，观察着王老弟。

"王书记，这是我老婆，以后看着我的任务就让我老婆来做好了。"两年后，王老弟带了老婆去见王书记，虽没有明说，但王老弟心里清楚，王书记一直以来对自己的督促和照顾。现在有老婆了，王书记终于可以放心了。

"我那不是看着你，两年时间就还清贷款，买了房子，又娶妻生子，你那么成功，我是真的想向你学习取经呢，哈哈哈。"王书记轻巧地一笑带过。

两年的时间让王老弟焕然一新,而这样的王老弟在岫山村不只一个。王水芳说,要脱贫困帽,先戴安全帽。王水芳还在村子里成立了禁赌协会、法制宣传组、帮教帮扶组、护村队,修订村规民约,逐渐风清气正的村风预示着岫山村的脱贫致富。

二

时间:1993年
地点:岫山村党支部会议室

"要想人心定,关键在致富。我觉得可行,你们觉得呢?"说话的正是王书记,在党支部会议上征询意见。前两年柯桥轻纺行业辐射到隔壁的全堂村,全堂村的织布行业发展得如火如荼。王书记想让岫山村也大量引进织布机,让村民有事做,有钱赚。

"可是路呢?我们村没有大路,机器怎么运进来,货物怎么运出去?"党支部成员提出了一个实际的问题。是啊,岫山村位于海拔500米的高山上,不通机耕路,交通落后确实是制约经济发展的首要因素。

"还有电呢?"党支部成员又提出了一个棘手的问题。是啊,按照现有的电路,岫山村一只30KVA的变压器,要供三个自然村和村里现有的十台织布机的动力,已经是"日光灯变闪光灯,织布机变推布机,冰箱要有伴姑娘('稳压器'的戏称)"的艰难局面。

猛吸两口烟,王书记揉了揉太阳穴说道:"办法总比困难多,党支部出面,村干部带头,大家一起动手解决。"

有句话说:要想富,先修路;还有句话说:经济要发展,电力是先行官。可见一桩桩都是当务之急。王书记想到了村集体贷款,又带着支部成员到处筹集资金,亲帮亲、邻帮邻,先后断断续续筹得资金四十余万元。

"资金陆续会到位的,之前的问题可以解决了。"又是一次支部会议,王书记在会议上宣布了资金筹集情况和整修计划。

"我们负责买材料。""我负责找工人,拉小工。""我负责煮饭,管饱,哈哈哈……"会议室热火朝天,大家纷纷出谋划策。

团结真的就是力量,短短几年,岫山村平整路面4公里,清除路障30多处,拓宽路面900平方米,浇筑水泥路6.5公里,高山通车梦基本实现。那么电呢?电路投入整修半年时间内,变压器就由30KVA增大到125KVA,岫山全村的电力线路也进行了一次大整修,为了适应将来的发展,王书记还很有远见,把125KVA增大到300KVA才作罢。

一根电线,一条道路,发展的势头愈来愈好,王书记带着村干部不仅自己买织布机,还鼓励村民一起买。话音刚落,这就已经到了1997年的岫山村,放眼望去近千台织布机落户岫山,几乎家家有织布机,人人有工做,白布匹源源不断运出山,致富的信号源源不断传进山。

三

时间:1993年

地点:岫山村竹林

走近岫山村,满眼翠绿的竹林架构,无一分水田,山路两旁的毛竹又高又密,夹成一条绿色的甬道,王胜潘家的竹林就可以沿着这条甬道直接到达。

"胜潘哥,你家竹笋真是大个呢。快,你那株弄完,这里也有一株。"王书记拨开被树叶遮住的笋尖,绑了根红绳做记号,然后走到正在附近攻克另一株竹笋的王胜潘身边:"最近市场上竹笋很走俏,胜潘哥你为我们村做个榜样吧!"

"榜样?哈哈哈,我就是一个务农的,上不了台面。"王胜潘停下手头灵巧翻动的锄头,抹了一把额头的汗。

"我想扩大村里的竹笋开发面积,你的竹林向阳朝南,土地质量高,所以你家竹笋产量高、质量好,可以作为竹笋开发典型激励村民加入。"王书记直奔主题。

"那是好事啊!"王胜潘也是个爽快人:"好,竹笋有销量,对我也大有好处呢。"

"那就这么说定了,我这就联系厂家去。"三下五除二,王书记就是讲究效率。

"喂,水煮笋罐头厂吗?我是枫桥岫山王水芳。对对对,之前跟您打过电话,竹笋质量绝对没问题,好的好的。""喂,征天罐头厂吗?我枫桥岫山王水芳,原料基地选在我们这里肯定不会错。""喂……"

有了王胜潘大哥的广告效应,加上当时林业局的帮忙推销,王书记与宁波等地罐头厂成功对接达成协议,让岫山村作为了食品罐头厂的原料基地,让村民看到了竹笋的销路。这还不止,王书记又请了科技局的技术员来给村民上培训课。科技上山,典型引路,岫山村很快开发了面积2000余亩的食用笋,竹笋收入达到近200万元,1996年更是成为绍兴市农业开发的成功典型。

"开发笋竹两用林,致富一方老百姓""只有食用笋,才有房子新",王书记的口头禅一句一句成了真,食用笋的事迹还被撰写成报道《财神来了喜洋洋》上了报纸。不知不觉中,岫山村已经发生了翻天覆地的变化,村民乐得咧开嘴:吃水不用提,走路不带泥,家家有电视,电话不稀奇。

四

时间:1998年6月
地点:绍兴市群英大会会场

"浙江省诸暨市全堂镇岫山村党支部被中共中央组织部评为全国农村基层组织建设工作先进党支部,有请岫山村党支部书记王水芳上台领奖。"5年时间,岫山村摘掉了贫困落后村的帽子,人均收入从1993年的不足700元,变成1998年的5100元,岫山村用事实述说着荣誉的实至名归,王书记大踏步上台,接过奖牌。

荣誉领回来了,挂在了岫山村党支部最醒目的位置。

"王书记,合个影吧?"

"合什么影,大家的功劳!"王书记放下卷起的袖子,用袖口擦掉奖牌上不小心沾上的灰:"今天开心,大伙上我家喝两杯去啊。"

"走走走……"

五

时间:2018 年 6 月

地点:枫桥法庭调解室

"王师傅,您好,我们是诸暨市公安局的民警。我们了解到 1999 年 2 月您属于有特殊贡献的治保人员,被浙江省公安厅授予一等治安荣誉奖章,今年是毛主席批示'枫桥经验'55 周年,我们想借鉴您让岫山村从落后村变成先进村的成功经验。您能跟我们说说吗?"

"当然,请坐请坐,那事可远了,至少得从 1993 年开始说,那时我们还年轻……"如今被聘为枫桥法庭调解员的王水芳,点点白发早就悄悄缀满他的发端,说着岫山点点滴滴的变化,王书记满是自豪。

"那如果让您对那时说句话,您想说什么?"

"就跟它打个招呼吧。"王书记淡淡地笑了笑,感觉有点不好意思:"简单点好了,就说一句:你好,枫桥岫山 1993!"

是啊,朴实的话语最能透露情真意切。曾经最为宝贵的青春年华在静静的时光中逐渐远去,而王书记志存高远、心系岫山、情系人民的温情故事早已在岁月中被留下并怀念。你好,枫桥岫山 1993!再见,枫桥岫山 1993!

新时代

新动力·平民英雄

红枫义警

——平安枫桥的"新警力"

文 漪

"教导员,我有事找你。"话还没说完,红枫义警协会秘书长陈荣周就冲进了枫桥派出所教导员吴嘉军的办公室。

"老陈,你一个五十多岁的人了,怎么还跟年轻人似的,冒冒失失。"吴嘉军数落了陈荣周一句,"今天找我又有什么事呀?"

"我要把上周市里公安局领导颁给我的奖状退回去,过来跟你说一声。"陈荣周一脸淡定。

"退回去!你说得倒容易,你以为这个奖是颁给你一个人的。虽然你是你们'红枫义警'的小领导,但你要退回去,也得问问其他兄弟姐妹们愿不愿意。"吴嘉军义正词严。

见教导员今天很是严肃,陈荣周原本高亮的嗓门立刻低了三度:"教导员,你看这次我就是用手机上传了几张照片,这么点'小事',公安局领导就给颁了个'见义勇为',我受不起。"

"老陈,这次的事可不'小',特别有意义,电视台、报社都找到我们所里了,说要采访你们这些积极向警方提供线索的'红枫义警',你们就要火啦!"吴嘉军解释道:"还奖状的事情你就别想了,你快回去,和其他兄弟姐妹们一起准备准备——迎接记者。"

后来,在陈荣周夫妇经营的杂货店里,络绎不绝地来了好几拨记者。陈荣周呢,虽然心里还有些不情愿,但还是把"红枫义警"得了奖状的"小"事讲了一遍又一遍。

盛夏的午后，海角村村民老钱在自家房子门口纳凉，不经意间看见不远处空地上有三四个年轻人鬼鬼祟祟的。警觉的他立马揉了揉眼睛，定睛一看，竟发现这伙人把黄鳝砍了头，然后把浓浓的黄鳝血放进矿泉水瓶中，最后还随手把黄鳝丢弃在一边。

老钱越想越觉得不对劲，就悄悄用手机拍下了他们的汽车车牌。待他们走后，老钱还到空地上去看了看他们落下的东西并拍了照。

这天晚上，枫桥镇红枫义警协会秘书长陈荣周照例带着十几名义警队员在集镇上巡逻。走过老钱家门口时，他被老钱叫住了。

"老陈，你平常做生意，南来北往的人见得多、出面广，快来评评我今天看到的事是个什么道理。"老钱便把下午见到的怪事和陈荣周说了，还给他看了自己拍下的照片。

"这帮人居然只要了黄鳝血，莫不是要拿黄鳝血去做什么坏事吧？"这天晚上，陈荣周心里想着老钱说的事情，满满都是担忧……

"诶，我怎么这么笨，前两天所里的'小绍兴'不是刚帮我们所有义警在手机里装了个'群防云'APP吗？"第二天一起来，陈荣周茅塞顿开，"说是让我们义警把巡逻途中发现的可疑线索实时拍照发到APP上，派出所收到后会马上去调查的。"

想到这儿，陈荣周都顾不上吃早饭了，三下五除二，便把老钱拍下的照片按照"小绍兴"教他的步骤传到了"群防云"APP上。

等不及派出所的消息，陈荣周匆匆把生意托付给了老婆，叫上几个有空的义警队员，开着他的小面包车出门"巡查"去了，他想着在枫桥镇上都转一转，没准还会碰上那群人。

这头，枫桥派出所办案民警小张在仔细查看陈荣周上传的线索后，第一时间赶到了事发的海角村，在一块草丛里找到了聚乙烯醇滴眼液的包装和部分黄鳝血。

因为听说过有人用黄鳝血冒充人血进行"碰瓷"诈骗的案例,加上最近辖区内接连发生三起大货车司机被过路行人"碰瓷",另有专人扮演交警碰瓷后劝说司机掏钱"私了"的案件,小张不由得长了一个心眼。

回到派出所后,小张随即对上传照片中的可疑车辆进行比对和追踪,虽然开车的这伙人具有很强的反侦查意识,但他们还是露出了马脚。小张通过比对,确定"红枫义警"上报的可疑车辆即为他们的作案用车。最终,一个在枫桥镇上作案多起的八人"碰瓷"诈骗团伙被一网打尽。

枫桥集镇上来来往往的大货车又多了起来……

枫桥派出所领导和办案民警都觉得,这次破案,以陈荣周为首的几个义警队员功不可没,应该给他们奖励。可义警是群众自发参与的,不像所里的协警,派出所不能直接给他们发奖金,而且义警们多是小康之家,对物质并不看重。

"他们缺的就是精神上的鼓励。"教导员吴嘉军一拍脑袋:"我跟局里联系联系,看看这次的事能不能给个啥荣誉。"

没几天,诸暨市公安局政治处领导就带着"见义勇为"奖状上门了,给正在夜间集镇巡逻的"红枫义警"颁奖,由秘书长陈荣周领奖。

颁完奖,政治处领导让陈荣周讲两句,没想到,他竟还有些不好意思,用手挠着头,脸涨得通红,半天说不出话来,最后突然蹦出了一句:"义警这条路,我跪着也要走完。"

这里还有个小插曲。秘书长陈荣周并不是一个地道的枫桥人,而是个在枫桥生活了28年的"异乡人"。20世纪90年代初,一穷二白的他从嵊州老家到枫桥来"讨生活",是所有讲道义、怀正义的枫桥乡亲帮助他从一无所有到站稳脚跟。原本内心就充满正义感的陈荣周,在枫桥"忠孝义"文化的耳濡目染下,更加坚定了自己要守护乡里乡亲的想法。所以，2017年5月，当浴室老板娘骆晓勇提出组建一个平安类社会组织为"平安枫桥"建设助力时，他们一拍即合，并在派出所民警赵信的帮助下建立了枫桥镇"红枫义警"协会。

拿了奖状后的几天里，陈荣周总觉得心里不对劲。想着这回既没能够像年轻时那样一个晚上以一敌四，协助民警抓获四名趁下雨撬沿街店铺盗窃的小毛贼，也没能够像年初时和全国人民调解专家杨光照那样成功调解一起纠缠二十年的邻里纠纷，怎么也算不上"英勇"。

这，就有了开头的那一幕……

不过，通过教导员吴嘉军几番上门说教，陈荣周终于明白了一个道理。这个奖不仅仅是对他个人的奖励，更是公安机关对"红枫义警"的极大褒奖，是属于整个集体的荣誉。

不仅陈荣周，每个"红枫义警"都有一颗火热的心。他们来自群众，理解群众，更加心系群众。

"阿叔，你慢点，我来好了，我年纪轻。"头戴小红帽、身穿红马甲的"红枫义警"小楼叫住了正要把煤气瓶从三轮车上拎下来的同村村民老楼。

"你今天怎么照相馆不开了，到煤气站里来搬煤气？"老楼问道。

"钱又赚不完的，但能做好事的机会可不多，而且我现在可是个义警啦！"小楼一边说，一边骄傲地指了指胸前马甲上"红枫义警"的标志，"阿叔，你身份证有没有带？现在灌煤气都要实名登记的。"

"这样的，我都不晓得这个事情，身份证没有带，那怎么办呀？"老楼有些着急，"家里还等着我灌煤气回去开火烧饭呢。"

"阿叔，别急别急，这样吧，我开车带你回去拿身份证，快一点。"小楼安慰着。

"那我的三轮车和煤气瓶怎么办？"老楼的问题又来了。

"我叫我们其他义警队员帮你看牢,你就放心好了。"小楼答应道。随后,小楼就开车带着老楼取回了身份证,并帮助老楼顺利灌好了煤气,还把灌煤气要带身份证这个事情跟老楼又唠叨了一遍。

其实,在2017年9月初,枫桥镇煤气站门口每逢节假日,就有"红枫义警"参与义务执勤工作。因工作需要,煤气站灌煤气需要群众实名登记。但很多前来灌煤气的群众因为不了解、不理解,容易和煤气站工作人员产生矛盾,这给枫桥派出所的日常接处警工作带来了不小的压力。

发现问题,解决问题。善于动心思的吴嘉军教导员想到了"枫桥经验"这个传家宝。发动和依靠一部分群众去摆事实、讲道理,做好煤气站现场的引导和解释,加强对年老体弱、行动不便群众的帮扶工作,或许就能让更多的群众理解煤气站的实名登记工作。而这一部分人,非"红枫义警"莫属。

说干就干,吴嘉军和"红枫义警"会长骆晓勇一商量,就得到了对方的全力支持。不一会儿,执勤人员需要数量、执勤时间安排、工作注意事项等内容都在微信群里进行发布,"红枫义警"们纷纷踊跃报名参与。

这便有了每个双休日、节假日义警队员们主动放弃休息时间到枫桥镇煤气站义务执勤的身影,而"红枫义警"的口号也就从此多了一句——地球不爆炸、义警不放假。

治安巡逻、法治宣传、纠纷调解、安全劝导、爱心救援……"红枫义警"们积极参与警务志愿活动时做的一桩桩好事正在枫桥群众间口口相传,他们也真正成为了平安枫桥的"新警力"。

陈家村的"小宪法"

易 横

来到诸暨市枫桥镇陈家村,宽敞整洁的街道旁,错落有致的座座民房掩映在绿树红花中,老人闲庭纳凉,幼儿嬉戏奔跑……这正是枫桥三贤之一——陈洪绶的故乡,走进陈家村,似乎也走进了他画里的世界。

村委会墙头的村规民约格外醒目:不损坏公共设施,不侵占集体财物,不辱骂诽谤邻里,不乱砍滥伐林木,不乱排生活污水,不乱丢乱倒垃圾……像是幼儿园老师声声的叮咛,却也正是乡风文明内化于心、外化于行的动人篇章。

有规可依:弥补法律空白,规范村民行为

"法治建设,根在基层"。2006年2月,习近平专门对"民主法治村"的创建工作作出指示:基层依法治理工作就是在基层推进"法治浙江"建设的一项好的载体。而基层法治建设的重要资源就是发挥村规民约的"软法"约束力和规范作用。在"枫桥经验"的肥沃土壤中,从1977年枫桥区檀溪公社泉四大队治安公约开始,枫桥镇历来就有制订村规民约的习俗。而陈家村也结合本村实际,于2008年邀请西南政法大学教授到村蹲点半年,五易其稿后形成了陈家村村规民约。

村支书陈乐琴说:"村规民约并不是谁说了算,而是把老百姓的意见一条一条地收集上来,通过我们村委会和党员会议表决后才制订初稿,随后再反复征求百姓的意见,直到修订出成熟的村规民约。"

十年来，陈家村的村规民约屡经修改。目前，主要由政治事务、经济事务、治安事务、文明建设四大部分组成，与"停在纸上""挂在墙上"的走形式、走流程不同，村规民约在制定通过后，就由村干部挨家挨户发放到每户人家手里。借助村务公开栏、短信、微信等多种形式常态化提醒村民自觉遵守村规民约，营造大家知晓、全村执行的良好氛围。为了有效引导村民的自觉性，陈家村赏罚分明，对模范遵守的村民进行表扬奖励，对违反规定的村民予以公示通报。于是，人人尊重村规、人人接受约束，生活、工作都自觉对标村规民约，村民们也在潜移默化中形成了违反村规民约可耻的道德观。

"请不要随意张贴广告""请不要把垃圾堆放在门口"……走在巷子里，热心的街坊阿姨正在提醒商户。"在我们村里，不管是外来人，还是本地人，都要遵守公约，共同爱护生活环境。"

如若村规民约不健全，不仅难以发挥应有的作用，还可能引发矛盾纠纷。陈家村的村规民约吸取了其他村的经验，同时也结合了陈家村自己的特点。最典型的便是分红制度，外嫁女等人员不能享受分红，这方面矛盾一直很大。

"怎么我嫁出去了就不算陈家村人了吗？不给我分东西了吗？"村委会门口，陈某又在嚷嚷着要打官司，想把自认为应得的补助拿到手。

"既然你是陈家人，为什么要把户口迁出去呢？"

原来，陈某因丈夫去世改嫁，户口迁至阮市。按照规定，户口迁出六个月，就无法享受补助、征地款等红利了。

看到矛盾的源头，村里也决定对村内相关的村规民约有针对性地进行修改与完善，并由村民大会公开表决通过，"这样之后，村民才会认可规则、遵守规则，不然也是一纸空文。"

矛盾化解：约出和谐，约出效率

陈森明与陈森苗是陈家村的一对老兄弟，一墙之隔，可以说一辈子都生活在一起。就是这样一对血脉相连的亲兄弟，这天却因为小小的问题起了纠纷。

"苗，你家这些石头到底用不用了，堆在这里什么意思？把我家的路都挡住了么！"弟弟家正在修葺院子，堆放了不少石条，陈森明转悠几天实在忍无可忍，大早上就敲开了弟弟陈森苗家的大门。

"小事体，放一下你都讲，那你家的树还伸到我家院子里来了，我哪有让你拔掉？"陈森苗漫不经心地说。

"你这个不仅挡我的道，还弄得灰尘满天的，我还怎么住人啊？"陈森明没好气地回过去。

"你是哥哥，你让我放一下怎么了？"

"从小我就让着你，七十岁了还叫我让着你！"说罢，陈森明就拿起院子里的锄头，上前打碎了陈森苗的石条。

这下子陈森苗也不依不饶了，操起一把钩刀就冲到老哥哥的院子里，把那棵围墙边的树三下五除二就给砍了下来。

陈森明看到自己心爱的树被弟弟砍了，一阵心痛之后按捺不住怒火，冲上前揪住了陈森苗的领子，两名七旬老汉各不相让，厮打在一起，路边渐渐聚集了不少群众。

"你们两个人一起生活了几十年，这么点小事，犯得着吗？"

"都是长辈了，不要给小孩子做了错误的'榜样'！"

边上此起彼伏的都是热心群众的劝导，这时陈乐琴和村干部们匆匆赶到，她的手上带了两本小册子，正是陈家村的村规民约。

"之前就发过了，没有发到手吗？还是给扔了？"陈书记笑眯眯地说。

两兄弟有些不好意思地放开了揪住对方衣服的手，一前一后接过了册子。

"我们村规里面有一条，不损毁公共财物，你看看你们做了些什么？还有一条，不伤害夫妻感情，兄弟感情就能随便伤害了吗？是不是想让我拍了你们现在的照片张贴到公开栏上去?"一席话,就让兄弟俩低下头去。

陈书记接着说:"森苗多了那么多石条,不处理也是一直堆在这里占道,不如你就作个好,给你的老哥多修点围墙,那你们自己的东西都不会'跑到'对方家里去了。"

陈森苗像是恍然大悟一般,连声应好。

"那么希望以后你们双方以兄弟情谊为重,不要因为小事吵架了,不然我可就真要把你们这两位老大哥的照片贴到村口去了!"

"不用了,不用了!"陈森明主动在协议书上签下了名字。

陈森苗低声说,"森明,是我不对在先!"两名老汉像是幼时打闹又转眼和好,开开心心修围墙去了。

农村里大事不多,琐事不少,今日是我占了你的道儿,明日就是你家的树枝伸进了我的围墙,社区民警接到求助后,风风火火地跑到村里一看不过是鸡毛蒜皮的小事儿,这也一定程度上给警力资源的使用造成了困扰。

自从有了村规民约,人民调解在解决矛盾纠纷上发挥了重要作用,大大减少了派出所的直接介入。并不是说陈家村没有矛盾纠纷,而是有矛盾纠纷能及时解决,以"小事一天内解决、大事三天内解决"的治理机制,把一些矛盾化解在萌芽状态,对重大矛盾或纠纷处理做到公平、公正、公开,实现矛盾纠纷不出村、村民无上访。

服务监督:从群众中来,到群众中去

既然是自治,就要充分发挥群众的力量,除了每年组织村民代表商议如何修改村规、广泛征求村民的意见建议外,村干部们也想让大家为了建设陈家村"动"起来,一直思考着通过什么样的形式能充分发挥群众的主观能动性。

每天晚餐后,在村里的空地上都有一些大姐们在谈笑风生,翩翩起舞。这都是些再熟悉不过的面孔,除了热爱"广场舞",她们也会充分利用休闲时间组织义演活动,替

村委会发个宣传单,可谓是打起了"活广告"。村干部们正是从这一番热力四射的场景中得到了启发:这样一批热情的大姐愿意不计酬劳地演出,是不是愿意为群众送温暖呢?这样一支文艺团队,是否也能化身为一支志愿服务队呢?

陈乐琴书记按捺不住,忍不住请教陈家村的社区民警沈凯:"你看,陈家村有了村规民约,但还缺少一支监督的队伍,光靠村干部也忙不过来,你们平时的安保、信息摸排工作也很繁琐,不如让我们添一份力……"

有"红枫义警"这支群防群治力量在先,沈凯对村委会提出的这个点子也非常赞同,合计着也能在陈家村筹备一支队伍。得到派出所领导支持后,他便与村干部们一起,挑了一个大姐们表演的时机前去进行沟通。

"退休了没什么事,这可是个美差!"

"平日里看到有些小伢子乱丢垃圾又不好名正言顺上去教育,这可是个好办法!"

没想到,大姐们都非常支持成立这样一支队伍,一个个都跃跃欲试。

于是,2017年9月,一支雄赳赳气昂昂的陈家村女子巡防队成立了,成员共有17人,都是陈家村的村嫂,平均年龄50岁,队长叫骆幼君。

骆幼君住在陈家村的枫山路上,这条路上的乡里邻居都可算是她的亲人了,她没事都会去附近转一转,和大伙儿拉拉家常。骆大姐平时爱打扮打扮,跳跳舞,步伐轻盈矫健,而当接到这份工作后,她又变得十分严谨,这支队伍的好几个成员,都是她召集来的,而她也将这支队伍管理得十分到位。

骆幼君是土生土长的枫桥囡,和村里其他十六位'村嫂'组成女子巡防队。村里的各项事务都是她们发挥余热的舞台,能够参与村级自治管理活动,她们都觉得自己更年轻了。

自成立以来,这支队伍参与的工作从一开始单一的巡逻防范到现在的入户宣传、治安巡逻、村环境卫生整治、学校门口秩序维护、文艺义演、协助流动人口管理、信息摸排等一系列的村级自治管理活动中,发挥了重要的作用。尤其是出租房的流动人口信息,大姐们充分发挥自己家在本村,和房东熟悉,信息及时、准确的优势,有力地协助了枫桥派出所开展辖区出租房流动人口的管理工作。在村规民约的执行上,陈家村女子巡防队所到一处就对群众的不文明行为进行提醒,起到了督查队的作用。

三个百分之百
——永宁水库征迁安置实录

船　长

2009年,省级重点工程枫桥永宁水库征迁安置及建设工作开始了。在长达5年的征迁安置及建设过程中,实现了"百分之百签约征收、百分之百自愿腾空、百分之百择取安置房"三个"百分之百",没有出现一起群体性上访事件,没有发生一起群体性冲突,没有强拆一间房,没有处理一个人,树立了诸暨征迁工作的"新样本"。在三个"百分之百"的背后,是当地党委、政府运用"枫桥经验",坚持用政策说服人,讲道理感化人,以真情打动人,得到广大移民的理解和配合,实现双方互赢的结果。

从旗手到宣传员的转变

盲人陈永全开了一家小店,位于征迁安置办公室主任童水良负责的征迁片区里。陈永全开的小店是移民的"议会"和"新闻中心",对水库征迁各自打着如意小算盘的移民们隔三差五就聚集在此开会,讨论如何才能为自己获取更大的利益,如何抵制征迁,而陈永全便是其中的"旗手"。"先抓住主要矛盾",童水良决定先碰碰陈永全这颗最"硬"的钉子。

开始接触的时候,陈永全的态度就是"避",一旦有征迁工作组的人来,他不是"避"开,就是"闭"嘴,把征迁工作组的人晾在一边。童水良不放弃,有事没事都要来小店里转转,因为陈永全眼睛不方便,有时候还会搭把手帮他修补修补破损的东西,清扫店门口的垃圾,甚至看到货架上的货物没有归置整齐的，便一层层地爬上爬下帮忙归置。去得次数多了，帮的次数多了，陈永全的态度发生了微妙的转变，从"避"变成了"赶"，每次工作组人员帮忙的时候，他会冷冷地甩出一句"走开走开，不要你们弄"。

这一个小小的细节，童水良敏锐地捕捉到了。他感受到陈永全思想发生了变化，虽然工作组里的小年轻不理解他为什么高兴，但童水良心里知道，这样的变化说明陈永全心里在慢慢接受征迁工作组。

感觉到陈永全的变化，童水良去得更勤了，每天四五次地跑陈永全的小店。有一天，正在干活的陈永全，突然冷不丁地对在小店里打扫卫生的童水良说："我愿意签征迁协议。"听到这句话之后，童水良低着头加快了扫地的步伐。小店面临拆除，客人便也少了，货物渐渐滞销。眼看着拆迁的时间越来越近，本来家庭条件就比较拮据的陈永全急得像热锅上的蚂蚁一般。童水良把这一切都看在眼里，回去之后跟征迁办的其他同事说起这件事，后来大家默默地自掏腰包把店里未售出的商品全部买下。陈永全得知后，十分感动，从抵制签约的"旗手"转变成支持征迁的积极分子，还积极做起了其他村民的动员工作，成为一名带头征迁的"宣传员"。

无论白天黑夜，征迁办的成员们用脚步丈量民情，一步一个脚印，挨家挨户上门做好村民征迁动员工作，实现了"百分之百签约征收"。

从抵制搬家到自愿搬家

2012年5月，征迁工作开始没多久，一群人便怒气冲冲地走进永宁水库征迁办公室，拍着桌子要办公室管事的人给个说法。

"这怎么搬？怎么搬？没人肯租给我们房子？"

"一点准备都没有，我们祖祖辈辈住在这里，我们的根在这里，我们坚决不搬……"

"刚建好新房子,就要我们搬?没有这种道理的!"

童水良和征迁工作小组副组长章国胜刚从外面办公回来,还没走进办公楼,就听见了嘈杂的吵闹声。章国胜赶紧赶上前去,向带头的中年男子问话。"什么事情?有什么事不能坐下来解决的,吵架解决不了问题的。"

气氛顿时凝固了几秒,趁着这个间隙,章国胜掏出了随身携带的工作笔记本,然后给大家送上了一杯杯浓浓的热茶。

"来,坐下来,慢慢说,事情我们一起帮着解决,我们征迁组工作人员就是帮征迁户解决难题的。"听到这句话,大家的情绪明显缓和了不少,开始倒起了苦水。

"我家有老人,实在是禁不起折腾了!"一个中年男子无奈地摊摊手,对章国胜说。

在双方的交谈中,征迁办公室的工作人员才得知,这个村民是陈清潮的儿子,今天来的几个人都是一大家子,是为了抵制拆房而来的。为了给陈清潮老人养老,不久前家里凑钱新造了几间小屋,谁知刚住进去没多久就接到了征迁的通知,只能四处找出租房准备腾房。想不到房东们一听家里有个生活不能自理、大小便失禁的老人,纷纷避之不及,说什么也不肯租房子给他们,唯恐沾了晦气。

"这边催着搬,那边不让住,我们就要无家可归了。"陈清潮的子女们向征迁组的工作人员抱怨道。

原来是这么回事啊!了解到陈清潮一家的实际困难,征迁组工作人员主动到枫桥集镇和永宁水库周边的几个村子里实地查看,四处寻找合适的房源——楼层不能高、买菜要方便、环境要好一点。终于,在枫桥集镇上找到了一处合适的平房。陈清潮的家属看了工作组找到的房子,非常适合老人养老,放弃了抵制搬迁的念头,自愿搬入了新家。

为妥善解决移民的后顾之忧,让他们"有房住、有学上、有工做"。枫桥镇政府租下原永宁羊毛衫厂厂房,将老旧的厂房进行重新装修,粉刷破损的墙壁,改造老化的线路，还给生活有困难的个别移民购置了床、桌、椅等必备物品，尽最大的努力做好移民过渡性住房问题。同时，对家中有小孩要读书的移民，主动打电话给所在社区和街道，做好上学户口落户工作；有年轻人要找工作的，也尽最大努力帮忙解决就业问题。

从2012年5月1日到7月30日，短短两个多月，石砩、将军、天马、陈昂四个自然村顺利迁移568户1508人，实现了"百分之百自愿腾空"。

从危房担忧到安心房的转变

在永宁水库安置房永安家苑安置区建设过程中，由于基坑挖掘致使地下水位下降，周边的20余户民房出现了不同大小的裂缝。于是，这些村民纷纷聚集起来，讨要一个说法，并提出赔偿几十万元，若是不满足条件就要阻止施工。

指挥部的工作人员在得知这一情况后，一方面耐心地和涉事村民做好解释工作；另一方面加紧联系省建筑科学研究院作房屋质量评估和修缮方案。经过多次协商，最终达成了调解协议。

好不容易解决了周围住户的问题，拆迁户又闹起来了，真是一波未平，一波又起。原来，在永安家苑建造过程中施工方出了些小纰漏，虽然迅速采取了补救措施，但这些纰漏已在移民中一传十、十传百地传开了，传着传着味道也就变了，变成了房子存在严重质量问题。

"听说安置房的质量不行，在施工过程中存在偷工减料的嫌疑。"有的拆迁户愤愤地说。

"要是房子真出现这样的状况，怎么住人，说什么我也不会搬进去的！"有的拆迁户担心地说道。

听到自己即将入住的新房存在质量问题，大部分移民脸色铁青。大家你一句我一句，越聊越激愤，越聊越担心，纷纷聚集到征迁办公室，拍着桌子、扯着嗓子，要讨一个说法。

"我们听你们的，一家老小从水库山里头搬了出来，大家可都指着这房子，你们就是这样给我们造房子的？"其中几名水库移民在征迁办公室里指着手指、叉着腰，火气冲天地大吼。

这些天，征迁办公室里每天都聚集了30多号人，有来问施工进度的、有来问是不是真的偷工减料的，征迁办的工作人员再三解释，他们都不放心。工作人员的电话都被打爆了，往往是一个电话没解释清楚，另一个电话又打进来了。

事情发生后，施工方迅速和征迁小组取得了联系，并聘请了权威的第三方对房屋的质量问题进行了检查，结果显示房屋建造是符合规范的，入住完全没有问题。

"报告出来了！放心吧！房屋质量没有问题。"突然有一天，征迁小组的工作人员带着一份文件来到移民聚集居住地，如释重负地告诉等待着检测结果的移民。结果公示后，悬在水库移民和征迁小组工作人员心中的一块大石头总算落了地。

在随后的施工建设过程中，指挥部放了一个大招——招募移民成立质量监督小组。以自愿报名的方式，征迁办公室初步筛选出60多名水库移民，再组织专业考试确定6名移民为质量小组成员，由指挥部发放工资、每天轮流到工地值班，实时对施工方的工程进度和施工质量进行监督，架起了指挥部与移民间沟通的桥梁。

消息传入大家的耳朵后，移民们拍手叫好。"这样，我们就放心了，比自己亲自督工还安心。"2015年6月15日，永安家苑1260套安置房择房工作全部完成，实现了百分之百择取安置房。

步森的"连环计"

楼 婷 黄佳彬

下枫桥南高速口,右转直行至步森大道,四公里处靠左手边就是步森集团的总部。在暗潮涌动的时代变革中,步森集团岿然屹立枫桥三十余年不倒,而后窥其原因,因为步森有"计"。

第一计:品牌效应计

寿彩凤是百树制衣厂的厂长,1984年创办百树制作衬衫。

"寿厂长,深圳来了一家公司,把我们厂里80%的员工都挖走了,怎么办?"1991年年初,正在车间忙活的寿彩凤听到这个消息,懵了一下。寿彩凤早就知道,百树厂员工工资100多元,而这几天深圳来的那家制衣公司,工资高达400~500元,诱惑不可小觑。谁都一样,人往高处走,水往低处流,换了她本人,也会做出同样的选择。可没想到一下子挖走那么多员工,让百树制衣厂直接面临存亡危机。

既然知道了问题,就得想办法解决问题。"我也要去深圳'打工'。"寿彩凤冷静后毅然决定去那个经济发达的深圳长长见识。而这一学习就是近两年,1992年寿彩凤再次回到枫桥。

"建商标,必须建商标。"回来的第一时间,寿彩凤就提出商标注册问题。在深圳的几年,商标打造品牌,品牌的定心丸力量寿彩凤看得真真切切。经过商量,定下了"步森"作为商标,接着寿彩凤召开会议,明晰了股份,会上提出改组企业。又请来了会计师，对百树的资产进行了评估，从法律上确定了兄弟姐妹们之间的股份，然后又用送股、扩股的方式，吸收了四名骨干，同时对非股东人员的各级管理人员实行"劳动补偿股"，把好处"送"给外人，"笼络人心"，用股权的方式把企业上上下下拧成了一股绳。紧接着，把"百树"更名为"步森制衣有限公司"，引进了现代企业制度。商标注册好了，如何发挥品牌效应呢？

"追求卓越质量，创造一流品牌，坚持'民'牌方向。"步森高质量低定价的坚守很快得到回报，"步森现象"红极一时。1995年，步森走向了海外，步森品牌自此声名远扬。2012年，浙江步森服饰股份有限公司在深圳证券交易所上市。

为了守住守好步森品牌，步森集团就是有这样的远见，在第一代领导人寿彩凤，第二代领导人陈建飞的领导下，以质量为基础，以市场为核心，以品牌为向导，以产业报国为己任，随着时代变迁锐意革新，敢为人先，稳步腾飞。发展到现在步森已有员工2000余名，集团规模愈发扩大。期间，形成了步森劳动争议调解组织、人民调解委员会，成套的职工代表大会制、厂务公开监督管理、维权机制建设等也日趋落实。步森人强烈的主人翁意识，为步森集团创建和谐企业，传承好"枫桥经验"保驾护航。

第二计：和气生财计

老家枫桥的何大哥是步森调解委员会成员之一，这已经是他今天第二次为房老弟和骆老弟进行调解了。

"你们说说这次又是为了什么，两个大小伙子有什么事不能好好说？一个上午打两次架？"房老弟和骆老弟都是步森的老员工，房老弟老家在安徽，骆老弟是土生土长的枫桥人。看看几人的坐姿，房老弟和骆老弟背对背，谁也不理谁，骆家父亲坐在骆老弟身边，房家妻子贴着房老弟在另一侧。

"我就还是气不过。"骆老弟第一个开了口，气呼呼地说。

"你打人，你还有理了。"听到骆老弟这么说，骆家父亲首先没忍住，顺手猛拍了一把骆老弟的背："好好说话。"

"早上上班捺指纹签到的时候，我就跟他开了一句玩笑嘛。"骆老弟半转过身，看了一眼骆家父亲，又看了一眼何大哥："谁知道他当真了，然后就上前打我，这次我只是打回来。"

"早上你那是开玩笑吗，你那是人格侮辱？"房老弟听不下去了，一把转过椅子，准备和骆老弟理论理论。

"签到按捺这么多次不成功，手指头不灵光说句手指头好斩掉了，这个怎么算人格侮辱？"骆老弟也一把转过椅子，直面房老弟，搬弄出输人不输阵的势头。

"对我来说就是，说这种话你就是欠揍。"房老弟不甘示弱，语气硬邦邦。

"嘿！你要这么说，那对我来说被揍就是要打回来。"双方又开始剑拔弩张。

"别吵了，你们是不是还想再去派出所。"从骆家父亲那里知道，在步森调解委员会介入调解之前，两人因为第一次扭打在一起已经被带到派出所，并在派出所调解成功，双方和解。没想到还没熬过中午，骆老弟反悔，去找房老弟算账就第二次扭打在一起，造成了房老弟多处受伤。房家妻子明事理，配合调解委员会将房老弟带到公司内部调解委员会。

"骆老弟，上午你说你被房老弟揍了，他下重手了吗，没有吧？你看看现在你把房老弟打得都出血了，我们是原始社会吗？现在是法治社会啊，说出去就是没文化，丢人。"看到房老弟手臂擦伤的血迹，何大哥递了一张纸巾给他。房家妻子接过纸巾，小心地为丈夫擦拭。

斜眼就能看到血迹，骆老弟心里也觉得不好意思，语气缓和了下来:"打人是我不对,我承认。"

听到骆老弟的松口,调解有望,何大哥说道:"房老弟,你在诸暨待了好多年了,诸暨人没啥毛病,就是性子直,说话做事不转弯爱开玩笑。都是同车间的兄弟,你知道骆老弟也不是那种会嘲笑同事的人。"

"早上误会他了,我不对。"房老弟将擦干净血迹的手臂挪到嘴边,吹了吹。其实仔细看,骆老弟也没下狠手,虽然流血,但都是皮外伤。

"那你们握手言和?"两人互看了一眼,没有动手。"骆老弟痛快点,房老弟手擦伤不方便举起来,你走过去。"何大哥知道这个时候给个台阶下很重要。

"快去啊!"骆家父亲推搡着儿子走过去,助攻到位。骆老弟起身,把手伸到房老弟面前,"对不起啊,快点,手举着很酸,还是哥们儿啊。"房老弟也起身,与骆老弟击了一下掌。

"那医药费?"房家妻子嘟哝时被骆家父亲听到了。

"医药费我们出。"骆家父亲立马说。骆老弟眼睛看着天花板,甩了甩手:"不用麻烦了,我送他去包扎好了。"

"不用你送,我自己会去的。"

"嘿!那我还一定要送了,诸暨人暴脾气哎。"哈哈哈,两人又"杠"上了。

一个多小时,案件终于再次调解好了。而这样的事件在步森约定俗成算是"家事"。从管理层到一线的员工来自全国各地,不同的文化背景、不同的生活环境、不同的价值观念总会产生摩擦。调解委员会在线,清官就能断好家务事。

第三计:小家大业计

老家河南的秦小哥是步森信息部的员工。初夏饭后,和老婆孩子漫步枫桥老街是秦小哥一家惯常的休闲方式。孩子一上街就和同龄的小伙伴闹开了,踢起了球,秦小哥和老婆在一处石凳前落座,遥看步森大楼。

"老公，你来步森上班几年啦？"吹着凉风，老婆随口问了一句。

"那可长了，算上今年，整整10年啦。"

2008年4月，还记得是在江南生机勃勃的初春，秦小哥第一次踏进诸暨。那年秦小哥23岁，刚从河南大学毕业。"兄弟，来诸暨发展吧！"全因诸暨一个小兄弟的召唤，秦小哥只身来到了诸暨。

"步森常年在招人，大品牌，我要去试试！"到诸暨后，看到了步森在网上有IT类招聘信息，IT类很对秦小哥的胃口，说去就去。信息部应聘很成功。报到的那一天，毛衣牛仔裤，褪色的黑色双肩包，一身初生牛犊不怕虎的青涩和热情。没想到一进公司就驻扎了10年。

"那你呢，你有几年啦？"收回思绪，秦小哥也反问起老婆。

"我吗？你邀请我来的，你不记得？"老婆斜了秦小哥一眼。

"对哦，我鼓动你来的。那我算算，应该有6年了吧。"

2012年6月，秦小哥记得是在江南高柳新蝉的初夏，老婆第一次踏进步森。那年之前，秦小哥的老婆在老家河南带孩子，打着一份普通的工，工作环境一般，收入低。而相比于秦小哥自己那年在步森，住宿标准间，热水器空调标配，工作环境、工资待遇优越。于是，就和老婆商量也来步森应聘。没多久收到应聘成功的消息，老婆就跟着一起进了步森，去了生产车间，然后秦小哥的标间升级成了夫妻居住的单间。

"这样算起来，我们孩子也来了好几年了。"老婆掰着手指头："孩子今年二年级，幼儿园来的，差不多三年了。"

对，2015年9月，秦小哥记得是江南丹桂飘香的初秋，秦小哥的双胞胎孩子第一次踏进枫桥镇小。那几年，秦小哥和老婆常年在枫桥工作，孩子成了留守儿童，夫妻俩很是挂念在老家的一对双胞胎孩子。秦小哥就向公司咨询外来子女是否可以在本地上学，很幸运，答案是肯定的。步森完善的职工福利，入职就为员工缴纳了五险，符合让秦小哥的孩子来枫桥上学的条件。很快，在公司的帮助下，双胞胎孩子在枫桥镇小入了学，住宿当然又升级了，一家人申请搬进了家庭房。

"你说我们会在这里待多久？"老婆说着，街路边的灯突然亮了起来，枫桥入夜了。

"再待一会回家呗，孩子还在那里玩得起劲呢。"

"我说在步森待多久？"老婆故作嗔怒的样子，撒娇地拧了一把秦小哥的胳膊。

"现在步森就是我们的家啊，你说呢？"没说完孩子们玩耍的球滚到了脚边。

"爸爸，踢过来！快点儿！"孩子们已经开始不耐烦秦小哥的慢吞吞。

"小心，来喽！"秦小哥捡起球向孩子们扔过去。

"哎呀！忘记广场舞开始了，不跟你说了，小姐妹们要等我的。"老婆突然一个激灵，看了一下表，头也不回地跑开了。

看得出来，孩子们爱这里，老婆爱这里，秦小哥也爱这里。当然还有其他如他们一般的小家，将继续在步森的大家中度过一个个春夏秋冬。

望 乡

——乡贤的力量

孟 妍

"来来来，大家一起拍个照合个影，我们乡贤参事会就正式成立了，以后我们都集中力量为家乡做贡献！" 2015年4月5日，是回家祭祖的日子，也是枫桥镇乡贤参事会（后改名为乡贤联合会）成立的日子。

枫桥镇乡贤联合会目前有会员326名，由有一技之长的、有经济实力的、热心公益的和威望较高的人组成，这其中，有文化型的、经济型的，有本土的、外来的、离乡的。他们不畏艰辛，不断开拓，使乡贤文化这一优秀的人文资源得到了最大限度的弘扬和激活，乡贤文化这株昂首向上的千年古树，在现代阳光雨露的沐浴和滋润下抽枝发芽，结出累累新果。成立至今，枫桥乡贤联合会始终秉持"参事不参政，帮忙不添乱，建设作先锋"的服务发展理念，带头参与基层治理、助力公益事业、热诚反哺桑梓、助推经济发展、引领先进文化。

说到乡贤联合会，还有这么几个小故事。

楼旺鑫：从老乡会会长到乡贤联合会秘书长

"我老家枫桥要进行古镇建设?！也对，我们枫桥有'枫桥经验'，还有'枫桥三贤'，文保单位也不少，开发一下旅游资源，促进经济发展，扩大我们枫桥的影响力，这不就是我的专业嘛，我得抽时间回去看看！"毕业于上海同济大学城市规划专业的杭州地利旅游规划设计咨询公司总经理楼旺鑫，当时就下决心一定要为家乡的古镇建设出一份力。他想到了杭州和乌镇的例子，这不就为我们改造枫桥提供了思路，对我们枫桥这样一个历史悠久、人才辈出的古镇，在改造过程中，我们应该让以后的孩子们都知道我们的乡土文化、我们曾经的乐趣。楼旺鑫越想越激动，恨不能立马回到枫桥为古镇建设做贡献。

怎么出力这是一个问题。古镇建设是一个大工程，有严格的程序规定，这又使楼旺鑫陷入沉思。灵感一闪，他想到了时常聚会的老乡们，要集老乡之力。

正想着要怎么集老乡之力，楼旺鑫接到了枫桥镇党委书记赵文中的电话："旺鑫啊，你看我们枫桥这几年发展得越来越好，但是也面临许多局限，你看我们是不是可以发动咱们在外的老乡，一起为我们的家乡出力！你也知道，我们枫桥在外的老乡很多都是自己行业的精英。我想啊，我们可以充分利用我们这些老乡和他们手上的资源，把专业的事交给专业的人来做，一起把我们枫桥建设得更好，你说呢？"

"这个想法好啊，我们那么多老乡，各行各业的都有，而且有很多资源。"楼旺鑫十分赞同，"那我们要先联系一下各位老乡，这件事就我来做吧，我是咱们枫桥'老乡会会长'啊！"

赵书记连着说了三声好："好好好，我们一定要集老乡之力，来回馈家乡，为家乡发展尽力！"顿了一下，赵书记继续说："我还有个想法，我们既然要把老乡的力量集中起来，我想我们政府也应该给我们这些老乡返乡做贡献提供一个平台啊，你说我们是不是可以成立一个组织作为平台呢？"

楼旺鑫听到赵书记的话，想到了上虞的乡贤研究会，立马提议道："我们也成立一个乡贤研究会，您看怎么样？"

"对，我就是这个意思。"赵书记说道："这样一方面我们能联系在外的老乡，另一方面也是给我们老乡回馈家乡提供一个平台。"

就这样，一通电话促成了乡贤参事会的成立，楼旺鑫也从"老乡会会长"变成了乡贤参事会的秘书长。

葛明华：医生和先进设备"双下沉"

"我们枫桥葛村走出去一位好医生，每个月都会送医回乡。"

老百姓口中这名好医生就是浙江省肿瘤医院副院长葛明华。

"葛副院长，下班了，您还在办公室啊？"浙江省肿瘤医院一名医生路过葛副院长的门诊，看见他坐在办公桌前，眉头紧蹙。

"哦，对，在想些问题。"葛副院长回答道。

"是今天遇到什么特殊病症了吗？"医生以为是有特殊病例，对于医生来说，碰到特殊的病例总是想好好研究一下。

"恰恰相反，我没有遇到特殊病例，反而遇到了很多非常简单的常见病。"葛副院长说，"这些常见病其实在基层医疗机构就能诊疗，可是你看我们的患者，很多都是大老远从外地赶过来的。老百姓为什么看病总喜欢往大医院跑？不就是因为他们信任我们大医院的医生和设备嘛。"

"您还别说，这么一想，我们科室也是这样。有时候我也好奇，这些简单的常见病明明在基层医院诊断就能治疗了，但是患者还是要跑到我们这里来。"医生感叹道。

"是呀，所以老百姓能跑到大医院来看病，为什么我们大医院的医生和先进设备就不能下沉到基层去呢？"葛副院长提出。

"那样我们老百姓看病就方便了。但是也有一个问题，我们的医生不可能长期不在本院，那么跟我们定期下基层义诊一样，最终惠及的还只是少部分病人。"

"你说的没错，所以我们要改变我们以往单一的医疗咨询、义诊服务形式，我们需要有更多专业的医护人员下乡。除此之外，我们也可以通过各种形式的培训，提高我们基层医务人员的理论和技术水平，减少误诊误治，提高诊治质量。"

2015年4月，枫桥乡贤联合会成立，葛明华担任会长，他也借助乡贤会这个平台，推动了诸暨市第二人民医院与浙江省肿瘤医院结为协作医院，并举行签约授牌仪式。双方商定，在每个月第三周的周六，省肿瘤医院会委派头颈外科、妇科和B超专家来坐诊，并接受手术预约、疑难病例会诊和业务骨干进修培训。这"双下沉"也成了葛明华"夯实基层能力，助力分级诊疗"的一部分。

杭派服饰：打造未来时尚风向

2017年下半年，在嘉兴海宁，杭派服饰海宁基地项目正式启动，而项目的投资人周尚华就是枫桥人。

"金书记，您听说了吗，在海宁成立了一个杭派服饰基地，这个投资人可是我们枫桥的乡贤啊。"听说这个消息，乡贤联合会的秘书长楼旺鑫就及时向枫桥镇政府作了汇报。金均海书记十分重视，立即组织了相关人员对该项目进行了调研考察。

"秘书长，你看啊，我们枫桥历来都是商贾云集之地，纺织、服装、汽配等支柱产业名满省内外。近年来，随着经济转型升级，枫桥淘汰了一大批落后产能。但是我们的平安小镇建设已经初具雏形，有一个比较好的投资环境，你觉得我们是不是可以引进一些投资？"金书记说，"平安为经济发展创造良好的环境，而可持续的发展又为社会长治久安蓄积起持久动力，'经济报表'和'平安报表'从来都不是一对矛盾体，你说呢？"

楼旺鑫秘书长深以为然地说："金书记，不瞒您说，我们乡贤联合会很多乡贤都提出想为家乡建设发展做贡献，我们认为我们家乡的老百姓不仅要生活得更平安，还要生活得更幸福。这样吧，我去联系一下我们的乡贤们，看看大家有没有什么想法。"

怀着给家乡做贡献的想法,楼旺鑫秘书长马上联系了浙江天和典尚实业集团有限公司董事长、杭州长三角汽车文化城董事长周尚华:"周董事长,首先恭喜你杭派服饰海宁基地顺利启动。另外呢,我也有个想法想和你商量商量。"

"哈哈哈,你说。"周尚华回复道。

"我知道你一直关注我们家乡枫桥的发展,现在我们枫桥的平安小镇建设取得一定成果了,同时正在创建'文创小镇',实施古镇改造,你看你有没有兴趣回枫桥投资呢?"楼旺鑫秘书长问道。

"我就实话跟你说吧。受到杭州 G20 峰会、亚运会及大杭州城市发展规划的影响,未来几年,杭州对城中村的改造力度将进一步加大。而九堡和乔司一带以服装加工业、服装商贸业为主的集聚区将成为大杭州城市改变综合治理的重点区域。一方面,杭州周边服饰加工的厂房资源日益紧缺;另一方面,由于北京疏解非首都功能,在京浙商中的中小服装企业也在大量回归浙江。这些企业都渴望在杭州周边拥有属于自己的生产制造园区,在未来也能长期稳定地经营。"周尚华把自己的看法说了出来,"打破原有的分散式加工生产,聚合百家之力,共同打造一个集产品研发、生产制造、品牌展示于一体,贯穿整个生产链的服装智造园区就是我想做的。"

"所以这个杭派服饰海宁基地就是你的实践。"秘书长说。

"没错!"

"那么你看我们家乡怎么样呢?与杭州接壤,我们都知道,一直以来,我们枫桥纺织服装业也较为发达,再加上现在的平安建设,投资环境也很好啊。"楼旺鑫秘书长继续罗列着家乡的优点。

"哈哈哈,你说的我也考虑到了,这不是还想借助我们乡贤联合会这个平台,把我这个杭派服饰带回家乡嘛!"周尚华直接说。

"那么我就来牵个线,你说怎么样?"

"那肯定好啊!"

2018年年初,"杭派服饰"生产基地正式落户枫桥双创园区,产业园区规模为500亩,其中一期规模为292亩,投资18亿元,远期总投资将达到50亿元。

巾帼之力

——记"枫桥大妈"陈佩英的故事

何 敏

"枫桥大妈"——这一基层妇女组织,由枫桥镇区域内一大批热爱公益、愿意为乡亲做实事好事的中年妇女组成,目前共有成员405人。2016年成立至今,共接待处理妇女维权案件300余起,收到来电来信百余件,服务群众3000余人,处置率达到100%。开展各类普法宣传活动百余场,普及妇女3000余人次。作为一支致力于做基层群众工作的新生力量,"枫桥大妈"正是对"枫桥经验"的创新和延伸,让基层社会治理充满了创造力和生命力,以女性独特的力量维护着社会的和谐稳定。

小姐妹的求助

"佩英,你有空吗?我有点事情,想跟你说说。"

2014年夏天的某个夜晚,村妇女主任陈佩英接到同村姐妹赵某的电话,电话那头语气有些不对劲。陈佩英心想,赵某肯定家里遇到事情了。果不其然,这一聊就是一个晚上。

原来,赵某的丈夫要和她离婚。因为赵某这几年赌博欠了一些债,丈夫对她心灰意冷。赵某和陈佩英同村,年纪也相仿,前些年村里卖了田地,有了些钱,便无所事事,长期赋闲在家。赵某没别的爱好,就是平时爱玩点小麻将,事情就从这小玩玩开始。十赌九输,积少成多,老公负气出走,长期在温州打工,而且要跟她离婚。

"我该怎么办啊?"面对小姐妹的倾诉,陈佩英心里也不是滋味。

赵某喜欢打牌,跟她没有工作、太空闲有直接的关系。债已经欠下了,只能有钱了慢慢还。夫妻还是有感情基础的,不过恐怕也只有等她工作了,日子上了正轨,丈夫才能够回心转意。

都是姐妹,能帮就得帮啊。挂上电话后,陈佩英心想,要是能有一个专门的组织平台,能及时地帮助需要帮助的人就好了。从此,陈佩英心里惦记起了这事儿。

2016年3月8日,民间妇女组织"枫桥大妈"联合会应运而生,陈佩英担任联合会的会长。小姐妹求助的事,被陈佩英提了上来。通过"枫桥大妈"平台上的信息渠道,陈佩英得知赵某女儿就读的学勉中学后勤部食堂正要招人。跟赵某一说,赵某当然乐意,就业解决了,赌也随之戒了。赵某还能天天见到女儿,通过女儿当调和剂,夫妻感情也慢慢恢复了。现在一家人终于又在一起,开始了幸福的生活。

"我们枫桥镇的妇女向来热心肠。有了'枫桥大妈'这个平台,就有了一种凝聚力。能让更多的妇女加入我们,为百姓干点实事。"如今一提及"枫桥大妈",陈佩英就有一种满满的自豪感。

除家暴调矛盾

"你好,我刚从派出所报案出来,他们让我来找你们试试。"

2017年8月的一天,中年妇女丁某找上门来寻求"枫桥大妈"的帮助。她边说边撸起了袖子,胳膊上露出大块大块的乌青,这正是她丈夫最近殴打她的证据。

事情是这样的,丁某的老公钱某脾气不好,这几年时常会打她,家暴之下,丁某苦不堪言。为此,丁某也尝试过报警,村干部也上门做了多次工作,可她丈夫还是屡教不改,家暴仍在延续。

"枫桥大妈"成员耐心地听她倾诉完后,知道事情复杂严重,都是妇女同胞,既然来了就一定要想办法帮帮她。随即拨打了会长陈佩英的电话,汇报了此事。

说解决就解决,下午2点多,陈佩英等人就一起来到了丁某的家。刚坐下正想开口,丁某的丈夫钱某似乎还在气头上,就直截了当地挥手道"不用多说啦",然后便从抽屉里拿出一份拟好的离婚起诉书。

"明天就去法院起诉,去法庭上说吧。"

"不,我不想离婚!"面对丈夫的强硬,丁某一把夺过起诉书,愤怒地说道。

陈佩英心想,这两口子肯定有什么心结,还是要先缓解一下对立的气氛。

"你们夫妻先不要激动,不要吵,想离婚还不简单,先听我说说离婚的坏处嘛。"

这时候旁边的小姐妹也接话道:"对啊,你们要离婚有没有跟读书的女儿说过?有没有考虑到离婚对女儿的影响?"

"是啊!离婚家庭对孩子的心理影响可不是一般的大哦!"

两人你一言我一语地规劝着。一通离婚的弊端说下来,丈夫钱某的态度总算是有所缓和了。

见状,陈佩英顺势道:"一日夫妻百日恩,没有过不去的坎,也没有解不开的结,牙齿和舌头也要打架的。老钱啊,你平时为人也不错的,怎么要打老婆呢?"

钱某沉默了一会儿说道:"这段时间天气热,我外面没活干,在家里做做家务,打扫卫生。她在家一点活都不干,都是我做的,能不火吗?"

陈佩英看了看,这家里的房间确实收拾得很干净,看来这钱某话不假,难怪他觉得委屈。陈佩英想了想后说:"老钱啊,你娶老婆是当保姆呢还是当老婆呢?"

"那肯定是当老婆的啰。"钱某接话。

"当老婆,那就肯定不能打,哪怕是家里养的猫猫狗狗,也不能随便打的吧?"

"打老婆可犯了《中华人民共和国反家庭暴力法》知道吧？严重的话可是要坐牢的。"旁人也提醒道。

见钱某不说话了，陈佩英她们又把丁女士拉到一边劝道："你啊，平时也多体贴一下丈夫。工作之余多干干家务活，对婆婆也要多尊重关心。"

……

不知不觉，陈佩英等人就开导了夫妻俩一下午。临别时，夫妻俩总算言归于好，一起把陈佩英她们送到大门口，以示感谢。

三个月后进行的电话回访，电话那头丁某高兴地说："太谢谢你们了，按你们说的办，这段日子过得还真不错！"

"大妈"精神改变人

"她们怎么这么空，没事做啊？"

"是呀，一点不顾大局！"

"她们图什么呢？一直上访，白白花了这么多时间和精力为了什么呀？"

"搞不懂，这样真的划不来的。"

"她们也可怜的嘛，得帮帮她们。"

"对的，都是妇女同胞。一起想想办法？"

……

2016年12月的某一天，"枫桥大妈"的骨干群里热闹非常，大家你一言我一语地在议论着什么事情。

原来是杨村妇女主任在群里汇报，她们村里有两个女上访户，因为觉得村里集体经济分配不公，一直在上访，这都已经一年多了，怎么做工作都做不通。她们自己费时费力不说，也破坏村子的和谐氛围，也不知道有啥好办法，想让群里大家看看，出出主意。

"主动拉她们加入我们队伍吧，带着她们多参加活动，投身公益事业或许有用。"会长陈佩英这么说。

陈佩英也是这么想的，很多人诉求不满，其实可能就是精神上没有支撑，平淡的乡村生活，缺少了精神食粮。要是每个妇女都担当起一点社会责任，多做做公益，多参加些组织活动，精神上充实了，内心就稳定了。也许就可以放下个人心中的执念，顾全起大局来。

"这个主意好，我去做做工作。"杨村妇女主任立刻领悟，那就试试看。

从那以后，组织上就经常主动带她们参加各类集体活动，"五水共治""平安创建""垃圾分类""美丽家园"等等，通过大家面对面、心贴心的真诚交流，在不知不觉中做起了信访劝导工作。她们也慢慢地改变了思想认识。这不，最近"村嫂护河队"的活动每次集合，她们总是来得最早、最积极。

经过几个月的了解情况，做思想工作，"功夫不负有心人"。2017年2月，杨村的这两位妇女终于顺利加入"枫桥大妈"联合会。

两人完成了由"信访户"到"枫桥大妈"成员的转变，再也没人提信访的事了。这精神充实了，价值体现了，看到大家现在瞧自己的眼神，两人自己也开心地说："感谢组织，自己现在才活得像模像样！"

山野轶事

——记栎桥村党支部委员杨山野

应赛赛

救 火

"山野,快!不好了,着火了……快来啊!村后袁利千家着火了。"杨山野挂了电话后,心里一揪,来不及多想,迅速跑向村后。

这袁利千是个低保户,平时就他一个人住在村后半山腰。两层半的自建房,自己平时也去过,屋里条件不太好,这火咋这么不巧呢?

杨山野赶到时,村民七八个人正远远地看着燃烧着的房子着急。

"山野,你来啦,'119'我们打过了,现在怎么办呢?"杨山野往人群中一看,低保户袁利千已经站在外面正皱着眉头,苦着脸。杨山野心里放下了一半——人没事就好。再一看这烧着的房子,一层的大部分已经着火,火还挺大正冒着黑烟往二楼上窜。一楼是厨房,二楼是居室,重要财物都在二楼。

杨山野是第一个赶到的村干部,也是村里的义务消防队员,平时学过一些基本的消防知识。这火可等不得,人多力量大,在消防队来前组织好村民,看看是否能做些什么控制住火势,防止势态蔓延,降低一些损失。

"大家不要慌,这火烧得猛呢,大家先听我的,都去打水,救火!"听杨山野这么一说,大家幡然醒悟,纷纷去附近取水。这时候,其他村民们也陆续赶到,不知道谁取来了一把梯子，杨山野接过后就架在了没着火的一角，没多想就爬着上了梯子最高处。

"来，把水给我！"杨山野对梯子下的村民喊道，这时候村民们也接起了龙，洗脸盆、饭锅、水桶一起上阵，手手相传。杨山野接过大家传上来的锅碗瓢盆，就这么一脸盆、一水桶的往火上泼。时间一分一秒地过去了，等到枫桥镇消防队赶到的时候，火已经被灭得差不多了。杨山野从楼梯上下来，汗水已经湿透了全身，抹了把被烟熏黑的脸，杨山野乐了。

由于救助及时，房子二层的一间多财物保住了，而且所幸未造成严重后果。第二天一大早，杨山野又开始东奔西走，安顿袁利千的生活，为他办理各种手续，拿材料向镇政府报了民政补助，并组织人员开始帮他重新修建房屋。

接 访

"山野啊，太好了，你在就好了！"

中午12点，桥亭的王冠群急忙忙地跑到村便民服务中心，找村干部解决问题。原来这几天他家那片一直停水，村民一开始以为正常施工修水管，没在意，可这一停就是好几天，严重影响了桥亭自然村五组60来户村民的日常生活。

王冠群心里着急万分，中午没休息就跑到村便民服务中心来了。村里实行村干部坐班制，负责村民的接访工作，便民服务中心便是接待地点。

今天正是杨山野坐班。

"走，带我先看看去。"杨山野得知情况，二话不说就跟王冠群去查看。他们在村里村外都走了一遭，并没发现哪里有管道异常或者挖土施工。

这是怎么回事呢？镇里也没有停水通知啊。杨山野想，可能是地下某处隐蔽水管破了？这可不好找，光靠他们这样看可不行，需要专门的探查工具。这事再延误不得！当机立断，杨山野立即联系了水务局枫桥营业所，说明了情况。水务局一听是杨山野反映村民用水的事,马上就派人下来了。经过精细的探查,终于找到了破损处并立即抢修,当天下午顺利地解决了问题。

通了水,村民生活便利了。有人说:"山野,这次可多亏了你啊!"

杨山野又乐了:"啥事啊,群众的事就是自家的事,就是村干部的事。群众平时有事找到我们,能解决的就解决,我解决不了的,就上交村两委,每周二再开民情分析会,研究解决。"

这村干部坐班制、民情分析会,大家都纷纷叫好,解决了村里好多大大小小的事情。而杨山野坐班,面对群众来访总是那么热心肯干,不怕吃亏,不怕吃苦。人家都说杨山野做得好,口口相传,"有事找山野"俨然成了村里的一句口号。

调　解

"喂,好的,哈哈,你稍等一下,我正在调解,字签了就回来。"这一天杨山野特别开心,一是有客来访,二是村头王利明、王苏根两家终于言归于好了。

村民王利明、王苏根两家是新邻居。王利明因市里王冕故居工程原先老房子拆迁,安置到王苏根隔壁重新建房。这本是好事,可五天前王利明建房开工挖地基影响了王苏根家,两家便发生了口角,有了矛盾,说起来其实两家都有委屈。

为了这事,短短五天时间杨山野已经是第三次组织双方调解了。前两次两家都据理力争,互不相让。杨山野看在眼里,急在心里,这问题要是处理不好,以后肯定还会有矛盾,邻居之间可就不太平了。经过耐心公正不断做工作,功夫不负有心人,两家终于同意划分地界,共同出资竖起围墙。这次总算敲定协议,签字解决,言归于好,杨山野心里的结也算是解开了。

这类事情杨山野解决过很多,平时在村里,主动去了解纠纷，去调解矛盾是他的日常工作。杨山野常常跟人说，都说"枫桥经验"好，矛盾不上交。如何矛盾不上交呢？调解工作很重要。来到他的办公室，桌子上一本本的调解记录，一张张的调解协议，满满当当地记录了杨山野这十几年来的调解历程与心得。

这十几年来，杨山野解决了栎桥村400余件矛盾纠纷，起草了村里90%以上的调解协议书。上为政府分忧，下为百姓解忧，实现了邻里和睦、村子和谐，将大量矛盾化解在基层，山野就是村民眼里的老娘舅。正如栎桥村社区民警朱锷波所说："山野啊，没什么轰轰烈烈的事，但是几十年如一日，踏踏实实，什么事情交给他，我们都放心。"

坚 守

"山野，你真傻，有得休息不休息，图什么？"村委办公室，有人这么问。

杨山野听了也不回答，坐在轮椅上，只傻呵呵地笑。

2017年4月24日，杨山野骑电动车到镇政府办理选举工作相关事宜，路上不慎发生了交通事故。伤得很严重，左脚、右手两处粉碎性骨折，做手术、打钢钉，术后医生再三嘱咐他要好好休息，有助恢复。然而仅仅过了一个月，杨山野便让儿子推着轮椅来上班了，值班、调解、接访、处理村务，样样不落，下班后又让儿子推回去。

儿媳妇看着他手上脚上长长的伤疤，心疼地说："爸，你在家休息休息吧，我产假三个月，在家除了带小的，也还有时间可以照顾你。"杨山野摇了摇头，儿媳妇的孝心他知道，可是这村里的事情耽误不得啊！自己负责的网格有182户459个人，当下正是村里创建精品村的关键时期，垃圾乱堆放、家禽散养等环境卫生问题还不少，都得做大量的工作，绝不能拖村里后腿。

"我这不已经出院了，虽然不能正常走动，但我可以在村委办公室值班嘛，为大家守好家，协调好事情。日子久了，手脚自然就恢复了。你呀，还是把孙子照顾好。"儿媳妇听了后知道公公的性格脾气，叹了叹气，不再多说。

在杨山野受伤恢复的这段时间里，他参与调解的矛盾纠纷就有 30 余起。"把幸福留给群众，矛盾纠纷让我带走。"这是杨山野工作的座右铭。

此举绝不是作秀，他只有朴实的想法和热忱的态度，栎桥村党支部书记王勇全动情地说："山野是我的左膀右臂，村里大大小小的事情不能没有他，有他在坚守，我们才安心。"

杨山野，1956 年生，2007 年至今任枫桥镇栎桥村党支部委员。自担任村干部以来，踏实勤恳，恪守信念，热忱工作，无私奉献，曾七次被评为"枫桥镇优秀共产党员"，三次被评为"枫桥镇调解工作先进个人"，三次被评为"枫桥镇优秀平安协管员"。

王海军的"三大法宝"

王 建

王海军，一个平凡的名字，但却是一个被很多人记住的名字。1970年出生在诸暨市枫桥镇，2011年开始担任枫桥镇杜黄新村党支部书记，近八年的村官之路，王海军一心一意干实事，"会想法子、耐得下心、矛盾不出村"，这是他的"三大法宝"。靠着这"三大法宝"，一个曾经以负债多、上访多、打群架、好赌博的村庄，变成了环境整洁、民风朴实、文化氛围浓郁的文明村和先进村。那这个村书记为什么会有这么大的能力呢？不妨来听听他的故事。

土地流转风波

杜黄新村是个大村，但人多地少，种粮难有效益，因此很多人家干脆抛荒。王海军心疼土地被荒废，看在眼里急在心里，而杜黄新村是省级粮食生产功能区，承担着保障全省粮食生产安全的重担。因此，他和市农技推广中心主任杨伟祥反复商量，觉得要发展粮食生产，应该改变一家一户小农模式，得先把土地集中起来，发挥种粮的规模效应。王海军反复推敲，想到由村集体出面把土地从村民手里流转过来，再承包给种粮大户。可万事开头难，刚开始那会儿很多村民不理解，不肯签字不说，还经常到王海军的办公室来吵来闹。

"王海军，你别以为我们好欺负。我们的土地那么好的位置，你这点钱就想收去，想得美。"带头反对的几个村民喊着。

不一会儿，村书记办公室门口聚满了人，带头的是村民阮某、王某等，村里流转土地的事情就数他们几个反对声最响。

"农民自己的田怎么可以给村里，自己的田位置好而且肥沃，自己要种的，不肯的。"几个反对者异口同声。

一阵争吵后，王海军开口了："这是发展我们村粮食生产的新模式，你们不信外村人，总要相信我吧。我哪里会让你们吃亏，看着吧，这个办法肯定行。"

话还没说完，其中一个带头的就更加来气了，索性拿起了右手在王海军的办公桌上拍，啪啪啪……场面顿时混乱起来，后来还是在村保安人员的劝阻下事态才被平息。村民还扬言要告到上头去，要告到省里去。那段时间，王海军经常失眠。但是第二天他还是会早早来到村人楼，继续筹划土地流转的事情。

"硬骨头不是一口气能啃下来的，我们要有耐心，不厌其烦地做工作，相信滴水能够穿石的道理。"王海军经常在村两会上提道。

之后的一段时间，王海军和村干部们几乎天天往这几户村民家里跑，上门做工作。"这是村里给的方案，真要种地的，村里可以统一调配，让你们到粮食生产功能区外的田区进行种植，就是路稍微远了一点点，看看能不能为大家的利益考虑一下。"王海军对着几个村民说。

"你这个书记也是好意，我们知道，我们也只是一时难以接受。"几个带头的村民说。

看到有一些希望，王海军和其他村干部一起开始"轮番轰炸"，上午去，下午去，晚上还去，一连十天都是主动上门说服村民克服困难。最终村民架不住王海军他们天天做思想工作，终于松口："行吧，书记大人，你的耐心我们真的是佩服，为了全村的利益自己吃点亏算了。"

尘埃落定之后，王海军不由地发出了感叹："连我自己都佩服自己，现在阮某、王某等见到我每次都还要谢谢我呢，因为土地流转实实在在给村民带来了收益。"

"红黑榜"解难题

"王书记,老楼家的鸡鸭又随便放养到大马路上了,路上到处都是屎,不仅有臭气还严重影响了通行。"几个村民来到王海军办公室反映情况。

这已是这个月第五拨老百姓来王海军这里反映此情况了,看来已经惹得民怨四起了。王海军耐心地接待完第五拨百姓之后,一个人坐在办公室里思考。

楼某是村里的一个家禽养殖户,因为鸡鸭数量较多,又采取放养的形式,因此村里的马路、广场就是他的根据地了。但是这样一来不仅影响村容村貌,还直接影响了附近百姓的生产生活。可这楼某是个躁脾气,别人给他提意见他比谁翻脸都快,"我放我自己的鸡鸭,和你们有什么关系,滚蛋!"这样的话就得罪了很多人,但毕竟是村民,年纪又大了,总不能让派出所来抓他吧。

该以一种什么样的方式来解决这个难题呢?王海军灵机一动想到了设立"红黑榜"来约束村民行为。村民若没有遵守村规民约,村里会先劝告,屡教不改的,则会出现在"黑榜"上。当然像尊老爱幼、防洪抢险等行为就会用"红榜"进行表彰。于是,王海军找来了当事人楼某。

"老楼啊,家里鸡鸭的生意还好吧?"王海军问。

"好啊,很多人都慕名前来呢!"楼某答道。

"生意好固然是好事,可是放养的时候可不能破坏村容村貌啊,更不能影响其他村民。"王海军继续说。

"好你个王海军啊,原来是来教训我的啊。我好好养我自己的鸡鸭,和你们有半毛钱关系啊,你们合起来看我好欺负是不是啊。"楼某情绪有点激动,看来对此意见很大。

王海军的劝说看来无济于事,几次上门无果之后,村委会决定将楼某的名字公布在"黑榜"上。

一个偶然的机会,楼某路过村委会橱窗时发现自己的名字工工整整地写在"黑榜"上,另外一起榜上有名的是村里同样破坏村规民约的人。

"你看看,这些人真是不要好啊,本来看看多老实本分的一个人,真是丢脸丢到家了。"村民们围着"黑榜"议论纷纷。同时,另一边出现在"红榜"上的是村里乐于助人和热心人士的名字,大家纷纷竖起大拇指表示赞赏。

"哎呀,原来'红黑榜'真的实行了,这下真难为情了,要是让我的亲戚朋友看见多不好啊,城里读书的儿子女儿又要以我为耻了,不行,我得改改。"楼某内心犯着嘀咕。

楼某为自己的丢脸后悔莫及,回去后立刻将自己的鸡鸭进行了圈养,并决定以后不再放出来了。经过一段时间的努力,楼某的名字还出现在了"红榜"上,因为他戴上了红帽子成为了护村队伍里的一员。现在楼某嘴边最多的一句话是:"我要感谢王书记,感谢'红黑榜',我现在感觉自己的生活很有意义。"

调解重在一个"勤"字

"化解矛盾,关键在勤,这是老一辈干出来的经验。"这是王海军经常挂在嘴边的一句话。王书记这次遇上了一件麻烦的事情,那是村里住房连在一起的两堂兄弟。因为王新某家提出要造房子,说要连带中间的部分一起建造,而隔壁王建某怎么也不肯妥协,为此两家人每天都从天亮吵到天黑。

"你个短命鬼,还说是堂兄弟,这样子要来霸占地方的,我反正不会让的,你要来么大家同归于尽。"王建某吼道。

"哪里是你的地方啊?我反正要造的,要是阻拦我造房子我对你不客气的。"双方火药味很重,吵个不停。

王新某属于平时沉默寡言死要面子的,真的逼急了是要走极端的,这种人最可怕也是最危险的。每次一吵架,村干部就到场了,但是双方就是一意孤行,大打出手。

这块烫手的山芋落在了王海军的手上,但是他没有就此退缩。每天开会他都要和村干部一起沟通交流解决方法，会议一结束他就和其他村干部一起上门去给双方做思想工作，从来没有间断过。

看来直接和他们说理是不太行得通了。经过思考，王海军得出了两套方案：一是联系到王新某的岳父母，利用他们的亲属关系去给王新某做工作；二是由村干部和村民代表出面拍板定方案。王海军怀着希望，再次和村干部上门了，同时一个电话，王新某的岳父母也随后赶到了。

"新某啊，我们总是一家人，我们也不会让你受到损失的，看在我们的面子上，算了，别和对方计较了，咱肚量大点，先退一步好了。"王新某的岳父说。

谁知听了岳父的话之后，王新某不但没有心软反而怼了回去："你老头子来管什么啊，这不是损失的问题，这是一口气的问题，你们瞎嚷嚷什么，待会我连你们一起打。"

"你这没良心的畜生，说这种话要遭报应的。"岳母也怒了，气愤的二老随即也摔门而出，很显然第一个方案失败了。

王海军见状说："你今天的态度不对，虽然不是你亲戚，但是作为一村之长，我也要告诉你，事情总要解决的，你家人不行就由我们村出面来解决，不管怎么样，我作为书记这事管定了。"但是王新某对着书记也是一顿怒吼。

可是王海军坚信不厌其烦就能有容乃大。接下来的日子他换着法子不断往双方家里跑，村里的事务一结束，他就开车上门走访，有时候会带去村里的一些慰问品，一个月，两个月，三个月……休息日王书记都没有间断过。

再难弄的老百姓也是人，也有感情，看见村书记跑得那么勤快，自己再坚持也真的说不过去了，不仅是难为情，更多的是一种对村干部的敬佩和感动。

最终，在第33次上门的时候，王新某松口啦："书记，啥也别说了，你也真是村里的好干部，我也挺感动的，有点难为情了,吃点亏算了,我退一步你们村里拍板吧!"这话令王海军喜出望外,这喜悦是发自一个村干部内心的,是一个好干部坚持不懈的结果。现在新房子都造好了,两家人也不再吵了,大家都对书记的"勤快"竖起了大拇指,一场本来要闹大的纠纷终于被成功化解了。

　　想得出法、耐得下心、解得了忧,王海军为"枫桥经验"添上了亮丽的一笔。

公益种子吕小祥

冯 昱

2013年6月7日早晨7点,天刚蒙蒙亮,位于浙江省杭州市的省血液中心迎来了一群特殊的人。为首的是一个健壮的男人,个头不算太高,在他的指挥下,一行人有序地进入血液中心,对献血的程序非常熟练。血液中心的工作人员在接待过程中了解到,这十个人中有两人是病人家属,其余八人则是特地来为病人献血的。接待的小姑娘对于这样的场面并不陌生,由于省血液中心血库紧张,因此常常有家属过来指定人员辅助献血。这献血可不是空有一腔热情想献就献的,必须经过一道严格的体检关才能确保血液能够被病人正常使用。很快,献血的八个人做完了检查,为首的健壮男子组织其他人坐下后,等待检查结果。在等待的过程中,健壮男子还不时出言安抚病人家属。

"小张,报告出来了,安排人员组织抽血。"负责血液检查的工作人员拿着检查单走了过来。

被叫做小张的工作人员接过了检查单,扫了一眼,心中犯起了嘀咕,八个人中竟然有七个人都符合献血的标准。不仅如此,带头的健壮男子血小板浓度达到了30万个/毫升,远远超出献血要求的15万个/毫升。看着健壮男子憨厚的笑脸,小张满怀好奇地问了一句:"你们都是哪儿的呀?"

健壮男子一听笑得更开心了,言语间透着自豪感:"诸暨的!我们都是诸暨过来的。"

小张接着问道:"都是亲戚啊?"

健壮男子摆了摆手,说:"不是不是,我们是在网上认识的，就是过来献血。"

网上认识的？小张愈发好奇了，这平白无故为网上认识的陌生人献血还真是少见，尤其还是这么一群拥有高质量血源的人，不过她也明白，这属于隐私，也就没细问。

很快，在这七个人身上，工作人员一共采集到了九份半的血液，每一份血液都可供一个白血病人使用一次，两个病人家属知道结果后如释重负地长出了一口气。健壮男子上去拍了拍他们的肩膀说："放心吧，会没事的。"说完，带着众人离开了。

其实，这群人都来自一个共同的组织——一米阳光板友会，而带头的男子也正是诸暨一米阳光志愿服务协会秘书长吕小祥。这一次赴杭州是为两名在杭州治疗的诸暨籍白血病人无偿献血，吕小祥在自己的微信公众平台上提前一天发布了患者家属的求助信息。在他的组织下，许多热心网友踊跃报名，经过筛选，最后决定由吕小祥为首的七名成员出发前往杭州献血。在献血的当天，一名杭州籍的热心网友也加入了献血的行列。就这样，这次献血成功救治了两名白血病人。而这，仅仅是吕小祥献血生涯的一个脚印。从 2001 年开始，吕小祥瞒着家里人进行了第一次无偿献血，他就走上了这条永不回头的义务献血之路。2015 年，吕小祥组织建立了一米阳光板友会，在聚集起一群公益人士的同时，还向他们传播了科学的献血理念。作为板友会的带头人和组织者，迄今为止，吕小祥献血已持续了 18 年，总量达到 6 万多毫升。

然而，这只是吕小祥公益生涯的冰山一角。吕小祥曾打趣地说过一句话："生意是我的副业，公益才是我的主业。"他说刚开始做公益的时候，本地很多人认为这是"出空"（诸暨的本地方言，意思是吃饱了没事做）。可吕小祥就是爱上了"出空"的感觉，对于枫桥而言，他除了贡献出自己的一份力量，还让更多的人同他一样投身于公益事业。

又是一个晴朗的早晨，天刚蒙蒙亮，枫桥的街上出现了一群身着黄色服饰的人，他们分散在各个十字路口、红绿灯前、斑马线上。而吕小祥也正是其中一员，身为诸暨枫桥义工联合会的会长，他常常参与到志愿维护交通秩序的公益活动上来，而每天早上枫桥古镇的交通指挥也成为义工联合会会员的日常公益。这一天，吕小祥同往常一样，站在斑马线前，提醒行人遵守交通规则，不闯红灯，不横穿马路。临近上班时间，行人慢慢多了起来。"中国式过马路"的现象开始出现，一群人站在斑马线上开始蠢蠢欲动。吕小祥刚刚拦住一个想踩着黄灯冲过去的中年妇女，一个低头专心致志玩手机的姑娘就从身边路过，吕小祥赶忙回头叫住了她。小姑娘被叫了一声，茫然地看了看四周，才知道自己闯了红灯，瞬间羞红了脸。就在这个时候，远处慢悠悠地走过来一个老大爷，这老大爷，吕小祥可是面熟，可谓是红绿灯口"我行我素"的"典范"。无论红灯绿灯，老大爷一直是自顾自地横穿马路。眼瞅着老大爷就要走上斑马线，吕小祥小跑几步，靠了过去。

"大爷，红灯呢。"吕小祥笑着提醒了老大爷一句。

老大爷抬头看了看他，说了一句"我赶时间呢"，就要继续迈腿向前走。

吕小祥挠了挠头说："大爷，最近全市都在争创文明城市，你看，我们诸暨人可不能给外人看了笑话不是？"

老大爷停下了脚步，打量了一下吕小祥，嘴上说着："你们啊，真的是'出空'，做这个有钱拿吗？"

吕小祥笑眯眯地摆摆手："没有没有，这个啊，纯粹是自愿的，叫公益。"

老大爷这才转过身来，对着吕小祥说："现在车子越来越多，过个马路还这么麻烦的啊。"

吕小祥耐心地解释道："这不是为了安全么！大爷您家是女儿还是儿子啊？"

大爷一挑眉，说道："女儿，怎么了？"

吕小祥笑着说："您想想，您女儿这个年纪肯定也开车吧，大家都按红绿灯来，这不都安全吗？"

老大爷听了后,便不说话了。很快,对面的绿灯闪烁,行人可以通行了,老大爷向前走了几步,突然停下来,转头对吕小祥说:"下次有空我也来站会儿。"说完,便离去了。就这样,吕小祥又以他的身体力行成功地为枫桥古镇的交通安全消除了一个隐患。

除了维护交通秩序以外,枫桥义工联合会还定期组织关爱帮扶困难弱势群体的救助关怀活动。某村有个残疾人老宣,由于腿脚不便,平时出行全靠着一把轮椅进出。这天,平时和老宣常常一起在村里操场上晒太阳的几个老伙伴发现,老宣没有同往常一样推着他的轮椅出门,心中想老宣肯定是遇到了什么难事,便一起去了老宣家叩开了门。到了老宣家才知道,老宣的轮椅坏了,这可难住了他的几个老伙计,要说插秧种田大家都曾是一把好手,可轮椅这种器件谁会修啊?这件事很快传到了枫桥义工联合会,80岁的陈祥水正是其中一员,他立刻拿出钱订购了轮椅轮胎,并且联系到修车志愿者,彻底修好了轮椅,老宣又能如往常一样推着轮椅到村口的操场上晒太阳了。

义工联合会的服务对象不仅仅是残疾人,走街串巷一身侠骨风早已成为枫桥老百姓津津乐道的对象,从维修家电到为村民理发测血压,从现场提供各类咨询到文艺汇演,形式多种多样,营造了全民有爱的良好氛围。枫桥义工一直在路上,脚步踏遍了枫桥的每一个社区和行政村,无怨无悔。自 2017 年 2 月中旬以来,义工联合会已开展各种志愿服务活动上百次。为了开展好义工活动,身为"带头大哥"的吕小祥腾出了自家的房间专门放置便民服务要用到的磨刀机器、桌子、帐篷等设施。他的私家车也成了义工联合会的"移动仓库",塞满了各种义工活动的"道具"。在他的带动下,永安新村朱美芬也加入到了这个义工团队中。朱美芬原来学过理发,听说村里有老人行动不便,每次下乡她都会提前一两个小时去村里,给那些行动不便的老人上门理发,老人们都说枫桥义工联合会给他们送了一个"女儿"过来。而在朱美芬眼里,这些老人都跟自己家里的老人一样，有时候帮他们理个发，说说话，也是一种孝心。吕小祥说，尽管做的都是一些很普通的事情，但看到队友们任劳任怨地坚持着，自己无论多累也值得。在义工联合会这个大家庭里，吕小祥的行为尽管不那么耀眼，可他得到了所有人的尊重，因为他总是如"及时雨"一般出现在老百姓最需要帮助的时刻。

就这样，在吕小祥的带领下，枫桥义工联合会如同种子一般发了芽，在枫桥这个小镇，在诸暨这片土地上，绽放着光辉，温暖了身边的每一个人。

从厂长到村长再到会长

——陈水月的华丽转身

吕 远

陈水月的童年一点都不华丽。

用他的话说,他根本想不到,20年、30年、40年后,他这个吃了上顿没下顿、没正经上过一天学的"小猢狲",能衣锦还乡,办厂当厂长,然后又被选上当村长,现在还当上了3700多人的孝德文化研究会枫桥分会的会长……

你所遭遇的每一道伤,都成了指路的一道光

陈水月出生在1954年的枫桥镇泽泉村(现并为东山村)。新中国刚成立后的农村,缺衣少粮,最让人头痛的是,他家的"成分"很不好,父亲曾是国民党军队的一个排长。在陈水月7岁那年,父亲因为那段"反革命"黑历史被判坐牢去了,而他跟着母亲带着弟弟妹妹,去了宁夏支边。

17岁之前,陈水月忍饥挨饿,每天想着的就是怎么"活下去"。17岁那年,陈水月觉得他应该"闯出去",他觉得凭自己的脑子一定会有出路!1971年,年仅17岁的陈水月跟人到了江西,开始风里来雨里去,一天不歇地做"倒卖"生意。哪里便宜就到哪里采购,哪里需要就到哪里售卖,10元、20元地攒钱。终于,陈水月在1981年年底竟有了6万元积蓄,在当时不啻是个小土豪了!

陈水月回想起那些岁月时说,我从小到大吃了各种各样的苦,我太知道那个滋味了,所以看到别人有难处,我总想着能帮人家一点是一点。一个人艰难的时候,有人帮

忙，不只能解决一点问题，还能让人看到希望，像光照进黑屋子一样。

陈水月这么说，而且也真的这么做了……

给自己当厂长，给大家当村长

1982年，农村土地承包责任制的春风吹来，陈水月带着他的6万元存款回到了老家东一乡泽泉村，先当上了生产队长。他用2700元买了一辆拖拉机搞运输，当时别人在生产队每月挣30元，他一天就能挣50元。他又拿出五六千元办了个汽配厂，10多名工人，是枫桥改革时期最早的厂长之一。

陈水月有钱善于给自己经营，也乐于慷慨帮助其他人。村里人没钱买化肥农药，他就借给他们，别人没钱还时他也不去要。谁家有个困难，他就上门悄悄塞钱给人家，帮助救急。村里有什么事，他总是热心参与。1986年，陈水月被选上了人大代表。到1991年，经营有方、人缘极好的陈水月在银行存款达到了100多万元，他的汽配厂在当时也是业内的一家小巨头。

1992年，村民们一致选举陈水月当上了村长。当了村长的陈水月更把村里的事当自己家的事了，哪里有问题他往哪里跑，谁家有争端他到谁家解决。遇上村里要募集一些资金时，他常常二话不说，自己出钱替全村人交了；遇上争执双方相持不下，他常常快刀斩乱麻，私下出钱给索赔一方。陈水月的老婆也习惯了他拿钱办村里的事，每次拿钱时也二话不多说，陈水月很开心，逢人就说老婆好啊！

但终于有件事陈水月老婆不答应，跟他闹起来了！

村里有个砖瓦厂，因为没经营好面临倒闭。1995年，乡里和村里都希望有实力又擅经营的陈水月能把厂买去，出价是60万元。陈水月老婆一听就急了，周围的亲朋也都劝他，这破砖瓦厂不划算还没前景，而且60万元哪里是个小数目啊！

陈水月在老婆的哭闹声、亲友的规劝声中，硬是义无反顾地用自己从汽配厂辛苦赚来的 60 万元,把砖瓦厂买了下来。他就跟家里人说了一句话,如果他不做,这砖瓦厂肯定没人买要倒闭,他是村长,他不去做谁去做?

给全村当厂长,给全镇当会长

砖瓦厂接手后,比所有人想象得更糟,不但不赚钱,还不停亏损,要往里面砸钱。除了一开始盘买的 60 万元,前三年持续亏损,陈水月为了经营又投入了 40 多万元,把原本积蓄的 100 多万元都投到了村里的砖瓦厂。说实话,陈水月也没想到情况会这么糟糕,他本来想汽车配件能做好,泥巴做砖瓦么随便搞搞好了,想不到隔行如隔山,让他摔了个人跟斗!

陈水月咬牙挺着,他想着这砖瓦厂不只是他的,也是村里的,如果这厂在他手里倒了,不只他这个当村长的人在全村没面子,还有很多工人会失业,会没了生活来源……

再难也要把砖瓦厂搞好!陈水月的倔劲上来了,带着村民工人们改善成品,四处推销……功夫不负有心人,在 2003 年,砖瓦厂终于迎来了连续多年亏损后的首次盈利。当会计把账本给陈水月看时,陈水月感觉自己的汽配厂连年盈利都没这么高兴过!

而事实上自从干上村长,又干上砖瓦厂厂长后,陈水月几乎没怎么管自己汽配厂的事了,甚至在 1996 年干脆关停了,直到 2008 年女儿接手才把汽配厂重新开起来。

女儿常说一句话:"我爸,村里才是他的家。"陈水月当村长期间,村里没有发生过一起上访事件。就算陈水月在砖瓦厂最艰难的日子,村里大大小小的事情,他都处理妥善,村民有困难了,他还是出钱出力地帮。在他的带动下,村里很多人家跟着办起了汽配厂,他把生意单子介绍给村里人,全村形成规模不小的汽配产业,村民跟着致富。

2002 年,陈水月从村长的位子上退了下来,但他依然热心村里的事,支持一届又一届新的村委班子。2005 年,村里一对邻居因房屋拆建大动干戈，几次扬言要上访闹事。陈水月知道后主动上门调解，他说："你们别闹了，有多少损失差额我来补；我们村里的问题如果自己都解决不好，你们去外面更加说不清楚了！"他拿出6万元给了要求赔偿损失那一方。后来另一方知道后，心里也很过意不去，拿出2万元补给陈水月。

行政村合并后，东一村始终平稳团结。现任的村支书和陈水月像兄弟一般，常常一个电话，你来我往，一起商量村里建设的事。别人打趣陈水月，你都不当村长那么多年了，还掺和啥?! 陈水月笑笑，闲着没事就多掺和点呗！

陈水月不只掺和村里的人，还掺和残联的事。2008年他当了诸暨残联的副主席，每年逢年过节上门慰问伤残困难人员。2017年年初，枫桥镇金书记找上陈水月，希望他担任诸暨孝德文化研究会枫桥分会的会长。一听是宣扬孝德做善事，陈水月当即回复金书记：这个会长我当！

天道酬勤，天道酬善

在枫桥镇党委政府的重视支持下，陈水月和热心公益的朋友们四处奔走，不足半个月，2017年1月19日，孝德文化研究会枫桥分会成立。当时会员100余人，村干部约占60%。在大家的合力发动组织下，到2017年9月，成立较晚的枫桥分会会员达3700人，居诸暨29个分会之首，并以每月100名以上会员的速度递增。

孝德文化研究会还与枫桥其他公益组织建立了非常密切的合作，如枫桥义工群、枫桥红枫义警均有一半会员同时加入了孝德文化研究会。每月，孝德文化研究会都会组织两次以上活动，会员们穿着统一的明黄马甲，慰问孤寡老人、困难家庭等，开展送温暖、便民服务、免费理发、医疗或修理家电等活动。每次活动走到哪里，哪里就特别热闹，受到关爱的人开心，会员们更是收获"赠人玫瑰，手有余香"的开心。用陈水月的话说"孝了，就是笑了！"认识陈水月的人都说他，每天都是笑呵呵的样子。陈水月说他很知足，感谢党，感谢国家，更感谢信任帮助他的枫桥父老乡亲！他说他现在就想和会员们一道，实实在在帮助需要关心帮助的人，大家开心，他也开心。

枫桥孝德文化研究会会员能发展如此飞快，很多人是冲着、跟着陈水月去的，大家觉得跟着他干事踏实愉快。在孝德文化研究会里，也有不少人像他那样，当过厂长、村长的热心人士。比如，副秘书长楼新苗，也当过大溪村的村长，自己经营齐贤纺织厂，同时还是义工等多个社会组织的骨干。他说："当厂长、村长也好，当会长也好，其实每个人都想体现自己的价值，人家做不好、做不了的事情，我怎么能把它做好，那是我们干事的动力。"

"一个人带动一群人，一群人影响一座城。"陈水月和他带领的孝德文化研究会正是这样的效应，但陈水月从不宣传自己。

但枫桥的乡亲们都知道陈水月，也许上天也知道。2003年5月，陈水月遭遇了一场车祸，足足在重症监护室昏迷了23天，前后输了5个人的血量，医生基本都认为救不回来了。每天有很多家人都不认识的朋友、村民甚至枫桥和诸暨的领导来看望陈水月，医生护士都说，从来没见过这么多探望的人。几位铁哥们每天跟医生说"救不活也要救"，大家自发守着他，为他祈祷。

终于，23天后奇迹发生了。救不回来的陈水月竟然苏醒重生了，朋友们在病房里热泪盈眶，原来诚和善，真能感动天！

积善之家，必有余庆。越来越多的人在枫桥的大街小巷热心公益，传递爱心能量。孝义枫桥有一个陈水月，孝义枫桥有很多个陈水月！

骆根土与枫源村里三件宝

史春波

一袭枫桥江水潺潺从枫源村流淌而过，水清岸绿。穿过枫源桥，悠然现出一片美丽新农村，房舍簇新，与古木相互掩映。村民谈笑间，透露着邻里和睦、互相扶持之风。这里就是"枫桥经验"的发源地诸暨市枫桥镇枫源村。而农民出身的骆根土就是枫源村的带头人、村委会主任，62岁的他已经做了30多年的村干部，一直带领着500多户村民以实际行动诠释"枫桥经验"、践行枫桥精神，让枫源村以和谐协调发展闻名全国，拿下了"浙江省全面建设小康示范村""浙江省先进基层党组织""绍兴市民主法治村""零信访村"等一系列荣誉。而骆根土本人也成了一名"枫桥经验"专家，甚至在"枫桥经验"50周年纪念大会上，上台给包括全国各省区市党委政法委、综治委负责人在内的近300名政法干部上课。枫源村出名了，老骆名气也大了，各种宣讲、各路考察团接踵而至。在不同的场合，人们总会问他，枫源村这个基层治理先进村，是如何达到矛盾调解率百分之百？持续保持和谐的秘诀是什么？请看枫源村里三件宝。

"三上三下"民主治村

在枫源村的村口，竖立着一块醒目的标牌，上书"三上三下，民主治村"八个大字，这是老骆介绍的第一件"法宝"。

简单地说，这是一种民主决策机制。"农村出问题，往往就是因为村干部不按规矩办事。"老骆的话一针见血，

"村里任何事情的决策,都应该由群众一起来决定,而不是由我们村干部来决定。"

于是,在一次民主恳谈会上,"三上三下"民主决策应运而生。所谓"三上三下","一上一下"为收集议题,村两委会从群众中收集议题,并上门下访征求意见;"二上二下"为酝酿方案,召开民主恳谈会,深入讨论完善方案;"三上三下"为审议决策,党员会议审议,再经村民代表会议表决通过后组织实施。"三上三下"通过的事情,无论大小,都印成一本册子,发放到每一位村民手中。老骆举了一个例子,2014年年初,村两委会收集到饮用井水水质变差的问题,村里立即邀请诸暨市水务部门对井水进行检测,结果显示大肠杆菌严重超标。原因查清楚后,枫源村召开了村民代表民主恳谈会,并请来相关专家协商方案。方案确定后,又召开党员会议审议,经村民代表会议投票表决后,最终执行。2015年年初,村里全面接通自来水,实现统一供水。

"我们枫源村是三个自然村合并而成的,'三上三下'民主决策推行后,我们的大村变得更和谐了,村民也变得更和气了,矛盾越来越少越来越小,真正做到矛盾不出村。"骆根土说。

二十八条村规的背后

老骆的第二件法宝是"二十八条村规"。2016年,枫源村热热闹闹地修订村规民约的情形。

"二十八条村规"先是村里拟定初稿,再交村民讨论,村干部挨家挨户上门收集意见后再修改、再讨论,最终成稿,经村民大会通过,中间记不清改了几遍。

有一回大家都在,一个村民有顾虑想说又没说。村干部主动上门,他才说经常有人在自己承包的山上偷竹子,但不值几个钱,怕别人说小气。随即,村规民约里写进了"不偷盗林木,违者赔偿"这一条。

在村民的期盼下,这部新修订的村规民约正式出炉,村道两边墙壁上刷上了新版村规民约,每家每户收到了纸质版本。"二十八条村规"实行以后,村民的法治意识和规矩意识强了好多,村里不少老大难问题也都解决了。一名村民在溪边搭建了一个鸭棚,影响环境,村规规定不能乱搭乱建,村民就自觉拆了鸭棚,没说半句牢骚话。

老骆认为,既然村里有了新规定,那他就得按规定办事。

从"赔偿"到"处罚"

除了"三上三下"的民主机制和具有道德约束的"二十八条村规"之外,枫源村又添加了一个法宝——法治。

2018年4月份,山上毛笋成熟了。按规定除去每月5号、15号,村民不能上山挖笋。偏偏有一位村民,擅自上山盗取了4株毛笋。按照老的村规民约要赔偿200元。如果不愿出钱,可以为村里义务劳动两天。如果什么都不做,就上大屏幕通报。但是,根据最新修订的村规,这种行为需要被处罚。在村规民约的修改中,枫源村对偷倒垃圾、偷挖竹笋等违规行为的惩处,用"处罚"代替了"赔偿",因为,村里没有处罚权。两个字的微妙变化,折射出枫源村在基层治理现代化、法治化背后的探索。在他们看来,村规民约不仅是定规矩,更是树村风,现代法治精神与传统文化道德力量的融合,产生了更大的促进作用。

骆根土总结说:"继承和发展'枫桥经验',推进农村基层治理体系,提升农村基层治理能力,对我们枫源村来讲,一条道路就是'民主+法治'。"最近枫源村正在新一轮征求意见,争取进一步完善村规民约,深化依法治村。

50多年前,枫桥创造了"发动和依靠群众,坚持矛盾不上交,就地解决"的"枫桥经验"。那时,老骆还是八九岁的孩子,他清楚记得工作组上门的情景。50多年后,老骆已经从少年走到了花甲,而"枫桥经验"也成为政法综治战线的一面旗帜,在全面建成小康社会的历史进程中彰显着独特的优势。长期的耳濡目染,让老骆对诞生于家乡的这笔精神财富格外珍惜，时不时有一种创新的冲动。自治、德治、法治，再结合互联网的智治，老骆从当年的"枫桥经验"亲历者成为推动者、创新者和实践者。

骆根土当村干部的30多年，对"枫桥经验"最切身的感受，就是不管哪个年代，只有依靠群众，才能发挥群众的创造性，才能把群众工作做好。而在大家眼中，枫源村的基层社会治理创新，就是和谐平安浙江的缩影。

企业家赵林中的家国情怀

富 润

赵林中是一个有情怀的人。还是懵懂青年的他,就说了一句豪情壮语:

"为人类奋斗终生!"

他是全国劳模、富润控股集团的掌舵人。他有两句话让人印象深刻——三十岁前不害怕、三十岁后不后悔。已过耳顺之年的赵林中,这更像是在激励年轻后辈。殊不知,47年前,他自己正是如此起步的。

赵林中非常喜欢路遥的成名作《人生》,因为小说中的情境和人物的内心世界,总能勾起他的回忆,回忆那充满朝气的岁月,同时也略带苦涩的青春。

贫农出身的赵林中,按二十世纪六七十年代的讲法就是"心红苗子正"。"要学好,要靠自己做人,做好人。"这是赵林中母亲——一位目不识丁但崇尚文化的普通妇女对他最朴实的希望,也可以说是赵林中人生观的启蒙者。

在那个火热的年代,入党意味着把心交给国家,对于赵林中来说也是如此,对那一面鲜红的党旗充满了无限的憧憬。

1971年10月7日,对于赵林中来讲是一个激动而难忘的日子,他光荣地加入了中国共产党。为了纪念这个日子,赵林中特意从乡下骑了一个小时自行车,来到诸暨城区的人民照相馆,花了两毛钱拍了一张照片。丁字步,腰板挺得很直,手背在背后,很精神的样子。两毛钱的照片,属于所有规格中最差的一档,对于经费有限的赵林中来说,最吸引他的是可以在照片上留字。一路上,要留什么字,赵林中老早就想好了。

"为人类奋斗终生"的字样就这样被印在了照片上，赵林中视其为珍宝一直珍藏。从此，两个"生日"的记忆也嵌入了赵林中的脑海中。一个是母亲生他的受难日，一个是自己入党的纪念日。

披荆斩棘　创新迈进
做改革浪潮的先行者

赵林中的人生轨迹几乎与我们国家的发展历程同步：经历过新中国成立初期的贫穷和落后，经历过曲折年代的混沌与迷茫，经历过改革浪潮的洗礼和挫折……对于赵林中而言，人生是一种担当，勇敢的担当。

1986年，改革的浪潮席卷而来，赵林中阴差阳错地与国企来了一次"邂逅"。

有一天，县计经委领导对赵林中说："赵林中，我陪你到一个地方去走走!"赵林中就和他骑上自行车到了诸暨针织厂。这个厂在一个小弄堂里，地方很小，厂房、宿舍全在里面了，人称"72家房客"。到了办公室，计经委领导叫了几个人，随即拿出文件说："今天我是陪赵林中到这里来上任的。"赵林中这下才反应过来，自己被组织安排到了这家企业工作，主要任务是扭亏为盈。

因为针织厂已经到了十分困难的边缘，职工的工资是用产品抵的，诸暨大街上到处可见摆摊推销产品的针织厂工人。上面还派了一个整顿小组来帮助赵林中扭亏为盈，那个组长看了以后说，这个厂是神仙都扭不了亏了。

赵林中毅然决定，勇敢地担起这份责任走下去!

请来专业人士，出去寻找市场机遇。通过经销坯布，赵林中当年就让诸暨针织厂扭亏为盈。第一桶金赚到后，赵林中又出"奇招"。他结合自己在手工业社和县手工业局的工作经历，以及受"安徽凤阳小岗村"农村联产承包改革的启发，进行了第一次国企内部改革——搞承包。赵林中就在厂里的车间搞承包，把车间承包给车间主任。有一个漂染车间，按照签订的协议，赵林中一下奖给主任2万多元钱。这个事情在诸暨县城里引起了不小的轰动，全城人都议论纷纷。这之后，赵林中"摸着石头过河"，实践着自己的改革梦想。1989年，针织厂以存量资产嫁接投资，与香港富春公司合资成立了富润针织有限公司。再后来，诸暨出现了民营企业，赵林中又动起了公私合营的脑筋。比如，车间里国有资产有200万元，拿出几十万元来模拟股份制。等车间有了利润，就按照个人资产占国有资产的比例多少来分红，这就是公私合营。这样车间里有了自己的资产，车间主任才有积极性。

一边是国有企业的改革实验如火如荼地在富润的小天地里进行着，一边是诸暨当地传统国企扛不住改革大潮纷纷折戟沉沙、举步维艰。

1992年，当时国有企业诸暨酒厂亏损，领导希望找合适的企业进行兼并，想听听当时发展态势不错的诸暨绢纺织厂和诸暨化肥厂的意见，没想到计经委主任把意图一说，却遭到了两家厂的婉拒。

"赵林中，你要不要兼并这个酒厂？"被两家厂婉拒后，计经委主任顺路经过赵林中的企业吃午饭，并随口聊起了这个事。在弄明白"兼并"意思后，赵林中脱口就说了三个字："好的呀！"

就这样，从1992年到2003年，赵林中开启了一连兼并21家困难国有企业的"神话"。到现在为止，同是这样一个厂，同是这样一批人，同是这么一些设备，同是这么一些产品，却有了翻天覆地的变化，有些厂变化大得连赵林中自己都不敢相信。

长子情结　家国情怀
把"枫桥经验"融合到企业中

赵林中认为，"枫桥经验"不仅是政法战线的旗帜，更是社会和谐进步的法宝。"枫桥经验"不仅是诸暨的，更是全国的。作为"枫桥经验"发源地的企业，更要模范贯彻好"枫桥经验"。他在企业把"枫桥经验"与经营管理、文化建设有机结合，并融会贯通坚持好、运用好、发展好。

1992年至2003年，富润兼并了21家困难企业，共接纳了近1万名原亏损企业的职工。如何安置好这些职工的工作和生活，赵林中内心将企业职工视为兄弟姐妹，拿出了一个又一个解困就业的政策。比如，广开门路办"三产"，免费提供房子搞经营、无息贷款给予支持，形成集团内部的融资渠道，优惠办理提前退休等。总之，不让一个职工因为企业原因而被推向社会。

员工郦某冒领同组三名职工的工资不辞而别，弃工经商，结果发展不顺。四年后他写信给赵林中检讨前错，恳求回厂工作。赵林中将郦某的信公布于厂让职工讨论，获得同意收留的共识。最后，郦某成长为车间的技术骨干。

有一年腊月二十七的傍晚，一位姓蒋的普通纺织女工高高兴兴地离厂回家，在途中惨遭车祸，造成重伤。赵林中得知这一消息后，立即叫来财务人员开出一张10万元的支票，让医院全力抢救。在之后的三天，赵林中和三位公司领导各带四名职工，24小时分三班轮流看护。此情此景，让在场的医务人员都情不自禁地说："富润的工人真幸福。"经过这件事，赵林中定了这样一条规矩，凡是职工生病住院，企业领导一定得挤出时间到医院去看望。

再往后就有了系统的《富润控股集团经常性思想政治工作条例》（简称《六十条》），涉及职工结婚、医疗、福利、退休、入伍、立功以及家庭纠纷、生老病死等，涵盖职工生产劳动、工作学习、家庭生活、人际关系的方方面面。基本做到了职工冷暖有人问、生老病死有人管、建议呼声有人听、成绩进步有人赞，与企业的经营系统同步运作。

对违纪职工通过内部帮教，就地消化矛盾，尽力为社会减少不安定因素。如原织造车间职工任某，年仅22岁，平时纪律观念淡薄，染上了赌博和偷摸的恶习，先后在社会上和工厂内部偷窃财物数次，按理可以开除，公安机关也同意按法律程序处理。但赵林中为此专门召开了党政工团联席会议，认为，推一推，任某有可能成为罪人，或许会因此而一蹶不振；拉一把，通过教育改造，任某有可能"浪子回头"变成新人。赵林中采取了后者，一边向公安机关担保，对任某进行了经济罚款和行政纪律处分；另一方面给任某调换了车间，并由工会副主席、车间团支部书记等三人组成了帮教组，专门对任某实行对口帮教。任某十分感谢组织上对他的挽救帮助，对自己的错误有了深刻的认识，愿意痛改前非。后来任某像换了一个人，还被厂里评为先进生产工作者，从一个走到犯罪边缘的后进青年，变成一个思想和工作都上进的积极分子。

漂染车间一位青年女职工，由于思想稚嫩，抗腐蚀能力差，和社会上不三不四的青年混在一起，对人生、对工作都很轻率，屡犯劳动纪律。职工群众反映，如不拉她一把，很有可能滑向犯罪的深渊。赵林中了解情况后，指定保卫科、党支部、工会和她所在的工班，组成了专门教育小组。工班一名小姐妹和她结成帮教对子，工余时间大多跟她一起活动，了解她的思想表现并及时向她家长和厂里汇报。保卫科每月找她谈话一次，她也每月向保卫科递交一份思想汇报，党支部和工会领导经常找她谈心，进行家访，进行人生观和一些生活哲理教育。这样坚持了三年，终于使这位青年女职工抑制了邪念，成为一名自尊自重自爱的好青年，还建立了美满的家庭。

富润集团《六十条》的核心理念是以人为本，全心全意依靠职工办企业，办好企业让职工有依靠。赵林中说，"企"字拆字分解，"人"字下面一个止步的"止"，没有了人，企业也就完蛋了。作为企业掌门人，赵林中带头示范，连续多年把个人获得的政府奖金捐给困难职工基金会、发给有关部门和员工。

赵林中强调"让经营管理技术骨干通过辛勤劳动富起来，但不能让职工群众穷下去"，"职工的事，再小也是大事"。为了帮扶弱势群体，1996年他倡导成立了"困难职工基金会"，迄今共募集资金2300余万元，累计捐款13万多人次，救助特困、困难职工1.8万多人次，救助金额2000余万元，成为职工抵御困难的坚强后盾。还有，就是始终不忘离退休老同志，每年春节，赵林中都精心组织对3000多名离退休职工、军人军属等层面的大规模慰问，60多个慰问组300余名成员，足迹遍及诸暨城乡的每一个角落，做到一个都不能少，不留"被遗忘的角落"。

《六十条》从诞生至今已经历了八次修订。更趋完善的制度，让职工们的心与赵林中贴得更近，让职工们的努力与企业发展的方向保持了一致。为使它通俗易懂，朗朗上口，赵林中还归纳成二十句顺口溜。

《六十条》源于"枫桥经验"，它尊重职工的工匠精神、创新精神、卓越精神，从最初作为稳定企业发展的一项制度，逐渐提升为涵盖党建、文化、思想、模式等的跨界综合治理模式，它的目光聚焦于身边的普通职工，它的视野却超越企业一般的价值创新和社会责任，真正引领企业行稳致远、高质量发展。《六十条》蕴含着"枫桥经验"的精髓，闪耀着"枫桥经验"的光芒，成为富润集团稳定、改革、发展的动力。

担起社会责任　播撒爱的种子
小孝为家中孝为企大孝为国

赵林中不仅是全国劳模，还是连续三届的全国人大代表。在1998年至2013年担任全国人大代表的15年里，他先后12次提交坚持发扬、创新发展"枫桥经验"的建议和意见，并作审议发言。对他来说，这些年最大的收获不是企业发展到多大的规模，不是他自己赚取多少利润，而是两个字"和谐"——全心全意依靠职工办企业，办好企业让职工有依靠。

在赵林中看来，企业能够因为家人式的关爱和暖心的企业文化让职工安居乐业，那么社会、国家层面是不是也能通过一种文化、一种关爱，达到这样的效果。赵林中心里早就播下了一颗小孝为家、中孝为企、大孝为国的种子。

在富润集团总部漂亮的大楼里住着300多位老人。这是赵林中2003年从民政部门手里接过来的"夕阳红"事业。当时为了建富润老年康复中心，企业投资了3000多万元。在赵林中看来，富润老年康乐中心只是国有企业在自我发展过程中，主动承担社会责任的一种尝试。"创造社会财富和精神财富都重要。我们说，金钱不是万能的，没有金钱是万万不能的，但我认为后面还有半句，叫：精神不是万能的，没有精神更是万万不能的。"赵林中说。所谓精神，就是一种奉献的精神，是一种付出的精神，而这种精神需要从中华民族优良的传统文化中去汲取，这种传统文化，在他看来就是孝德文化。

2015年，赵林中和周增辉、钱星江等人共同发起成立了诸暨市孝文化研究会，到目前为止诸暨的27个乡镇街道都设立了分会。"今年的目标，是发展5万名会员。"赵林中表示，研究会的主要职能是弘扬中华孝文化，上接天线，下接地气，把孝德种子撒播于百万人民之中。

如今的富润集团资产早已达到数十亿元，而赵林中个人依旧只拿有限的薪资，每天步行上班，没有豪宅，住的是诸暨城里普通小区楼房……但他十分清楚，自己内心很满足，很幸福，因为心里有一份信仰。

2018年是改革开放40周年，在这段奋斗史中，赵林中既是亲历者、实践者，同时又是推动者。回顾富润集团的发展历程，赵林中说："'枫桥经验'是个宝，企业管理少不了，这个传家宝在富润集团要坚定不移地传承下去！"

新时代

公安人·枫桥故事

风雨前行人 薪火相传者
——杨光照的故事

魏羽佳

68、24、1150、100%，大家都说数字可以说明很多问题，今年68岁的老杨，有着从警24年的经历，调解结案1150余起，老百姓的满意度高达100%。

确实，数字说明了一些问题。

拍成过电视剧，做成过专题片，被中央媒体报道……杨光照，被百姓亲切地称为"老杨"，他是老百姓口中名副其实的枫桥"清官"。但是，走进家门，脱下工作服，老杨也只不过是一个身体患病、行动不便的妻子的依靠；一个孩子的父亲；一个年近古稀的老人。

问到老杨有什么新奇有趣的调解故事，老杨只是笑笑，指了指办公桌上叠成山的笔记本说："我每调解完一个案子，都会记下来，就算现在眼神不好了，我也还是坚持着。调解案子对我来说不是什么看热闹的事情，那是老百姓的心事、恼事、苦事，是我这辈子都要一直做下去的事情。"

老杨从事调解工作16年，接触过形形色色的人，也见识过太多人情冷暖，要说老杨的故事，或许一天一夜也说不完，只是他的每一个故事都要从老百姓说起，最后回到老百姓身上。

从天而降的"干儿子"

悠长而老旧的小巷，在巷子最里面一座破旧的房子显得有点孤零零，上面还保留着最原始的住房元素。就在门口处，三两片摇摇欲坠的瓦片垂挂着，门口一只短尾巴棕色狗不停地在闻嗅，屋角下摆着一只半边瓷碗，里面有些许食物残渣，远远望去住房周围都是零碎的废品堆积。刚下过雨的天气一股潮湿袭来，闷热不已，空气中有着浓浓的黏稠还混淆着一股食物发霉的气味，脚下的道路坑坑洼洼。

尽管来过很多次，这里的一切都让老杨一阵心酸，"张大妈，你在家吗？"老杨边说着边从门的缝隙中望进去。

"是谁啊？"里面一个醇厚的嗓音答道。

"我是小杨啊！"

"小杨呀，快请进，请进。"张大妈言语中透露着难掩的欣喜，十多年来，痛失儿子的她多了一个像儿子一样的"小杨"。她眼中的"小杨"就是故事的主人公老杨，常常给予她关怀与帮助。

最多半个月，老杨就会提着新鲜的瓜果蔬菜前来看望，这是张大妈最为期待的一天，无关乎那些礼品，只是欣喜这份难能可贵的感情。"最近好像瘦了点，要注意身体啊，不要太劳累了，也用不着经常来看我们。托你的福，张大妈身体好着呢，小秋（张大妈的孙女）也不错，中考考了全班第三名呢！"张大妈边说边用脚清理院子里的杂物，引着老杨往前走。

"是吗！这个值得表扬，我这里买了些学习用具，等小秋回来就给她。"老杨欣慰地说道。

"哎哟，你又破费了。这么些年我们祖孙俩要不是靠你的接济和国家的帮助，哪能像现在这样！"张大妈满怀感激地说道。老杨看着家里满是堆积的垃圾，根本无从落脚。在一张斑驳的小木桌上，还留着大概是中午吃的一些饭菜，黑乎乎的，应该是咸菜。

"这天这么热，屋里有风扇吗？"老杨询问道。

"有啊，不过太耗电一般不怎么用，再说我们也不热，今天天确实有点闷，我给你把电扇打开。"走到床边，张大妈从床角下拿出那把年代久远的风扇，电源线被电胶带捆绑得很紧，积着厚厚的一层灰尘，工作起来还有很大的"吱吱"声响。

老杨询问一番事宜后便告别了张大妈。当天下午，家电公司的人往张大妈家里送了一台小电扇，另外还有一位师傅来修理砖瓦。张大妈只是不停地凝噎，对自己的孙女说："你一定要努力学习，将来用实际行动来报答杨叔叔，他是我们家的恩人啊！"

久违的妯娌亲情

枫桥镇新择湖村的陈某与王某，是妯娌加邻居，可关系并不是很协调，多年来两家为道路进出问题心存芥蒂。2018年2月26日，陈某与王某为道路开门问题再次发生口角，在争论中双方情绪激动发生互殴，造成陈某受伤，花去医药费3700余元。事后，双方当事人均要求到老杨调解中心进行调解。

其实，这两人在新择湖村的矛盾疙瘩可以说是无人不知、无人不晓。长期以来，磕碰拌嘴只是成为了村里茶余饭后的谈资，大家都觉得终归是亲属，过一段时间就好了，只是没想到这次闹得那么大。

小磕小碰只是面相，内里是兄弟之间争抢家产的实情。妯娌关系的纽带是两兄弟，而两兄弟之间的纽带除了血缘，就是那年事已高的老父亲。老杨决定，就从老人着手。

这天下午，老杨去看望了独自住在老房子的老人，老人已80岁高龄，不爱说话，看起来很忧郁，听说是肠胃不怎么好，老杨递上提前买好的一串香蕉。也没有拐弯抹角，直接表明了来意。老人并不愿意多谈自家的情况，老杨也没有强迫，只是向老人说明事态的严重性，希望老人可以理解，如果有父母站出来，兄弟之间矛盾的化解可以容易很多。

老人的抗拒并没有打消老杨的积极性，相反，老杨来得越发勤快了。在他的坚持不懈和耐心劝导下，老人终于愿意出面，对其名下的房权、地权做出明确的权利归属。

找到了解锁的钥匙,下面该是给锁上点润滑油了,老杨找了个时间把兄弟两家人叫到了调解中心。

"韩家大哥,不是我说你,你两兄弟一个娘胎里出来的,有什么事不能解决,非得搞到这步田地。斗来斗去,除了让你们夹在中间的老父亲万分为难,没有任何实质性的意义。"

"还有你,韩家老二,你忘记了当时你大哥为了你能继续学业所做出的选择吗?他毅然选择辍学回家,自此挑起家中大梁,含辛茹苦地为你赚取入学费用。天下最难割舍的是血缘亲情,俗话说得好,'打断骨头连着筋',没有什么过不去的坎。"

韩家老二从一开始的滔滔不绝变得默不作声了,老杨一看,心里暗自一乐。

"你们两位再看看你们的老父亲,本该是儿孙满堂,尽享天伦之乐,却因为你们没完没了的争斗,心气不顺。百善孝为先,你们也是膝下有儿女的人,难道没有一点羞愧吗?"老杨时而愤然教训,时而苦口婆心,足足劝说了两个小时,两兄弟只是不说话。

连续五天,老杨趁热打铁跟进,终于让两兄弟的坚持有了些许松动,谁知这时候两兄弟的老婆却不依不饶起来。

陈某铁青着脸说:"这么多年了,她从未把我当过大嫂,总想着处处碾压我,见不得我比她好。我就是咽不下这口气,反正我是不会让步的,除非她来赔礼道歉。"

"我也不会让步,她没为家里做过什么,一到分家产就想着占便宜,还在背后乱嚼舌根,毁坏名誉,人在做,天在看。"王某也同样态度坚决。

老方法行不通,老杨马上寻求村干部王某某的帮助,因为他是王某的表亲。就这样晓之以理,动之以情,趁热打铁,多方轮流做思想工作,历时半月之久,终于商妥以住房隔墙中对中为界,打围墙分离,消除了矛盾根源。妯娌双方也握手言和,老父亲得到了妥善安置。

第二天,韩氏兄弟亲手送给老杨一面锦旗。

来自网瘾少年的忏悔

"你别跟着我好吗?警察都没事干吗?你这个跟踪狂。"炎热的三伏天,马路上一个穿着小背心、裤衩、人字拖的男生气愤地指着在他不远处的人大声喊道。仔细一看,这男孩眼里充满着血丝,他身后那位男士面容上也是相差无几,这是怎么了?

说来话长,大约半个月前,老杨收到来自一位父亲的求救,求老杨救救他那久不归家的孩子小刚。自从初一那年染上网瘾,孩子一发不可收拾,回来也只是为了骗取上网费用。小刚爸爸"控诉"自己孩子的恶行,甚至黑着脸说要脱离父子关系。

"你先别激动,给我一点时间,保管不出半月,还你一个乖儿子!"

"谢谢,谢谢。"小刚爸爸连声感谢道。

瞧,网吧里那一大一小动作是那么的协调,只见手指飞速地点击键盘,只见屏幕中刀光剑影。这就是老杨独特的引导方法,换位思考,融入其中,别看老杨现在的淡定自若,玩游戏那么随意轻松,可谁会想过他在背后付出的艰辛。

六天的持续泡吧,为了和小刚更加贴近,老杨豁出去了!当两人均疲惫不堪地走出"战场",通过这几天的"并肩作战",老杨与小刚已经建立深厚的战友情谊,说是一起同生共死,肝胆相照一点也不为过。在一次"能量补充"后,老杨开始了与小刚深切交谈,进行引导。

"游戏是挺好玩的,刺激有趣对吧?就是总感觉缺少些什么?你有没有这种感觉?"

"没有啊!"小刚面无表情地说道。

不知是有心还是无意,老杨带着小刚路过校门口,刚放学的小朋友勾肩搭背、有说有笑,三五成群地站在小卖部门口等着吃"网红"小吃,也有些家长站在门口,一个劲儿地往里瞧自己孩子的影子。

老杨没说破，只说："几天没回家了，你妈妈每天都在挂念着你，不然回家看看吧。"小刚脚步迟疑了，经过短暂的相处和广泛的调查了解，老杨明白，其实孩子内心渴望和羡慕这种其乐融融的生活。因为长期缺少陪伴，导致孩子性格孤僻，父亲的严厉和恨铁不成钢，更是让小刚每一次回家交流都以吵架告终。

老杨给他买了一点小零食，带着孩子来到学校旁的小公园。"你那些同学玩得很开心，你羡不羡慕？"小刚没有作声。"我小时候也贪玩，但是后来我明白了一件事情。"老杨的话挑起了孩子的兴趣，"我是一个男子汉，等我长大了我还要照顾家里的爸爸妈妈还有爷爷奶奶，所以现在就要好好学本领，将来才能做家里人的守护神。"

"你爸爸虽然很严厉，但是他是希望你可以强壮起来，因为爸爸总有一天会变老的啊！"小刚听到这句话，终于忍不住哭了起来。

当天下午，老杨领着孩子上门。预先的电话告知，让小刚爸爸这次变得心平气和，只做孩子一个真诚的倾听者。最后双方真情流露，小刚在父母面前做出真挚的忏悔与保证。

老杨知道这里已经不需要他了，他慢慢地退出了房间。

枫桥的红"峰"叶

——记杨叶峰的一天

傅　顺　张泽楠

那是早晨8点光景,东方的朝霞染红了天空,香樟树的花散发出一阵阵芳香,"枫桥派出所"五个银色金属字体泛出耀眼的光。杨叶峰打扫完办公室卫生后,开启了一天的工作。

他查看了手机信息、公安网及邮箱后,将一天的工作都记录在便利贴上,列在笔记本里。8点30分,他要参加所里的早会。

他说:"每天的早会都是一天的新起点,引领着当天的工作。听听前一天发生的警情,讨论一下近期工作,可以及时交流和掌握信息。"所里的年轻民警听到他这么说觉得十分有道理,所以即使在值了一夜班后,也揉着惺忪的睡眼,打起精神认真听着。

杨叶峰是枫桥派出所的所长,也是诸暨市公安局的党委委员和副局长,所以大家都习惯性地称他为"杨局"。杨局很年轻,是三级警督,来枫桥派出所考察的领导初来时见到他,总忍不住夸一句:"这小伙子真帅气。"其实,这七个字就可以简简单单地刻画出杨叶峰的外在形象:年轻、阳光、干净、正气。但更重要的是他始终保持"以人民为中心"的人本情怀和"服务人民"的爱民宗旨。

作为枫桥派出所的所长,杨叶峰肩上的压力可不小。这不,他又接到电话:"杨局,我是胡芳,我已经到枫桥派出所楼下了,你在所里吧?"

"在的，你来我办公室吧。"他回答。放下电话的他，立马起身开门，并倒上了一杯热茶。他对胡芳的情况已十分了解，胡芳是枫桥本地人，以前是山东商人和诸暨市某纺织厂的"收布"中间人。2013年，她与山东商人产生经济纠纷，山东警方就以涉嫌诈骗罪将她刑事拘留。胡芳不服，回到枫桥后，特意跑到派出所来为自己诉苦。刚开始，她基本天天都来，说一定要找所领导反映此事，给自己找回公道。

当时杨叶峰和教导员吴嘉军一起接待了她，详细了解了她所反映的相关情况并查阅了有关案件材料后，办案出身的杨叶峰敏锐地感觉到这起案件需要进一步的调查。为此，他牵头与经侦大队成立了专家组，调查了一个多月后，结果已经出来，他正思索着怎样把结果告诉她。

"杨局，我来了！"胡芳笑容满面地走上前，"这次我是特意来送锦旗的，太感谢你们了！"

"来，先坐下再聊吧。"杨叶峰笑道。这时，吴嘉军也来到会议室，坐下与他们聊天。

"你们真是好警察，你和教导员都是！从2013年到现在，就从来没有人帮我这么仔仔细细调查过！"胡芳坐下，语气激昂地说。

"那调查结果你知道了吗？"杨叶峰关切地问道。

"有点了解，但我相信你们！你们前前后后给我跑了这么多趟，真是辛苦。"

"胡芳，我们最后调查到的结果，基本与你所言一致，但其中你也有失实的地方。"杨叶峰认真地注视着她，诚恳地说道。

胡芳沉默了一会，喝了口茶后说："我真的很满意了，你们帮我调查，我已经很感激了。"

杨叶峰笑道："这是我们应该做的。"他细细观察着胡芳，现在的她少了以前的愤怒、积郁、不满，整个人热情开朗了很多。"最乐莫过为百姓"，这句看似深情却真挚的话语再次在他的脑海中浮现。

他们交流着此案件中的问题，聊着目前的生活，疏导着她的心理，她的笑容渐渐舒展起来。回忆起与杨局共同为此事忙碌的前前后后，吴嘉军不由得在心里佩服，杨局真不愧是"枫桥经验"最认真的践行者，始终把群众的事放在心上，不分昼夜地为民奔波。

锦旗上的两行字在杨叶峰眼前渐渐明亮起来——枫桥经验奏凯歌，服务到位促和谐。

将胡芳送出办公室门，杨叶峰拿出《民意主导警务》再看一看，这已经是他第三遍看这本书了，但总觉得常看常新。还未读完三页，手机铃声又再次响起，这个号码，他再熟悉不过，总能戳到心里最柔软的地方。

"老何。"他接起电话。

"杨局，你在吧？"

"在的，就在所里。"

"我来找你。"

"好的，来办公室吧。"

老何何许人也？他今年快70岁了，以前是村里的会计，后来去厂里打工，前几年没了工作，经杨叶峰与镇政府沟通，给他谋了一份环卫工人的工作。他是杨叶峰心里在枫桥最亲近的人之一。2010年，杨叶峰还在枫桥派出所当教导员时，在走访过程中，他了解到老何的儿子和儿媳妇都出了事故，留下了一对龙凤胎孙子女。老何那时又刚丢了厂里的工作，这无疑让这个风雨飘摇的家庭雪上加霜。知道老何的情况后，杨叶峰从口袋里拿出身上所有的现金递给老何，握住他沟壑纵横的双手说："这是枫桥派出所的一点心意，你给两个小娃买点文具、衣服，你的工作我一定帮你找！"老何一时激动得说不出话来，装好自己种的蔬菜一定让他带上。杨叶峰委婉地拒绝道："老何，太客气了，不用了！我待会还要去走访，下次来看你和两个小娃。"

之后，杨叶峰给老何谋了一份工作。时常带上柴米油盐去探望老何和两个孩子，还给他们买文具用品和书籍。

因为他真心实意地帮助老何,老何感到困难时,他也总喜欢找杨叶峰说。就这样一晃,七年过去了。

2017年,杨叶峰再次回到枫桥时,老何特别高兴。所里的其他民警都不知道杨局和老何之间的"小秘密",只经常看到一个老人喜欢找杨局聊天。

杨叶峰招呼老何坐下,老何说:"今天,我就是想来找你聊聊,年纪大了,总喜欢聊天。"老何笑呵呵地说。

一杯茶续着一杯茶,送走老何时已经将近12点30分了,杨叶峰匆匆赶到食堂吃了午饭。在今天中午午休时间,杨叶峰要主持所里的一个"治安形势分析会"。散会已经是下午2点多了,参会人员都没有午休,虽感觉到身体有些疲惫,但大家都说,杨局这次会议开得有意义。同事之间相处久了,大家都知道杨局的工作作风,不喜欢讲废话,尽量把话说得少,但是说得明白。

会议刚结束,杨叶峰便匆匆赶往大厅接待来自中国人民公安大学科研处的考察团。随着枫桥派出所的知名度与日俱增,前来参观的考察团也越来越多。杨叶峰总是热情地、如数家珍地向他们介绍枫桥警务模式:"我们以创建人民满意派出所为目标,紧紧围绕警务围着民意转、民警围着百姓转的工作理念,牢牢把握三个重点,着力打造四大基地,扎实推进'新五小工程'……"末了,他总虚心地询问对方对枫桥派出所的工作有无改进建议并认真听取。

送走考察团,杨叶峰就匆匆奔往陈家村。陈家村的居住出租房一直是他的一块"心病"。陈家村在镇中心,村里的房子都是一些"历史悠久"的老房子,原来的住户都纷纷住到外面去了,这些老房子就租给了外来流动人口。但是,这些房子存在消防设施不完善、电线裸露杂乱等问题,极易发生倒塌或火灾事故。杨叶峰了解此情况后,多次带领民警开展地毯式消防安全大检查。虽然当时能取得明显效果,但一段时间后却又反弹。电线老化、楼梯摇晃等问题还是得不到彻底解决。为此,杨叶峰多次和镇干部组织相关部门和人员召开会议,对陈家村的出租房进行专题研究。后来，大家集思广益，提出了"居住出租房旅馆式管理升级版"，由陈家村经济合作社对农房进行统一回收改造、装修，再统一出租，统一分配收入，不仅给外来务工人员提供了安全良好的住宿环境，也给当地居民实现了创收，老百姓们对这一做法都纷纷点赞。

今天下午，杨叶峰特意赶到陈家村想去看看最近的情况，并与村干部商量下一步的改进措施。刚走进村办公室时，他发现村民老张也在，老张是一位当地服装加工厂的小老板。

"老张，你今天怎么也在村里？"

"杨局，我今天可有大工作。"

"说来听听，是什么大工作？"

"我是来招工的。现在我接的单子大了，人手不够，就需要多招一些人。这不是知道陈家村外来务工人员多嘛，所以特来招招工。"

"这个主意不错，我在想什么时候我们陈家村也弄一个统一发布招工信息的平台！"杨叶峰笑着说道。

"没错，这个不错。刚才还有个刚来的外地人来找房子，我看也可以弄一个统一出租房屋的平台！"一位村干部应和道。

"好啊，还有一些空着的房屋也可以通过这个平台发布出去，这样就方便多了。"杨叶峰心里更加高兴了，这项服务群众的措施一定会做得好！

"走，我们一起去看看村里的出租房情况。"杨叶峰提议道。

他走进出租房里与外来务工人员交流一些住房、工作问题，并听取了他们的意见。杨叶峰心里的"陈家村居住出租房旅馆式管理升级版"越来越有思路，他心里禁不住轻松起来。

华灯初上，他赶到红枫义警工作站，与义警们在路上开展巡逻。走在枫桥的大街小巷，杨叶峰感觉一天的疲惫似乎在慢慢散去，脸上的神色也慢慢轻松起来，他由衷地为有"红枫义警"这样的社会组织感到自豪,也为最近枫桥的治安环境越来越稳定和谐感到欣慰,不觉地在脸上露出了笑容。

与义警们道别后,杨叶峰回到办公室,查看贴在办公桌上的便利贴,一天的工作清单已差不多完成。下面,他终于可以再打开那本《民意主导警务》的书再细细品读,他把这难得的阅读时光作为自己的休息时间。他的桌上还有《习近平谈治国理政》《枫桥经验发展论》《平安中国的浙江实践》等书籍,在闲暇时,他总喜欢把这些书一遍又一遍地翻看。他始终把弘扬和实践"枫桥经验"作为己任,立志做一名人民的好警察,一名无愧于心的好警察,并希望通过自己的工作尽可能提升全所民警的工作,力争让每位民警都得到学习。

翻开笔记本,他写下这样一段话:"生长在先进的光环下,我们需要更加努力,不能躺在功劳簿上做事,有作为才能有地位。从警,要干净,要有正气……"

从未停歇的吴嘉军

王 晶

"加油！加油！……"周一的傍晚，枫桥派出所的塑胶篮球场边传来一阵阵助威呐喊声。

刚被抽调到枫桥派出所工作的民警小晶也应声来到场边观战。比赛场上，正由镇东警务站站长赵纲率领本站民警挑战枫桥派出所代表队。

不知不觉，比赛已进行了半场有余。场上的对抗真刀实枪，不时有人因体力不支要求轮换。但是，对篮球略有研究的小晶发现，枫桥派出所教导员吴嘉军却始终都在场上。他不知疲倦地全场奔跑、传球、助攻、投篮……动作干净利落。

小晶正想发自内心地夸赞教导员吴嘉军几句，不想被同样站在一旁观赛的"小绍兴"抢了先："我师父这个人十年前刚到枫桥的时候，就有人送'跑不死、做不死'，如今十年过去了，他竟还担得起这个名号，实在佩服佩服！"

"这么牛？"搞宣传的小晶顿时对"小绍兴"口中教导员吴嘉军"跑不死、做不死"的故事有了兴趣，"快跟我说说。"

"好吧，且听我娓娓道来……"

头顶省级、校级优秀毕业生的双重光环，带着校篮球队队长的无限荣耀，2005年的夏天，吴嘉军从浙江警察学院毕业。按惯例，如此"出挑"的他应该会留在城区大派出所或者直接进局机关上班，不曾想，那年的工作分配"另起炉灶"，最优秀的要到最艰苦的地方去。于是，一心觉得自己能够如愿留在城里的吴嘉军来到了比农村老家还要远的山区所——浬浦派出所，不只远，还很小，算上所领导，一共9个人。

"你说，教导员那时候会不会特失望？"小晶问"小绍兴"。

"或多或少吧。""小绍兴"挠挠头，"但我师父这个人，天生'跑不死'，更加'做不死'。"

原来，初到浬浦的吴嘉军确实郁闷了两天，但到了第三天，要强的他决定和自己打个赌——做肯定不会做死，所以，要么不做，要么就做到极致。从此，浬浦派出所里就出现了一个根本"停不下来"的年轻民警。案子不多，那就所里案子他全包了；内勤忙不过来，于是有写作特长的他把对内、对外宣传任务统统揽了下来；老民警下村走访，他就立马带上笔记本后脚跟上……渐渐地，吴嘉军成了浬浦派出所里不可或缺的"全能型"选手。

2007年，工作不满两年，脸上挂着痘印、肩上戴着"小飞机"的吴嘉军就作为优秀代表，在全局青年民警座谈会上介绍了自己的"做不死"工作法。浬浦派出所也在那年历史上第一次获得诸暨市公安局年终先进集体的荣誉。吴嘉军的优秀引起了局领导的关注。

"你不说，我还真的不知道，我一直以为教导员参加工作那年就在枫桥派出所了。"小晶感叹道。

"是呀，不光是你，很多人都是那么觉得的。""小绍兴"解释着，"我师父这个人啊，除了做不死，就是忘不了他的'大所'工作梦。"

2008年，正值"枫桥经验"45周年，带着老教导员希望他能去"大所"锻炼锻炼的嘱托，吴嘉军主动申请，来到了枫桥派出所，终于成为了一名他心心念念的"大所"民警。从"小所"到"大所"，还是被国务院、公安部先后命名的"人民满意派出所"，那时候的吴嘉军心里也只有一个念头——"做肯定不会做死，我一定要用我做出的成绩证明自己的价值。"

按照专业对口和现实需要，吴嘉军到所里的刑侦队报了到。虽然到了接触群众相对较少的刑侦岗位，但在"枫桥经验"的熏陶下，善于思考学习的吴嘉军开始研究"如何在刑侦岗位上服务群众"的新命题。每天接手的案件非盗即骗，怎么才能和"服务"扯上关系？通过和来所报案群众的一次次沟通，吴嘉军发现，在枫桥，哪有什么刑警渴望建功立业的大案子，都是一些偷鸡丢鸭的小案子，但恰恰是这些小案子，直击群众关切。

于是，吴嘉军的"做不死"工作法里又多了一条——有案必破，小案誓破，用破大案的态度破小案。凭借着这份执念，对于群众的报案，他不放过任何蛛丝马迹，并及时向群众反馈案件进展。碰上久攻不破的案子，他也会主动打电话给受害群众解释缘由、互通信息，如此也能收获群众的理解与支持。案子破了的，他则第一时间致电受害群众。就这样，他破的是"小案子"，赢得的却是"大民心"。

"我刚参加工作的时候，教导员还是个年轻有为的刑侦副所长呢！"看着教导员如今略显沧桑的脸庞，小晶说。

"那是，我师父说他那时候也算是全局有名、枫桥闻名的'小鲜肉'。""小绍兴"一本正经，"岁月不饶人啊，我师父这个人虽然'做不死'，但脸上的皱纹是不会骗人的。"

2011年，吴嘉军因工作成绩突出被提拔为枫桥派出所刑侦副所长。有一天，钟瑛村村民老徐来所报案称被骗8万元人民币。当时正在值班的吴嘉军一听到消息，立马狂奔300米来到了农行枫桥支行。凭着自己的执拗，他硬是说服工作人员第一时间通过手续冻结了这笔存款。当时技术手段有限，老徐又无法提供有价值的线索，嫌疑人是抓不住了，但那笔冻结的钱可得想办法追回来，这可都是老徐的血汗钱啊！

通过调查，吴嘉军发现嫌疑人所使用的银行卡的户名来自湖南籍的小王。靠着要把8万元钱追回来的信念支撑，他开始每周给小王所在地的派出所民警及被盗用身份信息的小王打电话，苦口婆心地劝说他们配合取出8万元钱。在经历了吴嘉军历时14个月的连环电话轰炸后，小王终于同意帮忙取款了。生怕小王反悔，这头小王刚答应，那头吴嘉军就开着车赶往湖南，接上小王后，又马不停蹄地赶赴位于湖北黄冈的开户行。兜兜转转两天之后，8万元钱"完璧归赵"。老徐接钱的时候激动万分，他说他根本没想到吴嘉军真的能把钱找回来，以后只要吴嘉军有事需要他，他一定随叫随到。

"教导员这拨操作真是要为他疯狂点赞，没想到枫桥派出所'破小案'的起源还是他啊。"小晶听完这个故事，略显激动。

"我师父的故事哪能到此为止啊？""小绍兴"一脸骄傲，好像他也参与了似的。

在刑侦副所长的位置上，吴嘉军收获了"浙江省优秀人民警察"的荣誉称号，但他也不只一次向领导表示，作为枫桥派出所的民警，不会做真正的群众工作可不行，反正他这个人"做不死"，所以还想去社区民警的岗位上历练历练。

2013年年初，吴嘉军如愿转任枫桥派出所基础副所长，并担任一个村的社区民警。新官上任，那时候的他浑身充满干劲，恨不得每天都和群众打交道，为群众办实事。然而，慢慢地，问题来了……

有些思想守旧的群众觉得派出所民警来家里传出去"难听"，这给社区民警正常的走访工作带来了阻力。一旦村里群众之间发生矛盾纠纷，社区民警也无法第一时间掌握并参与调解，容易导致矛盾激化，这和"枫桥经验"也是背道而驰的。

"不怕矛盾有，就怕信息无。"于是，如何依靠和发动群众提供信息成为了他的新课题。一天，在村中一位有一定威望的村民帮助下，一起矛盾被妥善调解。这给了吴嘉军极佳的灵感——如果能在每个村里都招募一位有一定威望和调解能力的村民,作为辅助社区民警开展工作的协警,那信息就能及时灵通,调解就能顺利进行,还能给民警走访时带路领进群众家门呢。吴嘉军迅速将自己的思路向领导作了汇报,并得到了肯定,于是,枫桥派出所沿用至今的"一村一协警"制度便应运而生了。有了"村警"领路,社区民警们再也不用担心走不进群众的家门了。

而这"一村一协警"制度更让枫桥派出所享受到了"福利"。2013年至今,枫桥镇范围内没有出现一起群体性事件。那年,一群众因交通意外去世,他所在村的村警上报了死者家属准备去肇事司机家中闹丧的信息。接到信息后,吴嘉军立刻带领相关力量赶到司机家住的杜黄新村,阻止了死者家属的闹丧,并帮他们谈妥了赔偿事宜。这样想想,如果没有村警提供的信息,那后果真是不堪设想,吴嘉军每每回忆起这件事,还有些"后怕"。

"听说教导员还为了村里的老百姓放弃了一次尽早提干的机会。"小晶压低声音问道。

"你果然是'诸暨小灵通',这个秘密都被你知道了。""小绍兴"很是惊讶。

2015年6月,正值永宁水库拆迁改造期间,库区周边居民的择房工作也在如火如荼地进行。作为社区民警,吴嘉军几乎是天天泡在择房现场和新建小区的工地上。一方面,第一时间掌握择房过程中可能引发矛盾纠纷的不稳定因素;另一方面,带着他从村民中海选出来的村民"工程质量监督队"作最后阶段的查房验收工作。其实,那时候的吴嘉军已经经历了组织谈话,组织上准备调他去担任另一岗位的主职领导。但考虑到择房工作中的维稳任务任重道远,自己又是村民们最信任的社区民警,他向组织提出,希望考虑延后对他的提拔任命。

等所有择房工作结束,时间到了2016年2月,吴嘉军还是留在了枫桥,担任教导员。

"都说教导员是管民警队伍和后勤保障的,我看我们这个教导员心里最放不下的还是他的枫桥群众,今天中午我和他去接参观团，路上他还接到好几个群众打来的电话呢。"小晶说。

"是呀，宣传是教导员分管吧，他不但给所里申请了微信公众号，定期发布所里新闻和防范知识，还让我们每个社区民警都弄'微信警务室'。""小绍兴"一脸佩服的表情，"不过，这个网上警务室确实也很有用，群众联系我们办事特别方便，也是我们服务群众的一个载体啊。"

夕阳西下，枫桥派出所篮球场的较量还在继续，小晶和"小绍兴"的谈话还在继续，那个在球场上不停向前奔跑的人和枫桥的故事也定将继续……

有你真好

——边赟让你"安心租"

傅媛媛　周　丹

"大兄弟，我要回老家过年了，也不知道什么时候能回来，这两年在枫桥能交你这么一个朋友，我很高兴。"2018年，春节前的枫桥派出所特别忙碌，有一天边赟的手机突然"叮"地响了一声，打开一看，是一个备注为老刘的人给他发来的临别信息。

这一下子把边赟的思绪拉回到了2017年5月初。

"5月，雨一直下，也不停。"翻看自己的走访笔记本，看到这一句话，一座破旧的两层木质老屋霍然出现在了边赟的眼前。

"老乡，赶紧搬吧！五六月份是我们这里的梅雨季节。"5月初，拿着伞的边赟冒着大雨来到这户人家前，用焦虑的口吻对一个身穿条纹短袖的男人说道。

屋子的男主人是一个50多岁的节俭朴实的安徽汉子，大家都喊他老刘，当时他正在拿着笤帚把没入门槛的积水拼命扫出去。

对冒雨前来走访的边赟，他当做透明人，任边赟说得口干舌燥也没有任何反应，只顾自己埋头扫水。等水扫得差不多了，只见他用粗糙的大手擦了一下额头直冒的汗，脸部肌肉微微地抽动了一下，毫无表情地说道："你走吧，这点雨，还能住人的，好不容易找到房子了，不用搬。"说着大手一挥，狠狠地拿扫把扫了一下地下的积水。

看见这一幕，边赟无异于吃了一个闭门羹。"以前，我自认为总是一名合格的社区民警，走访时随便找一个群众,总能闲聊个五分钟,虽然中间也遭受过冷言冷语,但这件事怎么给我的感觉是狗拿耗子——多管闲事。"在小组交流会上,边赟眉头紧锁地向同事们道出了心中的不解。

边赟所管的杜黄新村、先进村、楼家村老旧的出租房屋特别多,每到五六月份的梅雨季节,他总是如临大敌。

"时时盯着天气预报,有时预报不是很准,但我们收集的资料不能不准。有些房子不牢靠的,该搬的还是得让他们搬走,不然以后要出大问题的!不能含糊!"出发去走访前,边赟一脚蹬在自己的"宝驹"上,一面神情严肃地对村警讲道。

老刘所租住的房子恰好是位于边赟所分管的楼家村。5月初,一个蒙蒙的阴雨天,他在走访时,突然发现村东头一户破损且空置已久的两层木结构小房子外头居然有人在晾晒衣服。向周围群众一打听,原来这里住的是从安徽过来的两口子,目前在枫桥从事废品回收行业。

其实,老刘所租住的出租房在他前一任房客搬离之后,边赟便去里面仔细看过一回。木结构楼梯的楼板都是透缝的,每走两步便"咯吱、咯吱"作响,给人一种摇摇欲坠的感觉,墙面上都是大块的水渍印,上前摸一下,有些还未干透。

这已经是上了边赟"红本本"的房子了,上了这个本子的房子如果遇到连着下几天几夜的大雨,随时都有可能倒塌的危险。

了解到老刘夫妇刚搬来没多久,边赟无论是风和日丽的大晴天,还是刮风打雷的下雨天,便见缝插针去做老刘的思想工作,想让他赶紧换个安全点的房子租住。

但老刘始终是"犟驴"一头,对于边赟提出搬离的想法,采取"冷处理"的态度,任凭边赟在一旁找话题,自己只是一声不吭做着手中的活,等差不多完活了,就开始赶客。

而他所面对的边赟,已是"一杠三星"从警快10年的老民警了。面对走访经常"吃闷头",他想出了一个电话联系的办法。"走访不能经常去,但电话能每天打,先前走访,他对我也算是比较熟了,应该也不会太抵触。"虽然有这么一个想法,但边赟心里还是七上八下打着鼓。

"老刘吗?我是枫桥派出所的民警,叫边赟,就是经常……"第一通电话打过去,还没说完第一句。

就听见话筒那头,老刘操着一口安徽口音的普通话不耐烦地讲道:"什么?你现在改策略了不是?我没什么需要帮忙的,你就别打电话来了!"说完便听见话筒那头传来了"嘟嘟嘟"的声音。

这短短的几分钟对话,虽然没有取得实质性进展,但却再次激发了边赟的斗志。

等到了晚上,他估摸着老刘应该也快要吃饭的时候,又准时拨响了电话。

"怎么又是你?不搬!不搬!不搬!好了,这就是我的态度!"还没等边赟说完枫桥两字,老刘便听出了边赟的声音,张口就连珠炮似的回绝道。

"我不多说什么了,下雨天的时候,你家墙壁上经常渗水、屋顶也会有积水往下漏……"情况跟上次一样,还没等边赟说完,老刘就打断了他的话。

但这次不同的是,老刘用紧张的口气询问道:"你等会,你怎么会知道的,虽然现在是下雨,你总不可能开了天眼吧?"

听到老刘说这话,边赟噗嗤一下笑了:"老刘,你这处房子,你的前任租客搬走时,我就去看过。我没什么天眼,之前来的次数多了基本情况也就了解了,只不过没想到这么快就被你租下了,现在你也感觉房子不太安全了吧?"

只听老刘在电话那头磕绊地说了几句后,不耐烦又带着迟疑的口吻说道:"算了,今天还在老家回枫桥的途中,等我明天回来再说吧,能凑合还是凑合吧,搬东西也麻烦,再说毕竟交了押金的。"

冷冷的一段话,瞬间浇灭了边赟心中刚刚燃起的希望。

但他脑海中仔细回想了老刘的话，兴奋地打了一个响指。"押金？对！要不从房东处着手做一下工作？"边赟心中暗暗地打算着"曲线搬房"的计划。

果不其然，这一转换思路后，帮老刘迁房的工作进行得格外顺利。去房东胡先生家走访时，边赟向房东说明其中的利弊关系。房东大手一挥，用力地拍了拍边赟的肩膀，用洪亮的大嗓门说道："放心吧，兄弟，这事准能成！"

在房东家中，胡先生思忖了一会，便给从安徽老家往回赶的老刘打了一个电话："老刘啊，你回来赶紧搬吧，这雨是越下越大了，房子是真的不安全了，房子的押金也会退给你，听边警官的，安全是第一位的。"

而与此同时，边赟向老刘夫妻耐心地解释，自己已经发动村警的力量，按照之前老刘提的需求，在镇上找了一处离老刘一家工作单位近的出租房。

等到第二天，老刘拖家带口赶到枫桥后，撑着雨伞拉着行李站在自家门口，听着雨声像落珠一样打在房顶上，看着外墙上蔓延开来的水渍印痕，老刘心里也是七上八下地害怕，真怕哪天在睡梦中房子就塌了。

于是赶紧拿出手机，双手发抖着拨通了边赟之前留给他的手机号码。"是边警官吗？我现在想想有点后悔了，我还是搬了吧。"当老刘的话音刚落，边赟在电话那头，暗自地捏了捏拳头，随后迅速联系村警冒着大雨开着小卡车，同老刘一起把家里的冰箱、床、桌椅板凳等一些必备品先转移到了新家。

而就当老刘一家搬进新家的五天后，当时正在忙着做家务的老刘，接到了原房东胡先生火急火燎打来的电话："幸亏边警官让你们搬得早，我昨天傍晚去看，你原先租的那个房子整个二楼已经塌了！真的好险啊！"

在得知这一消息后，老刘除了心有余悸之外，一丝愧疚也在心头油然而生。

"要我们着急搬家，又帮我联系好了镇上的租房，这前后脚几天，也可以说救了我们夫妻俩一命！"此时老刘心里想着。

于是，第二天中午，趁着雨势减小，老刘便赶紧拉着老婆来枫桥派出所找到了边赟，当面向他说了一句谢谢。

"大兄弟，我们一家人这次真的多亏你了。我也是嘴笨，当时说话也有点冲，以后要是有安徽老乡的事情，我能出得上力的，肯定来。"老刘紧紧地握着边赟的手说道。

从那以后，边赟便和老刘成了无话不说的"忘年交"。若是遇上安徽老乡有个大事小情的纠纷要化解的，老刘有空也必会主动去做调解工作。

2018年年初的时候，老刘夫妇凭着自己的吃苦耐劳，辛苦攒下一笔积蓄，想回安徽老家发展。谁知临走前在房屋退租问题上，又和房东起了矛盾，这次又是边赟主动做了双方的调解工作，老刘才拿回了1000元押金。

在拿回这笔钱后，老刘不由地感慨，笑着对边赟说道："大兄弟，我和你缘起就是房子的问题，现在最后走了，麻烦你的还是房子的问题，这样也算是一种缘分吧！"

合上走访笔记本，再看老刘的这条短信，虽然只有短短的几个字，但边赟心中还是有一股暖流涌上来。

而自老刘这件事以后，边赟深感单纯地做好出租房消防安全工作并不是一个"防患于未然"的办法，爱琢磨的他在思考如何才能"让租客安心住、安心租"。

由此，以他为首倡导的"出租房旅馆式管理"开始在辖区试点，随着成效越来越明显，获得了不少租客的"点赞"。这一模式也慢慢开始在诸暨市公安局推广开来。到最后，以他为主导，结合科技手段，线上+线下，求职租房一条龙搞定的"安心租APP"顺利得到研发和推广使用。

赵信：一颗心以人民的名义跳动

黄纯杨

赵信，年轻、憨厚，看起来甚至还有些稚气未脱，他2015年12月从警校毕业，被分配到枫桥派出所，老百姓亲切地称他为"小绍兴"，"红枫义警"的创办者，2017年获"绍兴市优秀人民警察""绍兴市青年岗位能手"称号。

"小绍兴"的由来

赵信刚进枫桥派出所时，被分配到社区中队工作，师父吴嘉军就告诉他："跨进枫桥派出所的门槛，要先过群众工作这一关。"

"怎么才能做好群众工作？"赵信当时就傻傻地问师父。

师父又告诉他："走得进群众的家门，坐得下群众的板凳，拉得起群众的家常，解得开群众的矛盾，第一步就是腿要勤，每天到社区去走走，让社区里的每一个人都熟悉你。"

赵信的辖区钟山村是枫桥镇上大村，地形有点复杂，有些弄堂很小，弯弯曲曲好像一座迷宫。为了尽快熟悉情况，赢得群众的认可，赵信每天都在街巷胡同奔走，挨家挨户地分发自己的警民联系卡，还用第一个月工资买了一辆亮眼的黄色自行车，开启了钟山村畅行之旅。

社区民警有辖区熟知率考核，赵信下村逢人就介绍"我是新来的社区民警赵信，赵钱孙李的赵，一封信的信"。碰到年纪大的，要重复说上好几遍。即便如此，有些老百姓还是转头就忘了他的名字。赵信愁得没办法了，心想:"我的名字已经这么简单了,到底怎样才能让他们记住呢?"心里也在暗暗着急。

有一天,赵信向一位阿姨自我介绍,阿姨开玩笑地说:"姓赵的那么多,名字我可记不住,要么叫'绍兴'好了!"

赵信一听,茅塞顿开,在枫桥土话里,"赵信"和"绍兴"发音相近,而枫桥与绍兴又恰巧相邻,枫桥老百姓念了一辈子的绍兴,突然来了一个叫"绍兴"的片儿警,那不是一下子记住了,保证老老少少都忘不了。

赵信连忙回所里,在自己的警民联系卡上印上了"绍兴"这个雅号。从此,他的开场白也成了"我是新来的社区民警赵信,你们就叫我'小绍兴'好了"。转眼间,钟山村的里里外外,都知道村里来了个新片儿警"小绍兴"。这个名称很亲切,老百姓看到赵信,都会热情地唤一声:"小绍兴,你来啦!"

"有事请打我电话,我一定尽快赶到。"送出每一张警民联系卡时,赵信都会作出同样的承诺。

在赵信心里,也把社区里老百姓的事都当做了自己的事。老百姓向他反映过的事情,需要他帮忙解决的,都被他一一记到自己随身携带的本上,闲时就拿出来翻一翻,想想怎么才能解决。在走村入户过程中,他要是发现谁家的门没有关好,就喊一声主人的名字,让主人把门关紧;看到有电动车的主人没上锁,赵信就会敲开车主家的门,非跟车主普及一番防盗常识不可。时间久了,居民遇到有什么急事、难事,如水电煤气故障、下岗待业、夫妻不和、住房紧促、子女就读,都爱找赵信,就是遇到什么喜庆事,也爱叫他……

后来,这个"小绍兴"的名号叫的人就越来越多了,他的本名赵信叫得反而少了。

创办"红枫义警"

两年前,赵信刚来到枫桥派出所时,发现所里有一支神秘的队伍，做着"八小时"之外的好事——这就是枫桥所民警、协警组成的"雷厉'枫'行"志愿服务队。年轻的赵信也自然成了"雷厉'枫'行"的一员。他与师兄师姐们一起，下乡开展安全防范宣传，走访困难户，为群众上门解决生活难题。

在"雷厉'枫'行"的志愿服务中，赵信慢慢有个大胆的想法："我们的志愿队伍都是所里的民警、协警，覆盖面小，能做的好事也有限，如果把枫桥的热心群众动员起来，那该是多大的力量啊？都说群众路线是枫桥的'法宝'，我得把这个法宝用起来……"

"所长，我有个想法……"经过几天的思索，赵信找所长畅谈了他对创建"红枫志愿者协会"的几点想法。

"这个主意不错，如果组建起来能为平安枫桥出不少力……"所长非常支持他。

在派出所领导的大力支持下，赵信借助一次村委会文艺晚会，召集了40多名热心的志愿者，组建起第一支"红枫志愿者协会"。随后，赵信马不停蹄地计划起志愿者们的行程，第一项就是让志愿者利用散步时间开展义务巡逻。

尽管志愿者们都是主动加入这支队伍，但囿于现实因素，总有些磕磕碰碰。

"绍兴，今天太热了，我不想来哩！"

"小赵啊，我们这样走一走，哪里有人能听我们的呢！"

王阿姨在巡逻时看到有一个小伙子鬼鬼祟祟，东张西望，忙不迭就上前要去质问他。但走到面前，王阿姨就退缩了，心里忍不住嘀咕："我哪好直接让他拿出身份证来看看呢？他要是对我动手，我怎么办啊？"

小伙子察觉到王阿姨的目光，斜睨了一眼王阿姨的红袖章，挑衅地说："你这个大妈，看我干吗？"随后，离开的步伐反而变得嚣张起来。

"这位兄弟，请你出示一下你的身份证！"就在王阿姨着急不知所措时，赵信走了上来，一把拦住他。

"原来……是派出所的啊。"小伙子这才嘟嘟囔囔地从口袋里掏出证件。

"绍兴啊，要是没你在，我们哪管什么用场呢！"王阿姨说着就想解下红袖章。

"阿姨，不是大家没用，你们只要敢于上前，我们的作用就达到了！而且我也保证，我一定都在！"

为了鼓舞志愿者的士气，赵信牺牲了自己的休息时间，每天都带着志愿者们开展巡逻，就怕他不做，别人也不做了。无论再累、再想回家陪陪自己的父母与妻子，赵信都忍了下来，坚持留下来与志愿者们一起。渐渐地，志愿者们被赵信的热情所感染，从一开始的新鲜感，逐渐把志愿活动升华成了责任，从简单的巡逻逐渐发展成为能"排除小隐患、化解小纠纷、提供小线索"的护航者，他们真正成为了枫桥的平安"红细胞"。2017年8月，"红枫义警"成员在午间休息时段巡逻，接到一群众反映线索称：大山自然村一处偏僻地段有一帮外地人在放黄鳝血。"红枫义警"成员立刻前往现场，把现场报告给派出所民警，并拍摄、记录了相关信息，最终协助派出所破获了利用黄鳝血碰瓷连环诈骗案件。一时间，"红枫义警"与赵信这位创始人都上了头条，被《人民公安报》《南方都市报》《浙江新闻》《平安时报》等媒体争相报道。

对"红枫义警"的成功，赵信从来不会居功自傲，他觉得自己顶多提供了一个点子，其他的都靠群众；只有群众，才是最终的"法宝"。如今，"红枫义警"有了自己的协会与章程，有了日渐庞大的队伍，名声传遍了枫桥镇的大街小巷，也传遍了全中国，成为了枫桥民警的左膀右臂，成为了枫桥社会组织的靓丽名片。

圆脸背后的故事

赵信的身形并不算精壮。在学校读书时，他就是个学霸，到了社区工作，干的好像也是一些文绉绉的活。然而，冲锋陷阵时，他从未有过一丝犹豫。

2018年清明时节,值班室突然接到了火警,在枫桥镇枫溪自然村公墓附近有明火,火势很大。赵信和消防中队的车辆第一时间赶到了火灾现场。

其实,这还是赵信第一次看到那么大的山火,火光冲天,滚滚的浓烟已经顺着山势蔓延下来,呛得他立刻咳了起来。

"山上树木茂密、火势蔓延极快,而且着火点在半山腰,必须将消防水管接上山……"老练的消防队员分析现场的情况。

"那快走吧……"听罢,赵信径直就要往山上冲。

有个队员拦住他:"我们去吧,你没经验,山火比一般的火情复杂,随时会受伤的。"

"不用照顾我,我虽然不是很专业,但是扛水管、把龙头我都能行的。"

赵信不由分说,扛起水管就跑,哪里有明火就把水管扛到哪里,茂密的树枝就像锋利的小刀划在他的胳膊上,赵信却似乎感受不到疼痛,黑色的烟渍遍布在狰狞的脸上,看不清是流的汗还是熏的泪。经过半个多小时的扑救,火势才得到控制。

"咳咳……咳咳……"赵信累得在山上席地而坐,剧烈地咳嗽起来。

此时又有群众报警称,公墓山背后又发现起烟,怀疑马上就要着火了。

"不好,背后是煤气站,真着起火来可就完了!"赵信腾地站起来,双腿酸疼到麻木,不禁踉跄了几下,但他还是努力站直了身体。在村民的带领下,赵信和队员们一同进山巡查。没有道路,就用钩刀劈出来;找不到明确的着火点,就把山里走个遍。春寒料峭,汗水却早已湿透了外套。赵信一边咳着,一边开辟道路,这一走就是整整三个小时。等回到所里时,大家都说赵信像是从煤矿里爬出来的,浑身脏得不成样子了。而他早已体力透支,失声说不出话来,久久地坐在凳子上没有动弹,像是凝固成了一座雕塑。那天过后,赵信病倒了,频频出现失声的情况,脸颊也高高地肿起来。医生说:"你这扁桃体都肿大到快要堵塞整个喉管了,能不能恢复发声都不好说。"

原来,他有扁桃体旧疾,以前每次都不记得去看病,工作没做完,他吃几片药就对付过去,这次救山火被烟熏得时间长了,就发作得更厉害了。

而病才刚开始好转的赵信,又掏出自己那本翻烂了的随身本,上面写着:"我辖区里有一些痴呆老人,我给他们系上了防走丢的红手环,这几天天热了,晚点我还得过去看看他们……"

调解能手沈凯的二三事

杨佳丹

"走,跟我一起去社区转转。"刚解决完手头的工作,沈凯就跟镇西警务站的队员们说,"感觉好久没去陈大伯家了,听说前几天他家的狗生了好几只小狗嘛,正好去看看。"话一说完,沈凯就朝着陈家村走去……

沈凯,一对龙凤胎宝贝的爸爸,也是枫桥派出所镇西警务站的站长,2017年2月,他从大唐派出所调到枫桥派出所做社区警务工作。

俗话说得好——"金杯,银杯,不如老百姓的口碑"。衡量社区工作好不好,全看群众满意度高不高。而枫桥派出所又是大家都知道的老先进单位,在这里工作,各方面要求都比较高。对沈凯而言,这次调动也是一个莫大的挑战。"开弓没有回头箭,既然做了,就要力求不留遗憾"。这不,刚一上任,沈凯就遇到了麻烦……

冤家邻里三十年

"沈警官,有件事情我一定要跟你反映,不然我是不肯罢休的。"老李气得差点拍桌子。

初来乍到的沈凯,为了更好地熟悉自己管辖的社区,走访到了老李家。老李知道沈凯担任了陈家村的社区民警,这不,一大早就火急火燎赶过来"告状"了。

"老李你先消消气,慢慢说,真有什么问题,我作为陈家村的社区民警,这是我的分内之事,就算再麻烦也肯定会帮你们解决好的。"沈凯面对情绪激动的老李安慰道。

原来,老李家邻居老郭在自家门口安装了监控摄像头。

"没事装什么摄像头，谁知道是不是故意针对我们家，估计我们家的隐私都被他们家看去了，沈警官，你得帮帮我们啊！"

咦，照理说，平常邻里间，一个监控摄像头稍微沟通一下就能解决的事情，不应该动这么大的火呀，究竟是什么事情呢？哎，这一说啊，还得追溯到30年前呢。

老李和老郭两家一直是邻居，两家的房子也靠得比较近，之所以两户人家互不待见，归根结底还是因为两家房子之间土地的归属权问题，加上原来也没有明确的土地归属协议，所以两家人一直为了土地归属权问题闹到村干部那里。

两天一小吵，三天一大吵，吵架成了老李和老郭两家的家常便饭。吹胡子瞪眼更是习以为常，双方逮着机会就到村里去告状，村干部也在这30年间换了好几届了，可老李和老郭两家的矛盾却一直得不到解决。最近，老郭又打算在这块土地上砌一个围墙，老李自然是不同意的，眼见着一场新的纠纷日渐萌芽……

初来乍到探情况

"这两家人呢都要强，见面都是火药味，我们也调解过很多次了，可是双方都不愿意让步，你说怎么办呢？"陈家村村支书陈乐琴在新一届村两委会第一次全体会议上首先就提出了这个老大难的问题。

"哎，这样下去真不是办法，都是邻里，加上积怨又那么久了，很容易发生矛盾的，到时候真出事情就不好了。"沈凯拍了拍自己的额头，若有所思地说，"你们看这样行不行，我们约个时间，先去看看两家房屋的情况，了解清楚点也方便以后的调解。"

"我看也快五一假期了，大家应该都在家，就那个时候去好了。"村主任王焕钧说道。

于是在4月29日，五一假期的第一天，沈凯和陈家村两委会全体成员、镇驻村干部等人如约而来。一行人先来到老李家,老李的妻子看到大家都在,滔滔不绝地诉说起心里的不舒服:"你们看看隔壁那户人家,在家门口安装了监控,想干什么啊,我们家的隐私都被他们家看去了。"听着老李的妻子情绪比较激动,沈凯连忙安抚:"大姐,你先别激动,监控摄像头这个问题我待会儿就去帮你们查看清楚,能解决肯定会帮忙解决的。我们这次也是来看看你们两家房屋的具体情况,大家一起聊聊。"

"他们家还想要打围墙,这块地又不是他们家的,凭什么把地圈起来!我们是不会同意的,你们来了正好,给我们也评评理!"

"大姐,我们今天就是来了解情况的,你先消消气,我们先看看情况。"

交流一番之后,沈凯他们出门来到了隔壁老郭家里。

刚走出老李家的门,沈凯就看到隔壁老郭和老郭请来的泥水工正在为砌墙做准备,为了避免不必要的矛盾,沈凯马上上前进行了劝阻:"老郭你看啊,今天大家都过来协调事情了,这墙暂时就不要砌了,大家坐下来好好谈谈,能解决掉那就最好不过了。"沈凯一面说着,一面将工人手上的工具拿了下来。

"你们讲了也白讲,根本讲不好的,我也不抱什么希望,也不想和他们多纠缠了,这都多少年了!"老郭坚决又无奈地说,"我也想解决,可是对方讲不清楚的,到头来还是白忙一场!"

"他们这户人家不要听的啦,多讲确实也没意思的。"在老郭家的亲戚插话说。

"这种事情呢,其实也不是什么大事,两家人心平气和坐下来好好谈,我相信肯定可以谈好的。作为陈家村的社区民警还有村里的干部,我们也尽量想办法解决。"沈凯耐心地说道。

想起刚刚说起的监控摄像头问题,沈凯也一直在找一个契机,既然今天来了,刚好把这个小矛盾消除掉。在村干部和老郭谈话的同时,沈凯查看了老郭家的监控,发现老郭家的监控角度合理、正常,老李家并不在监控范围内。沈凯随即将自己的查看情况告诉了老李家。

"都这么多年下来了,不说别的,你们看村干部都换了这么多届了,不是还没解决好嘛。"面对情绪并不高的老郭,加上五一假期,双方家里亲戚也比较多,大家你一句我一句的,也不利于调解,沈凯想着,与其在这边做无用功,倒不如把两家约到村调解室,面对面几个人一起谈,也许会更有效果。

"老郭,你看现在家里人也比较多,不如这样吧,我们一起去村里的调解室。你再带一个人,我们和老李也说一声,大家一起坐下来好好谈谈。"

"那行吧,不是我不想解决,我也想解决的,毕竟是邻居,僵了这么多年我们也不好过。"

治标治本拔根源

在陈家村村部调解大楼里,老李和老郭两家人各坐一边,互不正视对方,一个个都铁青着脸,眼看着一出声就是一场"血雨腥风",气氛一度陷入尴尬。

"你看今天天气这么好,又是五一假期,两家人难得坐在一起,我们今天就把土地围墙这件事情说说清楚,大家也一起商量着寻求寻求对策。大家看怎么样?"沈凯首先打破僵局,"作为陈家村的社区民警,我也一直记挂着你们两家的事情,我能做的,一定尽力做到让两家都满意。"

"想打围墙是不可能的!"老李开口就是不同意。

"我就是要打,你想怎么样呢?"老郭听到老李的反对,立马从椅子上站起来回怼道。

"你敢打我就敢推,真是好笑了,欺负我爸年纪大了是吧,这地哪里是你们的?"老李的女婿站出来骂道。

眼看着两家人的战争即将爆发,沈凯连忙站出来说道:"好了好了,大家别激动,土地归属权的问题我们大家一起探讨探讨,看看到底怎么划分,你们这样吵吵也是吵不出结果的,既然来到了这里,说明大家还是愿意面对面处理问题的。"

在村干部以及沈凯的劝阻下,两家人终于又肯坐下来商量事情了。

"大家都是一个村的,彼此又都是邻居,稍微退步一点就什么都好商量了,是不是啊?"村支书陈大姐努力做起了两家人的思想工作。

"你看你们两家一直这么僵着,这都30年了,双方生活上肯定都是不舒服的,何必呢?每天抬头不见低头见的,地的事情说大吧,真的不大的,这么点地能干点什么呢,总是邻里和睦最重要。"沈凯也接言道,"如果你们两家人因为这个事情打起架来,那可是要负法律责任的,到时候就真的得不偿失了,经济损失不用说,下一代也为了这件事情一直在操心,劳心劳神……"

村里干部以及沈凯的循循善诱,使老李原本坚决的态度慢慢有了转变,原先打死不让打围墙的心态也似乎有了转机。

大家你一言我一语,不知不觉一个上午就过去了……

"警官啊,我就跟你们说实在话吧,我们也不是一定反对他们打围墙,这块地他说是他们的,他就要打围墙把这块地全部打进去,这样以后我们要翻新房子了,哪里来多余的空间?"老李在大家的劝说下,终于松了口。

听到老李这么说,老郭的态度也有了一些缓和:"我们也没有要做得这么绝,你说没有留多余的位置,我们完全可以留一点位置出来的。"

看到大家都作出了退让,为了趁热打铁,沈凯立马跟村干部商量,看能不能把围墙留出来的距离再解决好。

在解决完围墙问题之后,沈凯再次为两家围墙留出多少距离做努力。

"我们已经做出很大退让了,他们不能再得寸进尺了!"老李拿起桌上的水杯喝了一口水。

"这么大的距离我们不同意的,一米最多了。"面对老李提出的距离,老郭反驳道。

看见了成功的曙光,沈凯和村干部连连做两家的思想工作。

"老李啊,心大一点,过得去就好了。我看一米的样子也差不多了,你再想想?"

"是呀,翻新的话其实一米的距离真的绰绰有余了,大家都谈了那么久了,其实都做出了退让,心宽点把这么多年的矛盾解决了,大家都开心嘛!"村干部也劝说道。

"好吧好吧,一米就一米吧。"说完老李不好意思地笑了笑。

"那真是太好了!那就这样说好了,哈哈,两家人嘛,邻里之间哪有什么深仇大恨呀,你看,现在不是皆大欢喜了嘛,哈哈哈哈!"沈凯开心地笑出了声。

长达30年的积怨,终于在五一假期"破冰"了!

看着外面逐渐变暗的天色,沈凯的嘴角也不自觉上扬了。万事开头难,这件"开门红"让沈凯内心更加坚定,对刚到枫桥派出所接任的新社区工作也充满了自信。

社区民警赵纲的"望闻问切"

傅 顺

大家都知道"望闻问切"是老中医给病人看病用的。赵纲,一位社区民警,到底与这"望闻问切"有什么关系呢?

这里面其实可大有来头了。赵纲面容白净,语气温和,举手投足间,颇具"仙风道骨","中医范"十足。再者,一讲起"中医"一词,大家总会联想到长者,披着白大褂,身上散发出淡淡药香,这中医真是有资历有阅历才当得好!赵纲自入警以来,扎根社区12年不换岗,他的热血青春全部奉献给了这片诞生了"枫桥经验"的热土。现在,他是枫桥派出所镇东警务站的站长,联系梅苑村。

在岁月的沉淀里,他已经是枫桥辖区里的"老中医",背得出一万余种"中草药",确诊得了上千种"病症",哪里有"治安顽疾",哪里有不安定因素,他都摸得一清二楚,可以直达病灶,根除隐患。

"望闻问切"于赵纲而言简直烂熟于心,外化于形。下面且看"赵中医"如何发挥"望闻问切"的作用,治理辖区,守护百姓平安的。

望

先说"赵中医"的"望"。他走遍了村里的角角落落,行走在村中,热情好客、淳朴的村民们总会主动邀请他来家里喝一杯茶,歇一歇。

在走访过程中,赵纲经常把"为民解忧"放在心上。2018年4月,赵纲又像往常一样下村走访了。瞧见梅苑村的一户人家的门开着,他对村警葛平说:"走,我们去这家坐坐。"听到脚步声,家里的女主人热情地出来泡茶,三人便在客厅坐下开始聊天。赵纲环视一圈,夸赞道:"家里弄得很清爽,这装潢也很好看。"赵纲看得出这是一户比较殷实富有的人家,但是他在好奇,为什么门口的鞋柜上,只有女鞋?

于是他问道:"大姐,你一个人住吗?"

女主人面露难色,低头沉思了一会儿,说:"赵警官,其实,我有个事情一直不知道怎么开口!"

赵纲鼓励道:"大姐,你尽管说吧,能帮得上忙的我们一定帮。"

女主人解开紧锁的眉头,说:"赵警官,我信你!其实是这样的,我今年已经50多岁了,三年前处过一个对象,是枫桥人,姓周,但是处了一年,我们的感情就破裂了。第一,他本来年纪就比我小;第二,我们性格实在不合。"

赵纲抿了一口茶,向她点点头,鼓励她继续说下去。

"我们曾经感情也好过,他把盆景什么的也都搬到我家里来照料。最近,他多次打电话给我,而我已经把他的电话拉入黑名单了,他又打电话给我女儿,说要来拿回自己的盆景和摩托车。但是,我怕自己的女婿冲动会出事,我又不想见到他,而且无处去说这件事,我只能求助于你了!"

赵纲连忙说:"大姐,你不用急,我们这就去联系他,看看他的意思,是不是想来闹,来闹的话我们也不会袖手旁观的。"

赵纲联系了周先生,并约他在警务站见面。赵纲见到周先生后,感觉他待人较为和气,挺清清瘦瘦的一个人。他向周先生了解了一下情况,果然和刚才那位大姐的说法一致。周先生告诉赵纲:"现在,我就想拿回那些盆景,你也知道,盆景这东西爱好的人很喜欢,但在不懂的人眼里,可能就是杂草。"

"是的是的。"赵纲应道。为了避免双方再有牵扯,赵纲觉得要当机立断，于是又问周先生："你看，你是否有合适的车，最好再叫一两个朋友帮你出面去搬，这样你也可以避免与她打照面的尴尬。"

周先生一时感到为难，赵纲立马说："我们帮你拉，拉你家，你在家等着吧。"

赵纲叫上警务站里的两个辅警，一起到女主人家开始忙活着搬盆景。女主人很高兴，说："你们搬着，我去给你们做点心，待会晚饭也在我家吃吧。"

赵纲连忙摆手，笑着说："大姐真客气，不用了。"

本以为一车能搬完，但足足运了三车，忙活了三个多小时，直到下班了还没有搬完。

去周先生的老家要经过弯弯曲曲的上山路，周先生感念到路途的艰辛，握住赵纲的手，不停地说"谢谢！"

"望"对"赵中医"而言，就是下村大走访，与老百姓面对面交流，体察出老百姓的难处，主动帮他们解决好。凭借这份热心与诚恳，这份"医者仁心"，赵纲渐渐赢得了群众的喜欢和爱戴。

闻

再说"赵中医"的"闻"。在社区走访、接处警过程中，赵纲特别注意做矛盾纠纷的化解工作，他总是说"枫桥经验"确实是个传家宝，抓早抓小错不了。

2018年春节后的第一周，赵纲的微信工作室收到了张先生的一条微信："赵警官，新年好！想咨询一个事，村里邻居打了该怎么处理？这几天刚看到新闻报道'枫桥经验'如何好，不曾想自己的老母亲被人用铁钳打破了头。求教。谢谢！"赵纲一看带有酸酸味道的微信，就立马与张先生联系。通过交流，赵纲得知张先生过完年早已到广东经商，家里的母亲打电话向他哭诉，他万般焦急之下给社区民警发了这个微信。

赵纲联系村干部一起到张母的家里了解情况。张母一看有警察上门来，原先受过的委屈和着眼泪一下子喷涌而出,颤颤巍巍地说道:"赵警官,你可得帮帮我这个老太婆,我的子女都去外面赚钱了,他们看我一个老太婆孤零零的好欺负,我真是受了罪也没地方讨回公道啊!"

听了张母这番哭诉,赵纲赶紧安慰道:"老婆婆,你不要急,我们今天就是特意来把这件事弄清楚的。"

通过对张母以及邻居的了解,原来为了养鸡一事70多岁的张母与60多岁的邻居发生了纠纷,虽然双方都动了手,但都没有多大伤势。鉴于邻居过错大于张母,赵纲提议让邻居给张母当面道歉。邻居一开始并不愿意,赵纲没有放弃,苦口婆心地与他讲道理。最后,邻居被赵纲的真诚打动,主动上门到张母家道歉,还带了自己种的蔬菜。双方握手言和,纠纷得以解决。当晚,张先生从广东发来感谢的微信。赵纲2018年的"开张生意"圆满完成。

"闻"对"赵中医"而言,就是主动倾听,仔细捕捉老百姓内心的声音,发挥好"婆婆嘴"的作用,就地化解矛盾。在他的辖区,矛盾纠纷总是留不住,最多三天就会在他手上慢慢平息了。

问

下面来聊聊"赵中医"的"问"。赵纲总是用自己的真心真情帮助老百姓,老百姓的一次大拇指、一面锦旗、一句好警察都是他心中最深的慰藉。

2017年4月,赵纲在带着任务走访工作,走到梅苑村张大爷的家里时,发现张大爷躺在一张破旧的床上。见此状,赵纲就微笑着坐在张大爷的床边,用温和的语气与他交流。张大爷告诉赵纲:"我一直是单身的,没有固定收入,上周查出肠道有肿瘤。"

赵纲拿出身上全部的200元现金压在他枕头底下,"张大爷,你买点好吃的补补身子,这是我们枫桥派出所的一点心意。"

张大爷浑浊的眼珠泛起晶莹的泪花,看着赵纲,一时说不出话来。

"好警察。"最后,他从嘴里呢喃出这三个字。

赵纲心里感到难过和不舍,说:"张大爷,你好好养病,下次我还来看你!"

"问"对"赵中医"而言,就是主动体恤,关心询问老百姓的难处,帮老百姓解小忧,帮小忙,注重人文关怀,营造温暖的氛围。因这份"德医双馨",赵纲总被人夸是"暖心民警"。

切

最后说说"赵中医"的"切"。赵纲一直从事社区基础工作,对破案也有自己的一套独特方法。就是在他的火眼金睛下,找到了藏匿的犯罪嫌疑人。

2018年年初,梅苑村电瓶车店的谢先生向赵纲求助,自己放在门口的一台台虎钳被人偷走了。赵纲迅速出警,查看了路口的监控后,发现有一位骑着电瓶三轮车的男子就是嫌疑人。但是在监控里,该男子披着雨衣,只有一个模糊的背影,很难确定其真实身份。赵纲又查看了绍大线一前一后两个监控,并未发现该男子出入。通过分析、了解,赵纲得知该男子就住在梅苑村。梅苑村是一个大村,被绍大线分为一东一西两个区块。想到嫌疑人就在自己十分了解的辖区里,赵纲知道,这案子今天就能破了!

经过排查,他锁定了家住在西片的刘某。带着村警,赵纲去刘某家走访,发现刘某家里的三轮车与监控里的完全一致,顺藤摸瓜,在刘某的工作间找到了这台台虎钳。原来,刘某平时就有这种"顺手牵羊"的癖好,在他家里还发现了其他村民丢失的铁锹、锄头等。仅仅一天就破案,电瓶车店店主谢先生对赵纲竖起了大拇指,直夸他是"神探"。正是由于赵纲对自己的社区情况了然于心,才能神速破案。

"切"对"赵中医"而言,就是把好脉,找准病灶"下药",打击辖区里的违法犯罪行为,保护辖区的健康发展。所以,有"赵中医"的地方,违法犯罪、丑恶现象总是隐藏不住，扫除得干干净净，留下一个"清气满乾坤"的平安辖区。

"从警为民，积德成善"，这是赵纲贴在办公室门口的一句话。他始终认为社区民警是为老百姓办实事、解万难的岗位，爱岗首先要敬业，敬业就是爱民。

"仁心仁术"的"赵中医"，一如既往地行走在"悬壶济世"的路上，他为自己的十二年警察生涯写下了一句话："未来的路很长，能够更好地服务百姓是我工作的追求……"

孙法均：一颗扎根在枫溪江畔的红枫树

朱旭洋

早上 8 点 30 分，孙法均参加所里所务会；上午 9 点 30 分，赶往枫源村办公室参加会议；中午 12 点 30 分，帮助提前联系好的孙女士办理身份证明；下午 3 点，前往枫源村社区警务点检查安排工作；晚上 7 点，在辖区枫源村进行入户走访；晚上 11 点，写工作小结日记……这是枫桥派出所社区副所长孙法均普通的一天。

一双笑眯眯的眼睛，总是让他给人的印象良好。值班的时候接待老百姓，孙法均一接待就是一个上午。

"空有一颗会体恤百姓的心是不够的，还要会动脑子。"这是孙法均经常挂在嘴边的一句话。

他不仅是枫桥派出所的社区副所长，也是枫源村的社区民警。

枫源村的民情比较特别，留守老人居多，服务需求大，针对这种情况，孙法均想了不少办法。

一大早，孙法均接到了一个电话后就匆匆跑了出去，原来是枫源村的李大爷在家一个人崴了脚，他是留守老人，家里的年轻人都在外打工，日常都要靠老人自己照料自己。

"李大爷，李大爷你没事吧。"人还没到，就先听到了孙法均的喊声，一大步跨进李大爷家门，只见大爷跌坐在地上，动弹不得。

"小孙你来了，嘶，哎哟，我这糟老头子真是没用，走个路都摔跤，大老远地把你叫过来。"

"我给了你那个手机，就是让你有事第一时间打电话给我的。我带你去医院。来，扶着我，我抱你。"孙法均一边说一边把老人往外抱，送到医院，垫付了医疗费，老人得到了及时的治疗。

提到前面那个手机，这是孙法均为村里的老人尽的一份孝心。通过走访，孙法均发现，很多留守老人省吃俭用，家里更是连一个基本的通讯工具都没有。于是，他联合枫桥镇，为留守老人专门设计并免费配备了"惠民服务一键通"手机。老人只要按手机上的固定键就可以通过服务台联系到想联系的人，无论是村官还是一个理发师，这只手机都可以帮忙联系到。这不，孙法均就是李大爷手机里的常用联系人。

亲情、友情、乡情这就是孙法均说的"三情"，而留守老人是一个家庭的亲情牵挂，是一对邻里相互的友情依靠，更是这个村庄最难抓住的乡情纽带。

"做一个社区民警，首先要学会'走路'。"

走路，每个社区民警都会，可是并不是每个人都走到了群众的心里。孙法均就是用羊肠小道上的匆匆足迹，填平了年龄上的代沟，用平安静好的基层岁月，书写了一个个鲜活的故事。

为了给群众提供"延时服务"和"错时服务"，每天下班后和节假日，都是孙法均走访群众的黄金时间，有了走访就有了了解，有了了解才会有解决矛盾纠纷时的游刃有余。

每天上午10点，孙法均的手机闹钟都会响起，这个不早不晚的时间点，他又要干点什么呢？打开电脑，孙法均通过短信群发，发送了一条自己整理出来的关于借钱欠债方面的法律知识，发送的对象则是枫源村的每一位村民。

与往常不同的是，今天孙法均收到了若干条回复，内容都涉及村里的周某曾向多户人家借钱，但是都没有归还，其中还有几个村民扬言要联合起来上门讨要欠款。这搞不好事态恶化会引发群体性事件，孙法均第一时间联系了村干部,了解周某的情况。

"这个人去年刑满释放后依旧不学好,好吃懒做,确实在村里欠了一屁股债。"谈起周某,村干部也是面露难色。

"麻烦你梳理一份借了钱的村民信息给我。"孙法均急着和村干部想办法。

拿到这份清单的时候,已经是大中午了,太阳火辣辣的。

"先吃了饭再去走访吧。"村干部看着外面被日头照得白花花的地面,露出了难色。

"你们先吃饭吧,时间很紧,能走访一户是一户,我先走,到时候我们汇合。"就这样,那天下午孙法均一户户地走访了借钱给周某的村民,一直到晚上 11 点,终于将情绪激动的村民都安抚了下来。

次日,孙法均将周某叫到了枫源村警务点办公室内,从法律的层面开导周某,并且召集"债主们",让周某当面做出了还款承诺并立下了纸质字据,一场不稳定隐患算是彻底平息了。

没想到,一条短信也能探知老百姓当中的故事,这或许就是孙法均社区工作的奥秘。除了每天给村民发一条法治短信,还有每月 10 日开展党员活动,提供法律咨询,每季度上一堂法律课程,每年举行一场大型法治宣传活动,这"四个每"是孙法均这个法律老师为保护枫源村村民立下的制度。

法理、情理、道理就是那"三理",而乡村法治理念作为"三理"之首,更是让情理能落实到书面,让道理深入人心、浅显易懂。

孙警官、小孙、孙哥、孙叔叔,老百姓口中能听到关于孙法均各种各样的称呼。可是他最喜欢的,还是做一颗螺丝钉,拧在社区治安的缝隙处,拧在警民联系的卡口处,拧在矛盾纠纷的缝合处。

那天傍晚,孙法均照例走访枫源村的老百姓。他"熟门熟路"地走进帮护对象何某家中，何某的女儿香儿是一个精神智障人士，平时没事孙法均就会来走动走动。

"香儿，孙叔叔来看你了，还给你带了礼物。"香儿看了一眼孙法均，她说不出完整的话，但还是在脸上摆出了笑容，这在旁人看来或许很丑陋的表情，在孙法均眼中，那就是这个世界上孩子最纯真的笑容。

在与何某夫妇的交谈中，孙法均了解到香儿的智障残疾证已经过期了，但是两夫妻因为白天打工也挺忙的，一直没有时间办理手续，一拖二拖一直拖到现在。

"你们不是有我的电话嘛，怎么不早和我说，这种事情以后直接告诉我，我帮你们办。"孙法均"责怪"道。

"你派出所里事情也挺多的，一天忙到晚，我们怎么好意思再麻烦你。"两夫妻对孙法均很是感激，但更多的是愧疚。

"香儿的事情就是我的事情，以后不要这么见外了，这事就这么定了，我会帮你们办好的。"孙法均边叮嘱边走出了何家。

事不宜迟，第二天一大早，孙法均急匆匆地赶到镇办证中心窗口，咨询了残疾证过期检验事项，并在民政综合窗口办事人员处了解了代办的相关事宜。没过多久，手续就办好了。当天下班后，没顾得上吃饭，孙法均就先去了何某家，将残疾证送到了两夫妻手中。

"谢谢……"香儿的母亲只说了这两个字，却再也找不到合适的语言来表达了。

邻家警长黄彬炳

张丁元

自枫桥镇南警务站成立以来,警长黄彬炳就更忙了。警务站是在社区警务机制改革、创新发展"枫桥经验"的大背景下成立的,年轻的警务站,年轻的警长。

镇南警务站管辖9个行政村,2个居委会,平时主要负责轻伤案件办理工作、矛盾化解工作、基层基础工作等等,总之就是继承"枫桥经验"优秀传统,以"警务全天候,服务零距离"为宗旨,带领站内民警做好社区工作,黄彬炳刚上任就组织开展大走访、五议一创……他能不忙吗。不过这一忙,和辖区老百姓是忙出了感情,拉近了距离。

辖区百姓称枫桥派出所民警是"邻家警察"。黄彬炳这位大总管,理所当然就成了"邻家警长"。

屏中屏,画中画

"下一帧,下一帧……"黄彬炳皱着眉盯着屏幕,手握着鼠标一下一下点击着,"诶,还是没有。"视频中打斗的两人转眼到了那家服装店的背面,什么都看不见了。

"师父,这监控太远了,根本看不清。"旁边的徒弟小刘看着师父着急,本想安慰师父几句,结果一不小心又泼了盆冷水。

昨天下午,60多岁的楼大妈来报案,说一周前和宋大妈打架时被推了一把伤了腰,原以为是小伤,就没报案。谁知在床上躺了一周都不见好,到了医院一查,竟然伤到腰椎,如果恢复不好可能导致瘫痪。被医生吓了一跳的楼大妈，赶紧前来报案。然而时隔多日，已错过了取证的黄金时间，面对楼大妈的两个亲友旁证，以及已经把事情推得一干二净的宋大妈，这证据显然太薄弱了。黄彬炳赶紧让视频队员去案发现场调取监控。

　　这是在枫桥集镇天竺街上一处制高点调来的监控，距离远，甚至连打斗的两人的肢体动作都很难看清，而且只有打斗过程的前半段，后半段则进入了盲区。对于两人周边围着的一圈人，黄彬炳之前已经叫来了熟悉村情的村警，由于距离实在太远，村警也无法辨认出关键证人的身份。走访不顺利，没法找到强有力的旁证，黄彬炳揉了揉眼说："这下棘手了。"

　　这案子，像块石头搁在黄彬炳心里，想放放不下，想办又转到了死角。一时间，黄彬炳有点着急，走到小刘的位置，拿起桌子上的书翻了几页，又放下，转身到电脑前胡乱点击着局主页上的通知通告，大脑一直在飞速旋转找突破，却始终冲不出那泥潭。

　　"还是再看看吧。"夜晚的警务站很静谧，就当修身养性了。

　　黄彬炳重新调出监控，放大、慢放，时而呷口茶解解乏。一帧帧下来，画面又定格到打斗的双方进到盲区的时间点，"真的一无所获了吗？"黄彬炳对着监控里那几个模糊不清的点看了又看，眼睛有点发酸，仍然毫无进展。

　　仰起头按了按发酸的脖颈，回到画面，黄彬炳把视线从画面中心瞟到了外围，几家店面，几个路人，似乎也没什么特别，就是街对面有个穿天蓝色上衣的路人，在放大后的画面中挺醒目。"这颜色不错，还能舒缓舒缓视觉疲劳。"黄彬炳在这路人身上多留意了几眼，从形态穿着打扮看，是个年轻的女孩。黄彬炳接连敲了几帧，发现穿"天蓝色"衣服的女孩似乎拿着手机对着案发现场。

　　"现在的人啊，动不动就拍照拍视频，发朋友圈。"黄彬炳想到现在的镜头下执法，也是经常被人举着手机拍摄执法过程，接受监督。突然他心头一震，兴奋起来：照片！

视频!这女孩会不会把两人打斗的过程拍下来了?这人是谁?怎么找到她?

第二天一早,黄彬炳急匆匆来到天竺街,抱着试一试的心态沿街寻找穿"天蓝色"衣服的女孩。一家家店铺走过去,居然在一家服装店里找到了她,而她当时也确实用手机拍下了楼大妈和宋大妈打斗的视频。

穿"天蓝色"衣服的女孩把视频提供给了黄彬炳,黄彬炳激动又忐忑地打开,时长2分18秒的视频很清晰,清楚地记录了双方打斗的过程,甚至可以听到当时的叫喊声,在视频末了,只见宋大妈拉住楼大妈的领口一搡,楼大妈仰面摔倒在地上……

放下面子,好好谈谈

"屏中屏、画中画"的轻伤案件刚办结,黄彬炳心里正得意着,就又接到一起群众报警称,枫一村有打架纠纷。

原来某品牌饮料的代理商郭某和李某,与另一品牌饮料的代理商唐某,为各自饮料的摆放位置起了纠纷:郭某和李某认为摆放位置各占一半,唐某认为自己先来,按照行规可以多占地儿,然而郭某和李某不认账,最终双方大打出手,郭某和唐某只受了点皮外伤。黄彬炳看了看两人的伤势,都不算严重,于是在受案做了基础调查后,叮嘱他们先去看伤,再另找时间给大家一个答复。

转眼十多天过去了,黄彬炳琢磨着郭某和唐某应该痊愈了,就通知双方来警务站调解,李某委托了亲戚冯某前来参加。谁知,在试了"面对面"和"背对背"两种调解方法后,双方依旧不肯让步,两边是"针尖对麦芒"。

一个要求赔2500元,一个只肯赔1000元。一边是唐某的愤愤不平,一边是郭某的怒气难消,黄彬炳在心里暗自思忖,如何才能让双方解开心结。

黄彬炳在办公室踱了两步:诸暨人性格豪爽,重义气好面子,素有"南方人里的北方人"一说,受伤其实不算大事,伤了面子才事大,两人估计就为这较着劲儿呢。不过,诸暨人好面子更讲情义,在外特别团结,互相帮衬。冯某并没有和唐某发生正面冲突,他们两人的老家在地理位置上挨着,算是远邻居,从这点上可以着手做做工作。这么一盘算,黄彬炳心里又有了主意,把视线转到了一旁在做郭某思想工作的冯某。

黄彬炳把唐某和冯某请到了另一个办公室里"拉家常"。三人喝着茶,聊开了。

"老冯,你是湖西人吧?我二姨也是湖西村的。"黄彬炳问冯某,"我是六村人,我们俩村子是挨着的。"

"是么,你二姨叫啥?"冯某不是直接当事人,心态本来就相对平和些,现在一听警长的亲戚和自己一个村的,一下子就拉近了距离。再细一聊,还排上了远亲,只不过作为负责人的警长,在"论亲排辈"中成了"小辈"。

"老唐,你是墨城坞人吧,看位置,你们俩也挨着。"黄彬炳趁机给冯某和唐某创造拉近心理距离的机会。

"是啊,我是墨城坞的。说起湖西,我也有亲戚在湖西。"唐某听大家在排亲戚,也来了兴致。

这一排不打紧,亲戚带亲戚,竟然都是朋友,冯某和唐某都掏出了手机来翻通讯录,两人对着手机开始认亲戚找朋友,越聊越投机,这边警长"小辈"反而插不上话了。

眼看着氛围是越来越好,黄彬炳赶紧趁热打铁说道:"老冯、老唐,那打架赔偿这事儿你们看……"原本已经在畅聊家常的两人,突然听到打架的事,都有些不好意思了。

唐某搓了搓手,笑笑说:"其实不为争财争口气,就是觉得自己被打得重,要个说法。而且事后我都退了一步了,你们还不肯让步,那我也要面子的呀。"

这时,冯某也把郭某叫了进来,许是已经听了冯某的介绍,郭某一进门就笑着说:"原来是自己人,误会误会,我不是计较那一两千元钱,也是因为气不过,才僵在那儿。"

黄彬炳看大家都不想再撕破脸，更不好意思再开口谈钱，就站到他们中间对双方说："这样吧，既然大家都不愿伤了和气，那就我做主，毕竟你们打架是不对的，公事公办，医药费互抵的情况下，各自再退一步，老唐伤得重医药费多一点，老郭你就赔他2000元，大家觉得如何？"

"都是自己人，那肯定有面子的。"双方握手言和。

"黄警长，那我们先回去了，真不好意思，这点小事还来麻烦你们。"唐某、郭某走出办公室时还在为自己冲动的言行致歉。

"没事，这些都是人民内部矛盾嘛，帮你们解决问题是我们应该做的，只要你们满意，我们的服务永远不缺位。以后别那么冲动，平安最重要。"黄彬炳把三人送到警务站门口。

"谢谢！谢谢！"三人冲黄彬炳挥了挥手，如老友般边说边聊朝外走去。

老战友，你还好吗

"师父，这儿有封信写给枫桥派出所的，领导拿来让我们警务室帮忙看看。"徒弟小刘拿着一封信进来了。

"这年头，写信的可不多见了。"黄彬炳边说边打开信件，原来是一封求助信：一位叫张五二的老人，想寻找失联20余年的战友陈根桓，只知道是枫桥人，但不知道确切地址⋯⋯等等，陈根桓，这名字有点眼熟，黄彬炳在脑海里快速流转了一圈，这不是在"十访十清"大走访活动中，自己走访过的人员吗？陈根桓是村民代表，属于必访人员，依稀听他说起曾在某地当过兵，黄彬炳内心一阵激动，立刻叫上小刘就动身前去拜访。

"20年前，我是在舟山当过兵。"面对突然来访的警察同志，陈根桓一点也不惊奇，在一次次的走访中，警民早就建立了深厚的情谊，对这辖区警长就更是熟悉了。

"陈师傅，那你认识张五二吗？"黄彬炳满心希望地问道。

"张五二？认识。"陈根桓稍一思索就搜索出了记忆中的人名,"他是我一起当兵的战友,我们五年吃住都在一起,同享福,共患难,那时困难啊……转眼都过去20年了,我们20多年没有联系了。"陈根桓还陷在回忆里感慨。

"陈师傅,张五二来找您了!"

"真的吗?"陈根桓有些不相信。

"真的!"

黄彬炳此刻和陈根桓一样激动,为了确保无误,他添加了张五二的微信,打开了视频,让张五二和陈根桓两位老人直接在微信上进行了视频连线。在视频接通的刹那,两位老人就认出了对方,叫出了彼此年轻时的绰号。两位老人时而大笑,时而红眼,时而感慨,时而埋怨,沉浸在重逢的喜悦里,黄彬炳在旁边欣慰至极。

为了圆两位老人相见的心愿,黄彬炳从中联系,两位老兵在失联20年后终于在枫桥这片土地上再次团聚。相见那天,两人在村口一路小跑后紧紧相拥,哭了笑,笑了哭,在场人员无不动容。

"没想到我的一封信,你们都能那么重视。"张五二老人由衷地感谢枫桥派出所做的一切,并对黄彬炳一再表示感谢。

"战友情深,能帮助你们,也是我的荣幸。"黄彬炳被两位老人的情谊深深感动着,内心充满自豪——为服务群众而自豪,为作为一名社区民警而自豪!

交警徐国鑫的服务经

欢乐多

"国鑫,你又是一周没回家吃饭了!"电话那头的老婆语气里带着一丝埋怨,电话这头的徐国鑫虽然心里愧疚,却也无可奈何,单位这么多活儿,哪样都离不开自己啊。至于家里,还是再放放吧,总有时间陪老婆孩子的。这么想着,徐国鑫又一头钻进了工作里。

自从2006年被调配到枫桥中队之后,徐国鑫在这儿的拼命可是出了名的,不管是当指导员还是中队长,徐国鑫都尽心尽力做好每一件事。因为在枫桥,这个"枫桥经验"的发源地,每一个人都已经相当优秀,却仍在不断努力着。窗外的雨声越来越大,徐国鑫有些焦虑,起身关好窗户,再坐下来时感觉有些腰酸背痛,伸手一摸,却摸到了那道再也无法抚平的伤疤。

时间倒回到20年前那个冬天,当时刚被分配到巡特警工作第二年,徐国鑫每天都和兄弟们一起在一线奋斗着。这天,他像往常一样正在工作,直到一个报警电话打了进来。

"喂,110吗,这里有个疯子,杀……杀人了……"

对方的语气显得很着急,负责接警的辅警赶紧问道:"您是在什么位置?"

"暨……暨阳路……啊……"

伴随着一声尖叫,对方挂断了电话。这边110接警中心却开始一刻不停忙碌起来,调监控、锁定嫌疑人位置、带队员即刻出发!

当徐国鑫和兄弟们一起赶到暨阳路时,发现了报案人口中的犯罪嫌疑人：手里拿着一把刀，四处乱砍，面部神色慌张，有些衣冠不整，嘴里念念叨叨也不知在说些什么，看起来有点像是精神失常的患者。而这条诸暨老城区最为热闹的暨阳路，早就不复往日繁华的景象。四周的商铺纷纷把卷帘门拉下来，不敢营业；街上仅有的几个人都落荒而逃，寻找一个安全的躲避之处。完全没有了一个城市该有的样貌。

"一定要保护老百姓，不能让无辜的人受伤！"这么想着，徐国鑫一个箭步冲了上去。

没想到，对方相当狡猾，一下就躲到了徐国鑫的背后。当徐国鑫要转身的时候，嫌疑人竟然一刀朝徐国鑫砍来，"嘶……"剧烈的疼痛，让徐国鑫忍不住倒吸一口凉气。

这嫌疑人倒好，看到自己砍伤了警察，非但没有悔意，砍人之意更甚。当他再度提刀的时候，身负重伤的徐国鑫从地上一跃而起，和身边的同事一起合力制服了嫌疑人，夺下了他手上那把刀。

这时，徐国鑫已经被伤口疼得说不出话来，汩汩的鲜血不断地淌出来。眼前一黑，徐国鑫彻底晕了过去。

再度醒来的时候，徐国鑫已经被送到了医院。整整17针，缝伤口时的疼痛自是不必言说，而当徐国鑫听说嫌疑犯被制服之后，露出了欣慰的笑容。

这件事让徐国鑫立了三等功，却也给他的身体造成了永远无法磨灭的痛苦，过度劳累后身上的伤总是隐隐作痛，而这些，只有他自己知道。

"徐队，明天'村级车管所'就要进村了。"一句话把徐国鑫的思绪拉回到了当下，说话的正是徐国鑫的得力搭档——枫桥中队的指导员杨幸锋。这些年，有杨幸锋默契配合的日子，徐国鑫可以说是省了不少心思，而交得杨幸锋这个兄弟，还得从多年前一次同行说起。

那个周末，徐国鑫和杨幸锋一起到城里办事，经过一个小村的时候，听到了隐约的呼救声。

"救命……救……命……"

虽说听得不真切,但是凭着多年的警察工作经验,徐国鑫和杨幸锋还是决定前去看看。

这不看不知道,一看还真吓了一跳,原来有辆车开进一旁的小河里去了,手足无措的女司机正在有一搭没一搭的呼救。

杨幸锋见状,二话不说跳进小河里,一边安慰女司机让她不要害怕,一边想办法把她从驾驶室里救了出来。

徐国鑫早已打好了120,不多时,赶来的救护车把伤者接走,这才算脱离了生命危险。正是杨幸锋这一见义勇为的举动,让徐国鑫很是感动,虽然说换了任何一个警察都会奋不顾身,但是杨幸锋的反应迅速和机智果敢都让徐国鑫有些佩服。也是在这之后,徐国鑫心里暗暗笃定,"杨幸锋这个兄弟,我交定了!"

"是啊,'村级车管所'明天就要来了,也不知道那边准备好没有?"徐国鑫这话正好道出了杨幸锋的担心。

"村级车管所"是交警大队为深化推进"最多跑一次"改革,方便广大群众办理交管业务而设立的。但是对于徐国鑫来说,这更是一个十年以来的梦想即将实现之际。

2008年,徐国鑫已经和同事开始一起探索让群众办业务尽量少跑几次的办法。他们在枫桥镇范围内的所有村、企业建立相应的交通管理组织和自治组织,对辖区内的道路情况、事故多发路段进行排查,及时发现事故隐患并整改。目的就是让村民们在本村内发生的交通事故通过这些自治组织进行调解,大大减少了村民为办理业务走的繁琐程序。

十年来,徐国鑫一直想把这种模式落实到每一个村镇,甚至推广到全国各地。这一次,"最多跑一次"政策的出台,可以说是为徐国鑫之前的努力正了名。但是,枫源村作为第一个试点,徐国鑫的压力也是相当大。

之前村里的老百姓,几次三番抱怨着去车管所办业务不仅路途远,还要排队。如果是去上牌的话,还不知道要去几趟。徐国鑫听多了老百姓的话,每一句都往心里去,这次"村级车管所"的设立,他真心为村民们感到高兴,

"最多跑一次"真的要实现啦!

但是,高兴归高兴,徐国鑫的担忧也不少。

"整个诸暨第一个试点,就在枫源村,万一有些功能没测试好,老百姓又该有怨言了。"

"明天现场万一发生什么意外可怎么办?"

"虽说已经了解了整个机器的用途,但万一回答不上来老百姓的问题那多尴尬啊!"

眼看着天色也不早了,徐国鑫和杨幸锋简单交流了一下,就离开了办公室。夜里,徐国鑫躺在宿舍的床上,辗转反侧,一遍遍地盘算着明天要准备的工作细节,几乎把所有能想到的场景都在脑海中演练了一遍……

当东方露出第一抹鱼肚白的时候,差不多彻夜未眠的徐国鑫一下子从床上坐起来,简单洗漱之后就顶着两个"熊猫眼"朝便民服务中心奔去。

工作人员还没有上班,大厅里空无一人,徐国鑫一个人在这里来回踱步,脑海里正想着一会儿机器来了怎么摆,老百姓来了怎么教他们。

这时,门口传来一阵急促的脚步声。"这里的工作人员这么早来上班了?"

徐国鑫一回头,映入眼帘的,竟然是杨幸锋。

兄弟俩相视一笑,还是杨幸锋先开了口:"哈哈,我就知道你放心不下,一定老早就到了。"

"彼此彼此,咱们哥俩果然想到一块儿去了!哈哈……"大厅里回荡着兄弟俩的笑声。

随着上班时间的临近,便民服务中心的人慢慢都来上班了,车管所的工作人员相继赶到。安装机器、教授流程,一切都井然有序地进行着。

很快,第一拨"看热闹"的村民已经抵达现场。

"听说有个车管所搬来村里了,以后不用特意跑去城里了……"

"搞不好啊只是个面子工程,中看不中用啊!"

"要不谁先试试?那个谁,你不是有几次违章要去车管所处理吗？"

村民们议论纷纷，徐国鑫都听在耳里。

"来，我给大家演示一下。"徐国鑫招呼大家集中到一起。

"谁有没处理的违章？"大家推三阻四的，最终，一个小伙子怯生生地递出了自己的身份证。

"大家都看好了啊。"徐国鑫接过身份证，从容地放在机器上的身份证识别处，只见屏幕上立刻就跳出了车主和车辆的信息。

徐国鑫问小伙子："这是你的车吗？"

小伙子连连点头。

徐国鑫点击下一步，屏幕上又显示出了三条违法行为信息，有闯红灯，也有违法停车。徐国鑫选择了违法停车，按照提示让车主扫码缴纳了罚款。

当受理凭证出口吐出一张凭条时，徐国鑫对大家说："这个小伙子这次违法停车就算处理好了，以后大家都可以自助处理哦。有什么问题大家都可以直接咨询这里的工作人员，当然也非常欢迎直接来问我！"

"徐队长，这么个机器就能处理违法，那我们以后就不用特意跑到城里去了，这是真的吗？"围观许久的群众终于开口了。

"不仅是处理违法，补换机动车登记证书、号牌、行驶证，机动车驾驶人信息变更，换领、补领机动车驾驶证，机动车登记等25项业务都可以在这里办理！以后啊，咱们村的村民们，只要带着一张身份证，就能在这儿完成很多事儿，真正让大家足不出村办理交管业务！"徐国鑫自豪地回答道。

村民们听到徐国鑫的解释，不由自主地鼓起了掌。

"有这样的中队长在，真真切切为我们解决问题，是在做实事啊……"

徐国鑫听到这话，昨晚的焦虑一扫而空，虽然疲惫，却还是露出了欣慰的笑容。但他知道，前面还有更长的路要走……

邻家警事

枫山挑夫

枫桥镇绍大线新汽车站背后,原本是枫桥镇人防办的避灾中心,一幢两层的小楼,灰黑色的外墙并不引人注目。2016年枫桥开展热火朝天的古镇建设之后,枫桥古镇建设办公室入住了二楼的办公室,让这个原本可以用门庭冷落来形容的两层小楼逐渐热闹起来,周围的住户晚上吃完晚饭出门散步都会路过这幢两层的小楼。与灯火通明的绍大线相比,夜晚的小楼显得格外的孤独与冷落。直到2017年的2月初,一阵阵喧闹声彻底让这幢小楼旧貌换了新颜,原本灰黑色的外墙粉刷一新,蓝白的公安涂色格外耀眼。从那一天起,枫桥派出所的6名社区民警和11名协警正式入住了这幢小楼,也是从那一天起,这幢两层小楼就有了一个新的名字——镇南警务站。

便民之家

镇南警务站位于小楼的一楼西侧,光接待大厅就占了全楼200多平方米的一半,办公区域容纳17个人就显得有些拥挤,但是警长黄彬炳在搬进来第一天就一脸没得商量地说道:"除了值班的,其他人没事别在警务站呆着,都得下社区去。"

于是,办公区域更多的是作为协警值班和民警办案的场所,也就显得不那么拥挤了。警务站的大厅刚搬进来时原本摆放有交通、出入境、户籍三台自助便民服务机,但是大家搬进来之后一商量,还是把自助便民服务区搬到了警务站门口,依着银行24小时自助服务区的设置,建成了一个玻璃外墙的 24 小时自助警务服务区，还特意装了灯光的幕墙，夜晚显得格外明亮。幕墙装好的那天，黄彬炳和社区民警赵信、周洁涛就站在服务区外嘀咕："这才是真正的便民之家嘛，24 小时不停业，24 小时全程服务。"为此，黄彬炳还特意嘱咐赵信买来了一个门铃，装在服务区门口，门铃那头就在警务站里的协警值班室。晚上老百姓遇到不会操作之类的问题，按个门铃，协警就出来帮忙操作解答，决不让老百姓白跑一趟。

"那协警会乐意吗？"年轻民警朱锷波试探着问道，黄彬炳指着玻璃墙里面鼓捣着机器的协警们，大家都"嘿嘿嘿"地乐了。

警务站的协警，都是 40 岁以上 60 岁以下的枫桥村民，以前都当过村干部、村民小组长，对村里的情况非常熟悉，新民警刚下社区的时候，还都是协警带着他们挨家挨户熟悉情况。2015 年信息大采集活动开始之后，对协警们要求都要会熟练操作电脑，不然就得"下岗"。

这批原本连智能手机都用不习惯的人，经过培训之后用起电脑输入信息变成了"小菜一碟"，这次来了一批"大家伙"，大家都兴致很高。

年纪最大的协警陈永站在身份证多功能自助办理机旁，端着架子咳嗽了一声说道："嘿嘿，这个照片啊，要这么拍。"

"不对不对，要先输入身份证号码。"年纪轻一点的协警王炳早就耐不住性子跳了起来，小小的服务区里挤着七八个协警，好不热闹。

最后，还是赵信给他们完整地演示了一遍，让所有的协警都学会了系统的使用。尤其是协警谢贵旺，在鼓捣了一个星期之后，简单的故障都可以自己修理了。所以服务区的机器一有故障，不管民警、协警，都会大吼一声"阿旺，快点来快点来"，谢贵旺就会蹭蹭闪出来，没几下功夫就搞定了故障的设备。就这样，24 小时自助警务服务区顺利"开张了"。来的客人还真不少，因为有了这批服务机器，老百姓办出入境签证、交通违法扣分和罚款缴纳，以及身份证的挂失、补办、换证等都可以在服务区"最多跑一次"一站式搞定。加上不必再赶着工作日去窗口排队，白天晚上都有群众赶来办理业务，协警们也都乐得指导老百姓操作。遇到一些没带现金、手机里没钱的群众，协警们都会自掏腰包帮忙先垫上。

"网上办理审批费用也不贵，不能让老百姓因为办完业务没法交钱再多跑一趟。"这是协警队长陈健民常和协警队员们唠叨的。有了这批可爱的协警们，才有了镇南警务站这个温馨的"便民之家"。

邻家警察

2017年4月17日，枫桥派出所的微信公众号收到了群众的一条留言，反映在钟山村东化城寺塔上的废弃平房里住着一名流浪汉。当天，警务站社区民警周洁涛就带着协警上山寻找，最终在一处凉亭旁的平房里发现了流浪汉的落脚点，房内有多处生活用火痕迹。因为东化城寺塔周围多山，很容易发生火灾等安全事故，但是现场没有发现流浪汉。周洁涛就将情况通报给了钟山村的社区民警赵信，并且安排了协警骆志军、杨小建一天多次进行巡查。经过多方查找，最终成功找到了这名流浪汉，并将他送至了诸暨市救助站。类似通过微信公众号向派出所反映的问题、线索，警务站的社区民警都会第一时间调查、反馈，微信公众号也成了群众与民警交流的又一个新平台。

2017年5月27日下午，一名群众在枫桥派出所的微信平台上留言，对枫桥派出所表示感谢。派出所内勤室的民警当时觉得奇怪，因为没听说有民警做了好人好事呀。后来，经过微信、电话联系，了解到那名群众感谢的原因：当天中午，枫桥派出所镇南警务站社区民警（副所长）孙法均，遇到了一位在枫桥派出所流动人口办证窗口急得跺脚的李女士，孙法均主动上前询问，了解到李女士的丈夫因工伤在店口住院，而李女士因为孩子上学需要，急着想来办理丈夫的居住证，不然孩子的上学就耽误了，由于没有补齐相应材料，无法第一时间办理。孙法均仔细了解情况后立刻联系了协警谢贵旺，放弃自己中午休息的时间，跑去隔壁乡镇找到了正在住院治疗的李女士丈夫，现场办理了相关的手续，解决了李女士的办证难题，所以才有了李女士在枫桥派出所微信平台留言的那一幕。不然，也许大家都不会知道，有这么一位社区民警，用自己的"再多跑一次"，做到了让老百姓"最多跑一次"。

正因为镇南警务站的社区民警始终保持着一份爱民、为民的真心，才有了群众在微信公众号上留言，称呼民警是"邻家小阿弟"，才有了群众在民警走访时，称呼民警是"邻家好警察"。如今，"邻家警察"已经成为了镇南警务站社区民警的新头衔，也催生出了各具特色的六名"邻家警察"。

平安之路

2018年1月17日，枫桥下了一场罕见的大雪，大雪压弯了电线、大棚，道路因积雪变得寸步难行，让原本还盼着瑞雪兆丰年的枫桥人叫苦不迭，枫桥人全然没有了堆雪人打雪仗的兴致。18日一大早，警务站警长黄彬炳就组织站里的民警和协警讨论大雪过后的工作任务分配，会开到一半，永宁村社区民警马迪铭就急匆匆地"闯"进了办公室。

"老马，你不是村里有急事下村去了吗，这么急回来干吗？"黄彬炳疑惑地问道。

马迪铭是军转干部，已经52岁了，还是像个年轻小伙子一样下村下得比谁都勤快，但是性子却是沉稳得很，没理由这么冒冒失失。马迪铭不好意思地解释道："黄站长，我是来向你借人手的。我们永宁最远的一个小村丁家山村，昨天一场大雪，把唯一的盘山公路给盖了个严严实实。山上的人多是些老人，车开不上去，人下不来，时间一长可不得了，得想办法疏通一下呀。"

丁家山村是枫桥最偏远的一个小山村，说是枫桥的，但因为枫桥永宁水库建设的关系，原来的路都不能通行了，只能从相邻的东和乡或者浣东街道绕行，上山的路也只有一条2.5公里的盘山公路，疏通只有一个办法，就是从山脚铲到山顶，这个工作量可着实不小。但是黄彬炳二话没说："重新布置任务，陈健民、杨小建，你们去借洋锹和扫把，老马你联系山上的村民小组长，了解一下山上的情况……"

于是没多久，一支身着警服，肩扛洋锹的除雪队就临时成立了。6名社区民警和11名协警，除了在所值班和警务站留守的，都齐齐站到了丁家山山脚下。铲雪的铲雪，扫雪的扫雪。马迪铭更是一马当先，和黄彬炳、朱锷波几个青年民警带头"开路"，本来在栎桥村参加民兵消防培训的协警王炳也随后赶来，穿着来不及更换的民兵消防服加入到队伍中。

一条2.5公里的山路，蜿蜒曲折，从早上9点多一直到中午12点多，3个多小时的时间，大家才从山脚一路铲雪到山顶。丁家山村的村民小组长早就在山上等着，用一杯杯热茶和一顿温馨的饭菜迎接马迪铭一行人的到来。当黄彬炳饭后想把这顿饭的饭钱交给村民小组长时，他一口回绝道："你们大老远跑来为我们铲雪，这顿饭算不了什么。"

马迪铭赶紧上来劝："你当个村民小组长也不容易，不能白吃你这顿饭。"几次推请之后，黄彬炳也不多说什么，叫上一旁的民警、协警，干脆把村子上来的小路也铲了个干净，方便村民进出。在这雪后的山村，铺就出一条温暖平安之路！

新时代

公安人·暨阳花开

卢国泉的三尺岗亭

楼 科

这天早上,卢国泉照例在暨阳桥头的路口执勤,身着警服,头戴警帽,戴着白手套的手里还拿着一只对讲机,几十年不变的一身装扮,唯一见证时间变化的是那越来越伛偻的身躯。

说起卢国泉,可算得上是诸暨的"名人"了,尤其是在这暨阳桥头,附近的老居民都对他相当熟识。

"天天能看到他在暨阳桥头执法。"

"上次暨阳小学执勤看到了,动之以礼、宽严并济很让我感动。"

"上班几乎天天看到卢警官在执勤,他认真执著,勤勤恳恳为人民服务,赞!"

这些评价,可都出自"诸暨交警"微信号的评论区。同志们拿给卢国泉看时,他那饱经岁月洗礼的脸上漾起一丝淳朴的微笑。

自打1996年从部队转业回来,卢国泉经历过巡特警的磨炼,后来被调配到暨阳岗做岗长,这一做,就是22年。随着诸暨日新月异的发展,诸暨城区的交通可谓是一天一个样,卢国泉呢,每天都在分配给自己的"一亩三分地"上,守护着这里的交通参与者。时间久了,自然而然练就了一双"火眼金睛",哪里有违法行为,不管是行人还是车辆,卢国泉一定是第一个发现的。更难能可贵的是,尽管周边的居民可能已经和卢国泉"混熟"了,但是绝对逃不过他的严厉执法。

"来,停下来,电瓶车违规载人,跟我到岗亭处理一下……"

一个青年男子驾驶着一辆黑色电动车,后座上还坐着一名女子,显然是出来晃悠的小夫妻。

"唉,怎么这么倒霉……"女子嘟嘟囔囔着下了车,显然是知道非机动车违法载人这项法规的。

青年男子有些不乐意,一边摆出一脸不情愿,一边嘴里还嘟嘟囔囔的,"不就是带个人嘛,城里这么点路,有什么关系?我就不信你们交警平时没有违法的时候!"

听自己丈夫这么说,女子不知哪儿来的底气,一脚跨上电瓶车,青年男子趁着卢国泉不注意,一个加速转身就跑,女子还回头朝卢国泉做了个鬼脸。

"这像什么话!"卢国泉一边叹了口气,一边拿起手里的对讲机,通知站在下一个路口执勤的队员,"挡下这辆电瓶车!"

很快,卢国泉带着队员赶了过去。小夫妻已经被执勤的队员带到了岗亭,见到卢国泉,女子有些难为情,想起刚刚的所作所为,默默地红了脸。青年男子眼见着刚才硬的不行,就打算来软的。"警官啊,其实我们也都是老城关了,我们就住在暨阳桥下来那里,刚才我带我老婆去超市买点东西,想着这么点路应该没关系的,所以就让她坐后面了。警官,我父母也住这一片,每天路过您肯定脸熟。我妈还老说起您呢,暨阳桥头那个交警,每天都很尽职的嘞!"

一边说着,一边开始从兜里掏烟,脸上还堆满了笑,这和刚才那副不以为然的脸孔,可以说是判若两人。

卢国泉果断拒绝了青年男子递来的烟,缓缓开口:"年轻人啊,想想刚才自己的态度,何必呢!不过你绕了这么一大圈,是不是就想免受处罚啊?"卢国泉一针见血的话,说得青年男子脸上红一阵白一阵的,一双手在那儿搓啊搓的好不自在。

卢国泉正色道:"年轻人,按照规定,非机动车只能搭载12周岁以下的儿童,你刚刚的行为已经是违法了,既然违法了就应该接受处罚。"

听了这番话，青年男子脸上的笑容渐渐消失，知道自己是没办法逃脱处罚了，乖乖交了罚款，带着老婆悻悻地离开了。

"老卢，跟他说那么多干吗，直接处罚了不就行了？你看这小子一看就是面服心不服，你信不信，他现在肯定跟媳妇抱怨着呢。"

卢国泉听着同事这番话，摇了摇头笑了笑，这么多年了，自己"唠叨"的毛病真是一点都没改，遇上交通违法者就想着多叮嘱两句，恨不得把交通法都给他们灌输一遍。个别同事表示不理解，还笑他这么做多余，把违法行为处理了不就完了，废那么多话干吗。有些交通违法者还嫌他烦，恨不得赶紧处理完赶紧走。可卢国泉觉得，自己只要当一天的交通警察，就要尽一天的责任。这交通警察呀，不仅仅只有记分、罚款的工作，帮助市民把交通法规都弄懂了、摸透了，自己的任务才算圆满完成了。

就这样，日子一天天地过着，卢国泉也继续他的唠叨模式，每天在暨阳桥头乐呵呵地看着车水马龙，人来人往。

"奶奶，这个就是上次爸爸说的坏人。"

虽然声音很轻，卢国泉还是听到了，一个老奶奶牵着一个可爱的小女孩，正匆匆忙忙要过马路，好像忘了此刻正是红灯。

"大姐，现在是红灯，等绿灯了再过。"卢国泉一边伸手拦下这对祖孙，一边顺口说道。

"现在又没有车，过去就过去了，有什么关系？"老奶奶这么一说，小女孩也理直气壮了，"就是嘛，怪不得爸爸说你是坏人。"

卢国泉蹲下来，趁着红灯的间隙，和蔼地问小女孩："小朋友，你刚刚说我是坏人，为什么呀？"

小女孩倒也不怕生，眨巴眨巴眼睛说："上次爸爸和妈妈回家晚了，爸爸说是被你拦住了。今天我和奶奶过马路，又被你拦住了，你不是坏人是什么？"

卢国泉被小女孩的一番话惊到了，不自觉地和前两天那对违反规定载人的小夫妻联系在一起。

这么想着，卢国泉唠叨的性子就又耐不住了："大姐，红灯停绿灯行，这可是我们从小就学的交通知识啊，你今天自己不遵守，还带坏孙女，这可是祖国的未来啊！虽然刚刚没有车，可是要是突然来了一辆车，那就得出大事啊！更何况，一旦抱着侥幸心理的人多了，那这个社会可不乱套了嘛。"

卢国泉一番话扎到了老奶奶的心里，尤其是眼前的宝贝孙女儿，怎么能让她受到错误的教育呢？

"警官，其实我也知道红灯停绿灯行，就是刚刚看着没人，想着应该没什么问题的，就想过去。小孩子之前说的事儿，就是她爸爸电瓶车上带了她妈妈，被您扣下来，所以在家抱怨了两句，孩子有口无心，童言无忌，您别往心里去啊……"

卢国泉这下彻底明白了，原来真是一家人啊，趁这个机会，卢国泉又蹲下来对小女孩说道："小朋友啊，警察叔叔是抓坏人的，怎么会是坏人呢？叔叔刚刚拦下你和奶奶，是因为你们闯红灯了，红灯的时候是不能过马路的，老师应该教过你们呢。还有你爸爸妈妈，也是违反了交通法规，叔叔才会把他们拦下来哦。"

小女孩眨眨眼睛，似懂非懂地歪了歪小脑袋。

奶奶赶紧说道："还不快谢谢叔叔。"

"谢谢叔叔……"

小女孩甜甜的声音就像一道清澈的甘泉，把烈日带来的燥热一扫而空。

小女孩和老奶奶牵着手走了，"走斑马线啊，慢点……"卢国泉还不忘远远地叮嘱着。

"老宣"不老

陈 聪

"老宣啊,明天早上可能会有小雨,那我们去爬老鹰山的计划还照旧进行吗?"老宣的朋友老李打电话来问次日爬山之事。

老宣回答:"一点点小雨,没事,明天山脚下见,看看这次你能不能超过我,哈哈……"

老宣,名叫宣志和,年已53岁,是诸暨市公安局城东派出所年纪最大的社区民警。

从警以来,老宣已在社区民警这个平凡岗位上默默地奉献了十六载。十六载的春秋变换,十六载的雨雪风霜,老宣身许藏蓝,与时间进行赛跑。任岁月沧桑,青丝不复,他依旧步伐矫健,身体硬朗,保持着永远年轻的心态与敢作敢为的勇气,恰似一颗青松,屹立不倒。

浦阳江中的生死营救

"救命啊,在永昌桥有一个人落水了!"

2018年5月4日14时52分,正在诸暨市暨阳小学附近巡逻的老宣听到这急切的呼救声,火速赶赴现场。

警报就是命令,时间就是生命!

"快点,再快一点!"老宣不断催促协警加快行车速度。这是一场与时间赛跑的竞技,车内的人都明白事态危急,做好了"战斗"的准备。

14时53分,巡逻车到达事发桥段。一分多钟的路程,对老宣而言,却显得如此漫长。老宣立即下车搜寻落水人员。

"人在这里！人在这里！"围在永昌桥头红绿灯附近的民众看到老宣，大声地喊着。顺着一位大妈手指着的方向，老宣往永昌桥下一看，在桥的南侧，有一个穿白色衣服的男子正浮在浦阳江江面中央，似乎已经没有挣扎的迹象。

情况危急！老宣感到时间紧迫，但却丝毫没有乱了阵脚，没有失了方寸。"快！救生圈！"他冲着协警喊道。同时，老宣立即向指挥中心汇报情况，请求支援。

风掠过江面，拂起层层波浪。眼看着江中的人就要撑不下去了，在这千钧一发之际，老宣二话没说，迅速卸下警用装备，脱了警服，将手中的救生圈往江面一抛，深吸一口气，纵身一跃，冲着落水男子奋力游去。

事发江面宽约 100 米，水深 4 米以上。在水中的每一秒时间流逝背后，都隐藏着死神在一步步接近落水男子。争分夺秒！老宣有节律地快速划水，以其所能达到的最快速度接近男子。此时，江对面也有一热心群众向着落水男子游来。双方向着同一个目标进发，只为从死神手中夺回江中这微弱的生命。

虽是 5 月，江水仍有寒意。老宣却顾不上这些，也丝毫未觉察到寒冷。他一心只想着将快要沉入浦阳江的男子救上岸。

14 时 57 分，老宣终于触及该男子，该男子已全身无力。老宣与对岸游来的那位群众一起为男子套上救生圈。

"啊呀，有救了，有救了。"在永昌桥上密切关注着江面动态的民众中发出一声呼喊。一些人紧紧握着双手，一些人抓着桥面的栏杆。看到落水男子被成功套上救生圈，他们也感受到了希望。

之后，老宣"呼哧呼哧"游在前方拖拽，那位热心群众在后方助推。老宣早已面红耳赤，由于之前接近男子已费了很大的劲儿，他大口喘着粗气。

"你一定很累了，快点休息一下吧！"接近岸边时，岸上的一位大姐看到老宣的模样，心疼不已。

"哪里能够休息？快到岸边了，再努力一把，就能够将男子成功救上岸了。要抓紧啊！"老宣心中这样想着。不妙！就在这时，老宣的脚陷入了一个小泥潭中，顿时失去了重心，一个趔趄，栽倒在水中。

"你自己要当心啊！"那名大姐关切地说。

"快！"老宣指了指落水男子，"他最要紧！"

于是，水中救援的老宣与那位热心群众、岸上的群众与协警齐心协力，一起将落水男子拉到了岸边。

15时整，落水男子终于被成功救上了江岸。

经过激烈营救，老宣已经体力不支。他一上岸根本站不稳，腿不由自主往前走，缓了一会儿才找回知觉。但老宣发现被救男子生命垂危，奄奄一息。老宣还没喘匀气息，未曾休息，便立即对其进行心肺复苏。他双膝跪地，两手有规律地按压男子胸口处。

没过多久，该男子口中吐出水来。10秒、20秒、30秒……1分钟、2分钟、3分钟……老宣争分夺秒，全身用力，手臂挺得笔直，两个膀子不断按压。经过长达5分钟的心肺复苏，男子慢慢睁开了眼睛，眼睛处也有了光亮。

15时03分，该男子被成功地从鬼门关拉回来。老宣终于舒了一口气，这时才感到膝盖处疼痛。由于长时间受力，直接接触地面的膝部已有擦伤，且出现局部红肿。但当时情况危急，老宣压根儿没有感觉到。

老宣一刻没有放松陪伴着男子，一直到救护车赶到，亲眼见着男子被抬入车内，他才真正松了一口气，瘫坐在地上。

处完这个警后，老宣穿上警服，未做停留，湿嗒嗒地坐回警车上。回到所内，他匆匆忙忙洗了个澡，换了身衣服，紧接着便又开始巡逻了。

一个又一个的电话

在值班室内又传来一阵轻快的乐音，老宣那熟悉的手机铃声再次响起。老宣接起电话。"老宣,真想不到你这个岁数了,还能下水救人呢!今天是'五四'青年节,我看你一点也不比青年逊色啊!真厉害!"又是一名称赞自己昨日跳江救人的老同事。

他平淡地回答道:"我还是原来的宣志和,换成你,你也会这么做的。身为警察,群众有难,谁都会挺身而出的。"

救人事件后,各路媒体纷纷闻讯赶来,带着摄像机争相报道。一时间,老宣变成了朋友圈的"红人",也成了"大忙人"。

当天晚上,他的手机收到了许多电话,快被打爆了:"老宣,我看了朋友圈,才知道救人的是你,好样的!""老宣,我们社区都在传你救人的事情……"

面对战友、同事、社区群众的赞许,老宣的回答很简单:"这是我的职责所在,理应如此。不多聊了,我还在值班呢,要准备处警去了。"老宣"无情"地挂掉了电话。

"又来了一个电话。"老宣心里估摸着,这一天接下来的电话,比上一周的都要多。老宣正为这么多的电话发愁,但一看来电人的信息,便立刻接听起来。

"老宣,你身体没事情吧?"

"我身体还好,没什么要紧的,放心吧!"

"哦,那就好,我可以安心了。刚开始有人说你跳到江里救人,我还不相信。后来有很多人跟我说起你,还给我看到视频里真的是你,真英勇……"

"我当时也没多想,就跳下去了。看到人家最后被救护车带走,我才有点放心。"面对妻子的关心与鼓励,老宣不好意思地笑了。

接完妻子的电话后,老宣又接了几通电话,但老宣并不想因此影响到值班。"滴滴滴",值班室又响起了警情单到达的通知声。吃着过了饭点的"晚"饭的老宣,起身放下手中的一次性筷子,拿上记录本,带着装备又出发了……

老宣救人举动之后带来的轰动效应，是他始料未及的。他并未被这突然涌来的赞誉之潮淹没，而是波澜不惊，继续与往常一样，不变本色，不失本真，为群众值好这一班岗，守护万家灯火的安宁。

医院里的握手

2018年5月5日，周六，天气晴好。老宣结束了昨天的值班，休息了一会儿后，穿着格子衬衫、笔挺的西裤，走进了一家水果店。

老宣用指节敲了敲西瓜，听音辨别瓜瓤好坏。他拿起选中的西瓜，放到了收银台处，又折回去挑选了一串香蕉。结完账后，老宣拎着水果往江东分院处走去。

到了急诊室，老宣先向医生询问昨日被救的年轻男子状况。医生一开始没认出来，不愿意向无关人员透露病人信息，同一个办公室的护士倒是认出了老宣，忙说："这不就是昨天救人的那位警察吗？"

"哦，原来是救人的宣警官，不好意思。"医生随后说到当时年轻人被送到医院后，立即对他进行了抢救。等抢救结束时，医生都误了吃晚饭的时间了。所幸的是，经过努力，年轻男子现在各项生命体征已趋正常，但还需要住院观察几天。听到这里，老宣心里顿时顺畅了许多。

"宣警官，要不是你当时立刻对他进行心肺复苏，并且动作到位，恐怕这年轻的生命是保不住了。"医生对老宣这样说道。老宣心里一沉，幸亏当时一心想救人，咬咬牙，做了五六分钟的按压，增加了落水男子的生还可能，否则自己也会感到愧疚不已。

了解完情况后，老宣穿过护士站，悄悄地走入病房。他循着医生告知的病床号，看到了昨日那位男子。放下水果后，他并未立刻走近。

病床上躺着的男子带着呼吸面罩，发出轻微的鼾声，正熟睡着。病床旁边的显示屏上绿色的曲线不断变换着，记录着病人的体征信息。病床的一侧是一位女孩，低头在手机上发信息。老宣慢慢地上前问了女孩几句。女孩称自己是落水男子的姐姐，见到了昨天下水救弟弟的民警甚是感激。

　　本在病床上发出轻微呼噜声的男子，听到姐姐与他人的谈话声，醒了过来。老宣看着这张年轻的脸庞，发现他脸上虽无血色，却比昨日所见好了许多。年轻人的眼角处有淤血痕迹，老宣看了不免心疼。

　　病床上的男子望着这位站在旁边的陌生人，有点疑惑。在姐姐的介绍下，他了解到这是昨天救了自己的民警，伸出双手握着老宣的手，虽不能言语，但眼眶中却充满了热泪。老宣透过手心，感受着他双手的温度。男子握手的力度不大，但却传递着温暖。老宣与年轻人都不言语，此时无声胜有声。

城东好警黄星亮

郭海飞

"黄警官,多亏了你,小区里宣传窗那块破了好几天的玻璃现在已经弄好了,簇新簇新的,你看!"小区的张大妈一见到黄星亮就热情地攀谈起来。

张大妈是黄星亮所辖社区的一位小区负责人。之前小区内一位居民打了电话,反映社区内法制宣传栏玻璃破损的"小事"。黄星亮到现场查看后,仔细地拍了照片并了解现场情况,和相关部门取得联系后作了及时处理。"这都是小事儿,是我应该做的。"黄星亮摆摆手,笑着说道。

黄星亮是诸暨市城东派出所的社区民警,管辖的是所内治安形势最为复杂的区域。他每天"没事儿就到社区转转",辖区里的老百姓都认得他,称只要看到他,心里就"踏实"。他把耳朵竖到群众中间,帮助群众解决了各种各样的难题,这不,他又帮忙解决了一桩难题。

一封寄到省厅的感谢信

"维吾尔族的麦麦提·依敏感谢共产党,感谢汉族朋友,感谢王副省长,感谢诸暨警察,感谢黄星亮,我一定要把这个事情告诉你,是你培养了这样的好警察……"2018年3月,浙江省副省长、公安厅厅长王双全收到了这样一封感谢信。看完信之后,王副省长做了批示,对黄星亮的工作给予了充分肯定与高度赞扬。

事情发生在3月中旬,当天,黄星亮正在辖区"转转"……

"你开车把我的脚撞伤,这样就不管了吗?"黄星亮在走访时，听到一名男子带着浓重的外地口音在打电话，正在发脾气。讲完后，这位胖胖的男子愤愤地挂了电话。黄星亮察觉到情况不对，便上前去了解情况。

"警察同志，我叫麦麦提·依敏，来诸暨打工赚钱。但有一桩烦心事，一直像块大石块，压在我心头两年了。"这位男子用很不标准的普通话说道。

"你不要着急，你先把事情讲一下，看看我能不能帮到你。"黄星亮安慰道。于是，麦麦提·依敏将事情的来龙去脉讲述了一遍。

"2016年5月的一天凌晨，我骑着电瓶车，被一辆汽车撞倒，腿部多处骨折。我和开车的郦某当时没有谈好赔偿款，自己又不愿到法院起诉。事情就拖到现在了，还没个结果。"

了解事情经过后，黄星亮说："麦麦提·依敏，我以前也与你的老乡打过不少交道，帮助他们解决了不少问题，那我们也算是朋友。你先别心急，我会尽力帮助你的。"听了这句话之后，麦麦提·依敏激动地握住了黄星亮的手，脸上顿时少了几分忧愁之色。

黄星亮立即联系诸暨市交通事故调解中心，调取事故案卷，一页页翻阅。同时，黄星亮对调解记录进行详细分析，逐字逐句对照，揣摩双方心思，认为关键点是赔偿款项问题，说不定能够将双方调解达成赔偿协议。

因为距事故发生已有两年，时间隔得越久，调解难度就越大。尽管如此，黄星亮依旧决定尝试一番。从走访时初次照面的握手，以及后续黄星亮接连不断的情绪安抚，麦麦提·依敏对黄星亮表现出了信任。黄星亮明白，这份信任里，寄托着麦麦提·依敏的希望，自己绝对不能辜负。

随后，黄星亮到肇事车主郦某家中进行上门劝导，但初次劝导并未起作用。一次不行，那就两次、三次……最终，在黄星亮的不懈努力下，事故双方再次坐下来心平气和地进行协商，并各让一步，达成了赔偿协议。麦麦提·依敏对于处理结果十分满意，非常感激黄星亮，兴奋地向黄星亮竖起了大拇指，他心中压了两年的石头终于落了地。

于是，便有了那封寄到王副省长手中的感谢信。

在得知麦麦提·依敏向王副省长写了一封感谢信之后，黄星亮只是对记者说了一句话："我一直把自己当成是穿了警服的老百姓，所以不管是哪个民族，不论男女老少，他们的事情就是我的事情。"

一个不普通的值班日

"警察同志快帮帮忙，我外甥女被人拐走了！"

2017年4月的一天，正值黄星亮在接处警大厅值守，突然听到这么一句令人焦心的话。值班室来了两位四十多岁、神色紧张的大姐，黄星亮见状连忙进行询问。

"我女儿今天没有按时到校上课，有人说是跟着一个男的走了。她年纪小，我担心她出什么事情。"说着说着，这位母亲的眼泪就在眼眶里打转。

黄星亮连忙安慰："大姐，你先别哭！你坐下来，想一下你女儿离开家的时间和地点，我们会尽力帮忙找到她的。"随后，黄星亮马上根据家属提供的时间节点查询监控进行跟踪，期间还贴心安排女民警从旁安慰两位大姐。

黄星亮双眼盯着监控屏幕，将监控画面进度不断调快。画面播放速度调至两倍、四倍、十六倍，电脑显示屏上的时间飞快地计算着。十分钟过去了，黄星亮还是没有寻找到"失踪"女生的位置。黄星亮一直紧盯着屏幕，生怕错过了任何信息。二十分钟，半小时，一小时过去了，还是没有女生下落。

黄星亮向这两位坐在显示屏对面的大姐望了一眼，那位女生的妈妈眼眶还红着，另一位始终攥着双手。"可怜天下父母心啊"，已经看了一个多小时监控的黄星亮咬咬牙，沉住气，视线又回到屏幕上，重新看了起来。

"啊，就是她！就是她！这个是我的女儿！"女生的母亲激动地喊着。功夫不负有心人，经过两个多小时连续不断的监控跟踪，黄星亮终于明确了女生的位置。

但是，黄星亮却发现她正准备和自己所谓的男友"私奔"。时间不等人！黄星亮立刻赶到现场，苦口婆心地劝说教育了一个多小时，使得两位高中生认识到了事情的严重性，并一起回到所内。

见到焦急万分的母亲后，女生感到很是愧疚，当面向母亲、姨妈保证以后不会再犯，而男学生也保证再不影响女学生的学习。两位大姐对黄星亮连连称谢："真是辛苦你了，警察同志。太谢谢你了！"

事后，黄星亮跟自己的小徒弟说："这尽管不是案子，但群众的事，对我们来说就是大事，一定要尽心尽力地解决问题，让大家都能满意。"

一张惊情 4 分钟的警单

黄星亮一直是所里很拼的社区民警，他非常尽心尽责，几乎没请过什么假，都是全勤工作，曾被评为绍兴市 G20 工作先进个人，还获得过很多嘉奖。

2017 年国庆节前，黄星亮一直在忙着消防整治和十九大安保，加班非常频繁，每天晚上都很晚回家。就在国庆前一天，晚上回家是半夜 12 点，第二天 7 点钟又到所里工作。黄星亮的妻子虽然心疼丈夫，但她知道黄星亮的脾气，这是黄星亮热爱的工作，就算再累也不会推脱。

"我是城东派出所的民警黄星亮，气透不过来了，快点……"

国庆节晚上 6 点 28 分左右，110 接警中心突然接到一个定位是从城东派出所打来的电话。电话之后就中断了，接线员立即把警单派给了城东所值班备勤的民警。

这一天，正好是派出所教导员郭海飞值班。他立刻喊了身边几个同事，一个箭步冲上三楼。一打开黄星亮的办公室门，郭海飞看到他整个人已瘫坐在地上，任凭他人如何喊叫、摇晃肢体，都没有任何反应。

黄星亮随后被一起值班的六七位民警与协警从三楼抬到一楼，"星亮！星亮！"大家边抬边喊，但他毫无反应……

晚上6时31分，担架来了，救护车来了，以最快的速度将黄星亮送到急诊室。

黄星亮的妻子与女儿接到消息后，匆忙赶到医院。年仅7岁的女儿在角落里不停地哭，担心爸爸会不会有什么事。所幸的是，当晚他可算恢复过来了，醒来就问自己在哪里。黄星亮的妻子听到他开口说话，还喊出了女儿的名字，那颗悬着的心才安定下来。

经医院初步诊断，判断黄星亮由于连日工作劳累，血压骤升而引起脑水肿，由此引发了神志不清、肢体抽搐等病状。"情况比较危急，如果不及时抢救的话，可能会导致终身残疾。幸好当时他趁着有点清醒的时候打了电话，送到医院也比较及时。"神经内科主任魏医师讲道。

当民警再次进入黄星亮办公室时，走近他的办公桌，才看到桌上放着的材料。在A4纸上，黄星亮晕倒前的笔记写着"明日需向马所长汇报：急"，内容是消防隐患整治情况。看到这个"急"字，民警心头有的是酸楚，是感动，更是敬佩。

黄星亮一心扑在公安事业上，以一颗赤子之心，把满腔热忱写尽。虽获荣誉无数，但他依旧平平淡淡，把自己当成穿着警服的老百姓；虽受压力万千，但他依旧兢兢业业，在平凡的岗位上默默奉献着。

"小福哥"与"邀邀灵"

杨 毅 魏羽佳

在诸暨市暨阳街道三角广场一带,几乎无人不知"小福哥"的名号。

王广福在当地的形象广为人知:俊秀的面庞,整洁的着装,平日里捧着个泛黄的茶杯跑完东家走西家,调解纠纷、摸排隐患,说话嗓门不大,但有股子威严劲儿。

王广福是诸暨市城中派出所的一位社区民警,从警18年,在公安队伍里也算是一个老大哥,可他偏生长着一张娃娃脸,因此周围的人都喜欢叫他"小福哥"。

自从当了警察,他就一直在基层工作,处理各种鸡毛蒜皮的小事,虽然没破过大案、立过大功,但他很在意群众对他的那份信任。

"你打110干吗,直接打给小福哥"

住在三角广场的老百姓有个习惯,有事儿第一反应不是打"110",而是给王广福打电话。只要老百姓一"邀请",不管什么事,"小福哥"都会办得妥妥的。

这个年代,路人甲总是最热心的。"小福哥,三角广场老轻工技校半山腰有个迷路的老人被困了,你赶紧过去看看。"说完电话就挂了。不过,面对这种情况,王广福早就习以为常了,日均两到三个陌生电话,都是找他帮忙的老百姓打来的。二话不说,王广福拿起装备,叫上两三个辅警,出门就往电话里说的地点奔去,路上他还急匆匆联系了"120",以防老人身体不适出现状况。

当时正值九月,夏天余温未散,白花花的日头晒得人心烦气躁。一个头戴草帽，手拿木棍，身着绿色卫生衫的80余岁老人，孤身坐在离地七八米高的岩石上面，目光呆滞。地面上围着很多人，七嘴八舌地议论着，想要施以援手却束手无策，不少人已经联系了救援队。王广福赶到的时候，眼前看到的就是这幅场面。

"老人在上面多久了？"王广福急着询问周围的群众。

"听说，他在这里徘徊了一个晚上了，好像是迷路了。今天早上有人发现的。"

"大爷，我们是警察，你不要着急，我们马上就上去接你，稍等一下。"王广福大声安慰老人，可是老人什么反应也没有，只是呆坐着。

这样下去不是办法，老人的体力也快透支，弄不好会有生命危险，"你们谁家里有伸缩梯的，可否借用一下？"

"我家里有，我这就去拿来，可是这岩石的周围都是荆棘，想要爬上去不太容易，要不等救援队来了再说。"

"时间来不及了，救人要紧！"

拿到了伸缩梯的王广福首当其冲，第一个爬上了梯子。茂密的荆棘丛立马就在王广福的胳膊和手上划出了口子，王广福徒手拨开了荆棘丛，很快就到了岩石顶上，"大爷，你感觉怎么样，先喝点水吧。没事的，我马上帮你下去。"由于长时间待在岩顶，大爷显得有点精神恍惚，一声不吭地接过了王广福手中的水。

安抚好老人焦灼的情绪之后，王广福这才扶住老人的双臂，一边将其扶上梯子，一边让下面接应的队员注意防护，确定老人已安全到达地面，他才从岩石上面下来。

碰巧的是，派出所值班室也正好接到了老人儿女寻人的报警，顾不上处理自己的伤口，王广福立刻先将老人送回了所里。

"对待百姓，比对待他老婆还温柔"

王广福的办公室不大，但是却很整洁，桌子上摆着一叠走访记录本，其实这只是冰山一角，他还有几大箱子走访记录。王广福一天到晚不见人影,在别人家找到他的几率比在他自己家都大,大家都开玩笑地说他的"柔情蜜语"都说给老百姓听了。

从职场菜鸟到群众喜闻乐见的"小福哥",王广福花了很长时间才一步一步走进老百姓的心里。

辖区有一位精神病患者,还是个孩子,大家都叫他小南,小南的爸爸在外打工,只有妈妈朱大姐一个人在照料他。作为日常工作的一部分,王广福定期都会走访这些重点人员,看看他们的身体和精神状况,做好记录。

这天和往常一样,王广福照例到小南家里走访,朱大姐也没有客套,直接把王广福迎进了家里。

"最近小南身体怎么样,状态还稳定吗?"

"其他都挺好的,就是有时候会不听话,也不肯吃药,我一个人很难控制他。这几天乡镇里又在催着我们办理社保,还必须要本人自己去,我是真劝不动他。"朱大姐轻叹了一声,很是心焦。

"我来试试吧,我和小南谈过几次,效果都不错。朱大姐,你先不要着急,小南是个听话的孩子,放心吧。"

两人又交谈了一会儿之后,王广福才走进小南的房间。阳光透过房间里小小的窗户洒进来,在地上形成了一些斑驳,有点闷热。床上胡乱丢弃着一些衣物,原本应放在小课桌上的铅笔和白纸此刻都掉落在地上。小南面朝墙壁,背对着王广福躺在床上,不知是睡是醒。

"他这几天总是这样,没事就躺着,也不睡着,就是不搭理人。"

"没事,我单独和他待一会儿,交给我吧。"

待朱大姐出去之后,王广福坐到了小南的床边上,拿起桌面上的蒲扇,一边帮小南扇着扇子一边问:"小南,我是王叔叔,你热不热啊?"

小南一动不动,也没有作声,王广福也不等着他回答,只是顾自己说道:"小南啊,前些天王叔叔去外地出差看到了很多有趣的事情,我今天下午都在这里陪你,给你讲故事好不好？"

这一幕真的很奇怪，小南仍然一动不动地躺在床上，像是睡着了，王广福自顾自地坐在床边说着他的旅途见闻。就这样，时间过去了很久，小南终于转过身，一脸认真地看着王广福。

"小南，你也想去看看外面的世界吗？等你的病好了，叔叔带你去，不过在此之前，你要按时吃药，听妈妈的话，病才会好起来，听到了吗？"小南轻轻地点了点头。

看到孩子跟着王广福走出了房间，朱大姐喜不自禁，激动地说道："王警官，真的谢谢你，要不是你，我真的不知道如何是好了，谢谢，谢谢！"

"不用谢，你有困难能直言不讳地告诉我，我很开心，我就是来帮你们解决困难的，这就是我的工作！"

连番"轰炸"，终换"浪子回头"

2018年3月29日，邻县的浦江公安掌握到一个信息，租住在诸暨市暨阳街道新航村192号的租客杨平有重大盗窃嫌疑。

第一时间接到通知配合调查的王广福不敢掉以轻心。在他的印象中，杨平租房子不到一年，是个个性比较强，脾气很倔的中年男子，如果硬来恐怕适得其反。在和浦江公安再三商量的前提下，王广福决定先和杨平谈谈，劝其自首。

第一次到新航村192号敲门，就吃了闭门羹，王广福打通了杨平的电话，杨平自称在外面工作，要晚上才会回租房。王广福以走访出租屋为由，和杨平约定晚上再来。

晚上8点，王广福如约来到了杨平的租房门口，这次他顺利地敲开了杨平的房门。前不久，刚刚检查过出租房消防安全，今天又来走访，似乎有些不太寻常，但是杨平还是很客气地让王广福坐下来，并泡了一杯茶给他。

"最近过得怎么样，工作还顺利吗？"王广福先开了口。

"我就打打工，赚点生活费，混口饭吃。"杨平自然地回答道。

"有一份正当的职业就好，起码过得安心。杨平，你的老婆孩子都在老家吗？"

"是啊，我有两个孩子，都在老家，这里就我一个人。"

"听说之前你在浦江生活过一段时间。"

他从来没有和别人提起过这件事，王广福又怎么会知道，杨平瞬间心虚了，"哦……是，我在那里待过一段时间。"

王广福挪了挪凳子，离杨平更近了一些，"其实我今天来找你，你心里应该有点数吧。"杨平没有作声。"你的事情我都知道了，不管你逃到哪里，你都躲不过去的，现在唯一的解决办法就是自首，你能听懂我的意思吗？"

"好。"杨平只说了一个字，就低下了头。最后，王广福和杨平约定第二天晚上浦江的民警会直接上门来带他。

"我也会一起来。"拍了拍杨平的肩膀，王广福走出了租房。

这么爽快地点了头，总让王广福心里不踏实。不出所料，第二天民警上门的时候，杨平从后门溜走了。这一来，浦江民警免不了对王广福有些微词，王广福也不多作解释，只是说明天一定会让他来自首。

第二天一大早，王广福就来到了杨平租房。他知道杨平身无分文没有别的去处，所以晚上一定还是在租房里休息。敲了好一会儿，杨平打开了门。

"昨天几点回来的？"王广福像是什么都没有发生一样，开始和杨平闲聊。

"王警官，我不想被抓，我会坐牢吗？"时时的提心吊胆让杨平一夜无眠，憔悴的脸上长满了胡楂，此刻的他很是沮丧。

"唉，杨平啊，你是两个孩子的父亲，今天警察来带你，是你之前犯下的错误应该承担的后果，是个男人就要勇敢地去面对，逃避是没有用的。"

"好，我和你去，但是我不想从家里戴着手铐出去，我和你去派出所吧。"

"杨平，法律会给你重新生活的机会，这个我向你保证。"就这样，王广福顺利规劝了一名犯罪嫌疑人投案自首。

王广福始终认为，或许有人觉得他的方式过于绵软，但是在他的眼里，不管是否犯过错，每个人都有尊严，都应该受到尊重。

"倒背钿筒" 陈可义

刘纪明

"倒背钿筒"的意思想必诸暨人都知道,简单地解释就是把钱白给别人,形容做亏本生意。老民警陈可义就属于这类人。陈可义是诸暨市公安局城中派出所调解中心民警,今年57岁,是一名军转干部。

2013年,为了与时俱进发展"枫桥经验",城中派出所要组建一个调解中心,把一些有调解意愿的治安类、民事纠纷及未鉴定伤势之前的轻微刑事案件,通过调解把矛盾纠纷及时化解。调解中心由一位民警、三位已退休的检察官和乡镇干部组成,民警陈可义由此被选派担任调解中心负责人。

城中派出所的调解中心自成立以来,已调解案子2700余起,解决矛盾纠纷2500多起,调解成功率达93%,获得了无数老百姓的赞扬,说起来有着满满的成就感。

可是俗话说得好,"清官难断家务事",这治安纠纷,没有亲情夹杂在里面,比家事不知还要难几倍,可谓一团乱麻,枝节横生。调解就是要把这团乱麻理得直是直、横是横,让各方满意,让社会和谐。因此,很多急性子的民警宁愿没日没夜走上街头巡逻,也不愿意接手这个婆婆妈妈、还常常吃力不讨好的难缠事。

这不,麻烦来了……

一场乌龙的举报

"诸暨城中派出所民警陈可义涉嫌受贿!" 2015年的一天,诸暨市公安局、绍兴市公安局先后接到一名诸暨女子举报，称自己家与姐夫因纠纷曾在城中派出所接受调解，后调解不成，其姐夫坚持将她的老公送进了看守所。在此过程中，她怀疑陈可义收受了姐夫的贿赂，可能还有其他涉案人员的财物。因为她发现陈可义抽屉里有很多高档香烟，由此要求对陈可义进行调查处理。

绍兴市公安局和诸暨市公安局纪检组高度重视，立即着手对陈可义进行调查。几轮调查下来，真相大白，陈可义受贿一事纯属乌有，但他是一个"倒背钿筒"却不假。

缘何称他为"倒背钿筒"？原来，陈可义的妻子开着一家公司，多年来生意做得红红火火，家里不但不缺钱，还常常救困济贫。

2000年的冬天，陈可义夫妇在看一档公益电视节目时，萌生了结对一个贫苦孩子的想法。于是通过民政局，找到了家住诸暨一偏僻小山村的8岁男孩。男孩无父无母，和年迈的奶奶相依为命，家徒四壁。陈可义夫妇拉起他的手，从此就像亲生父母一样呵护着他，照顾他们祖孙两人的生活，培养孩子从小学、初中、高中直到大学毕业。这件事他们一直没有声张，后来孩子到城里上高中，节假日常常住在陈可义家时，他的家人们才知悉有这样一个孩子存在。大学毕业后，男孩找不到合适的工作，就被陈可义的女儿带到杭州跟着她做生意，和她吃住在一起近两年。后来，男孩又被陈姐姐"遣送"出去，鼓励他在杭州某医院找了一份新工作。近二十年来，陈可义一家与一个无亲无故的孩子结下了胜似亲人的亲情。平时见到有需要帮助的人，陈可义总是无私地伸出援手。不但如此，在调解工作中也常常习惯于做一个"倒背钿筒"。

2013年，农妇周某因为与邻居过年做年糕产生纠纷，双方在推搡过程中导致周某受了轻伤。经调解后，邻居需赔偿周某1.5万元。当时，邻居没有钱赔偿，已退休并寄住在邻居家的叔婶答应帮他赔偿，双方签下赔偿协议。那时，陈可义尚未调到派出所工作。

可是天有不测风云，不到一个月，邻居的叔叔和婶婶竟然相继去世，一桩赔偿案竟成了一起无头公案。周某从此年年上访，派出所也是伤透了脑筋，几次三番做工作，派出所领导都换了几任，这个问题仍无法妥善解决。想想也是，怎么可能让已经死去的人拿出赔偿款，谁也没这个本事。

2017年，派出所领导把这项艰巨的任务交给了陈可义，让他务必想办法把这件事情了结。

陈可义多次召集双方进行调解，但周某的邻居家庭确实困难，没有赔偿能力，且当时达成调解协议的赔偿方也不是他。经过做工作，他最大限度只能出2000元。怎么办？难道案子还得无限期拖下去？陈可义一拍板，自掏腰包拿出7500元，所里和调解中心的其他成员纷纷拿出钱包，凑足1.5万元交给周某，一桩多年积案终于尘埃落定。

几年间，他为此垫付的钱款已达数万元，这样的陈警官哪里有贿可受？

既然事情调查清楚了，这回就该轮到举报人担心了。因为她老公的案子还未完，虽人还在看守所关着，但未判决，其姐夫坚持走司法途径，坚决要让她的老公坐牢。现在又把负责调解的陈警官给彻底得罪了，那就是死路一条，挽回的余地都没有，不处理自己已经算客气了。日夜想着，举报女子把肠子都悔青了。

没想到过了一段日子，她老公从看守所里被放出来了。

原来，某一天她姐夫去陈可义办公室坐着谈心，陈可义趁机做其姐夫的工作，劝说他毕竟是亲戚，以后要见面的，应该以和为贵，不可积怨仇。就这样苦口婆心，终于说动其姐夫撤诉，不再追究连襟的刑事责任。陈警官就是这样一个以德报怨的"烂好人"。

陈可义常说，调解工作得有智慧。经常会碰到各式各样的人物，有的无理取闹，有的得寸进尺，有的得理不让人，有的不知好歹谩骂工作人员。但他坚持做到三个"不"，那就是"他们急躁我不急，他们骂人我不回，情绪过激不调解"。

"我今天主持调解，是为老百姓办实事。我得时时告诫自己这一点，才能容下难容之事。才能让调解工作有成效，有收获，让社会更和谐。"陈可义是这样说的，现实中他也是这样做的。

火葬场里结案

"法律在前，情理在后"，这是调解工作的精髓。调解工作中会碰到一些很悲惨的事情，这就需要在坚守法律的基础上，尽可能多地给予人性化的照顾。

2017年9月的一天，一名20来岁的贵州籍粉刷工在诸暨一工地作业时，意外触电身亡。身后留下父母、未婚妻及未婚所生的小孩。贵州那边请了律师赶到诸暨，开口要价180万元，事情不处理好，遗体不火化。工地承包商只好要求派出所出面调解处理。因该男子与未婚妻没有领过结婚证，孩子也没有户口，都是按照当地的习俗办酒同居。承包商就赔偿问题提出异议，双方对赔偿金额产生了较大的分歧。如何合理进行赔偿，让死者的遗属能够在将来有一份生活保障，特别要考虑其幼子的养育问题，赔偿款尽可能向高处倾斜。因此，陈可义根据法律规定组织了多次调解，劝说双方各退一步，并说服承包商赔偿死者家属90万元。

承包商要求在遗体火化完成后才能支付赔偿金，死者家属则要见到赔偿金才火化，尸体在殡仪馆的冰柜放了一周了。于是陈可义在火化那天，起个大早拎着钱赶到殡仪馆，把死者送进火化室，并亲自包裹好骨灰盒后，完成赔偿款的交接和签字等所有程序。

类似这样的案例，陈可义已经处理了两场，直到殡仪馆才"盖棺论定"，让人感叹！

农庄老板报警了

2018年4月的某天，派出所居然接到了辖区开农庄的蔡老板报警。他称一个绍兴女游客在农庄采摘了两篮桑葚，又在包里偷藏了两大包,除了在采摘过程中免费品尝的,带出去的桑葚都是要过秤论斤卖的。女游客偷藏的桑葚在出口处被发现后,却与保安争吵,拒绝付款。因此,蔡老板报警让民警介入处理。

本是很正常的一场警情,却让见惯各种各样案子的陈可义惊讶得睁大了眼睛,十分意外。

什么原因让蔡老板的报警变得这么异乎寻常?原来,因为脾气暴躁,个性冲动,这位蔡老板总是动不动与员工吵架甚至动手打架,矛盾纠纷不断。报警求助的总是他的下属员工,而他总是用动手这一简单粗暴的方法来解决所有纷争。为此,民警们一次次往他的农庄跑,一遍遍劝告教育,也对他处理过多次,但江山易改,本性难移。然而这一次,总算让他放下了"拳头"报警求助了!

等陈可义他们赶到农庄时,蔡老板扔下一句话:"陈警官,你以前总是教育我不能动手打人,这回我不打人了。那这个事你们怎么处理?"陈可义觉得这件事若是处理不好,以他这样的个性是不会服气的,也许会把他刚刚转好的萌芽打回原形。

陈可义经过认真调查之后,对双方进行调解,绍兴游客最后赔偿了300元,处理结果合情、合理、合法,令双方心服口服。

江苏木匠的感谢

"由衷感谢陈警官,若不是他帮我解决问题,也许我会闯下大祸。心中念念不忘陈警官,但愿每个警察都是陈警官,愿陈警官式的警察永远平安。"这是一个江苏木匠郭某发来的感谢短信。

2017年的一天,江苏扬州的木匠郭某追到诸暨。原因是2015年他在上海做装修时,包工头浦某拖欠自己1.2万元工资,随后不再接他的电话。愤怒的郭某无时无刻不在寻找他的下落。一个偶然的机会,他获悉浦某已到浙江诸暨某工地上做工头,立即从上海赶来诸暨讨工资。找到浦某后，浦某却不认账。郭某怒从心头起，随手拿起工地上的钢材一心想要打残他，落得两败俱伤也在所不惜。幸好，此时城中派出所接到报警及时赶到，民警立即阻止郭某并把两人一同带回调查处理。

面对势不两立的双方，陈可义介入了调解。他泡茶让座，和缓双方情绪，然后动之以情再晓之以理。告诉郭某以违法为代价的行为不可取，只能给自己和家庭带来更大伤害。陈可义又严肃地警告浦某，他的做法既不守信也是一种无良的行为，恶意欠薪将会让他受到法律惩罚，后果非常严重。几个小时后，浦某终于答应把拖欠一年多的工资结清。当天下午，江苏木匠郭某就拿到了自己和工友们的血汗钱。

"如果不是你，我不但拿不到钱，还会犯下无法挽回的大错。从你的身上，我们看到真的有人在为我们弱势群体主持公道。在我们老百姓的心中，你真是一个好警官。我以后也要向你学习，努力做个好人。"事后，江苏木匠还给陈可义发了这样的短信。

孙何峰的耐心功夫

赵玲飞

"孙队长,实在太感谢你了,我这个案子拖了四年了,如果不是你盯着,我这 2.1 万元钱怎么可能这么快拿到手。"柴建江站在店口派出所调解室门口,对孙何峰说不尽的感激之情。

又被耽搁的晚饭

2009 年 4 月 23 日下午,在店口派出所大门口,一个衣着朴素的中年男子怒气冲冲地挡在刚要下班回家的孙何峰面前:"孙何峰,你记不记得我了?"

孙何峰已经连续加班五天没有回家了,今天接到妻子电话知道是父亲的生日,他心想着无论如何也要一家人一起吃顿晚饭,谁知一忙又过了下班点。妻子已经打了两个电话再三叮嘱他不要迟到,他一心急差点就直接撞上这个迎面而来的人,定睛一看就知道来者不善,但还是心平气和地回答:"老柴,是你呀,钱拿到手了吧。"

柴建江一把拽住孙何峰的手,没好气地说:"我今天特意来找你的,俞小伟消失了,我找不到他,拿不到钱,你去把人给我找来!"

孙何峰原本一心想赶回家,看到柴建江这么着急又于心不忍,就把他领到办公室,示意他坐下,然后边泡茶边说道:"老柴,那次调解我记得俞小伟说手头一下子拿不出那么多钱,要你等他三个月呀,这中间会不会有什么误会?"

"没什么误会,他是个言而无信的小人,当面一套背后一套,现在装死狗耍赖,故意避着我!还有你们也一样,老百姓的事根本不当一回事。"柴建江手指着孙何峰,提高分贝几乎是喊了出来。

孙何峰把泡好的茶递给他,轻轻拍了拍他的肩膀:"老柴,喝杯茶,慢慢说。"

时间在柴建江的控诉中过得很快,孙何峰看着手机里妻子的短信,似乎也习以为常,他耐心倾听柴建江的诉说。过了大概一个小时,柴建江终于慢慢平静下来,得知孙何峰一定会尽力把事情解决好,终于放宽心,答应回家等消息。但此时的孙何峰却满心愧疚,家中的父亲又失望地过了一个生日。

要办结每一起积案

时间回到2006年12月8日,在店口镇大顾家村的顾某家中,木工柴建江和泥水工俞小伟因小事发生纠纷,后双方直接动手,柴建江右手骨折。2007年11月23日,柴建江伤愈后才到店口派出所报案,经过伤势鉴定构成轻伤。

这一年时间里,顾某家的新房造好了,俞小伟已不知去向。柴建江虽然心急,却对俞小伟的长相印象模糊,只知道大家都叫他老俞。期间,承办民警换了好几人,几经周折,虽然确定俞小伟是直埠镇俞家村人,却始终没能找到他,整个案件一时陷入僵局。

2009年1月,案件移交到了治安中队中队长孙何峰手中,他开始翻阅手头的案件材料,寻找蛛丝马迹,查找案件的突破口。虽然知道要找到俞小伟难度非常大,但孙何峰暗暗下了决心,一定要把积案办结。1月6日,孙何峰给柴建江打去了电话。隔天,他就和柴建江一起来到直埠镇俞家村,村里有好几个泥水工,都姓俞。孙何峰灵机一动,到村委会将村里泥水工的名字都记了去,回到派出所通过人口信息系统一个一个查出来,然后让柴建江辨认。经过两个多小时的筛选,最终确定了一名长相相似,年纪吻合的对象。临近年关,刚好是装修这行最忙碌的时候,泥水工每天都是早出晚归的，白天去根本碰不到人。

"老柴，那明天早上四点钟我来接你，我们一起去堵他吧。"孙何峰望着柴建江信心满满地说。

柴建江看着眼前的小伙子，也不过二十八九岁模样，这么冷的天要早起，有点不可思议地点了点头，"孙队长，这么早你起得来？"

"这是小意思了，我们干公安这行，冰天雪地在外通宵蹲点都是常事，这算什么。"孙何峰完全没当一回事，淡定地回应道。

1月7日凌晨四点，孙何峰驾驶警车接上柴建江直奔直埠镇。冬天的乡间小道结满薄薄的冰层，孙何峰不熟悉路况，驾驶着警车时常打滑。"老柴，已经到村口了，我们走进去找吧！"

打开警车门，寒风凛冽，柴建江一个激灵，脖子缩了缩说，"真的辛苦你了，孙队长。我儿子比你小不了几岁，有你一半的敬业我就睡着能笑醒了。"

孙何峰裹了裹外套："你这个案子已经拖了这么些年了，是我们过意不去，都是应该的。"边说边聊，便走到俞小伟家，孙何峰见厨房门开着，就直接走了进去。

一次"人情味"的抓捕

屋里有一个中年妇女正在灶台前忙碌，听到门口有动静，就望过来："你们是谁？"

"大姐，俞小伟在吗，我们来找他的。"

"这么早啊。小伟，小伟，有人找你。"说着便扯开嗓门叫起来。不久，就听见隔壁急匆匆的脚步声，孙何峰转过头看到一个瘦高的男子走过来，头上少许白发，衣服却穿得不多，脸上已经布满岁月的痕迹。男子朝孙何峰望了望，没说话，眼神又绕过孙何峰瞥向后侧的柴建江。

"就是你吧，老俞，两年前是你打伤了我。"柴建江一见俞小伟，就夺步上前，用手指着他说道。

孙何峰按下柴建江的手道："老柴，慢慢说，不要激动。"

"你们是谁啊，什么打人，谁打人了？"中年妇女听到对话也冲过来，推着孙何峰就往大门方向走。

"我不认识你们，一大早的来寻事，我要干活去了，你们走！"俞小伟也想过来推孙何峰。

孙何峰一看俞小伟的神情，就明白了七八分，知道没有找错人，就顺着他推过来的手把他拉到门外，轻声说："老俞，我是店口派出所的民警，家里我知道你也不方便说太多。这样，今天你跟我回派出所把事情调查清楚，我们警车就停在村口，我们先走，你收拾好就过来。"说完孙何峰一转头对屋内的中年妇女说："大姐，我们认错人，打扰了，我们先走了。"又朝柴建江使了个眼色，示意他走。

"我们没找错人，他想瞒着家人，我们给他留个面子，在村口等他。"

"那他不来跑了怎么办？"柴建江不无担心地说道。

"跑得了和尚跑不了庙，我们都知道他住哪里了，还怕什么，放心好了。"孙何峰拍了拍柴建江的肩膀。没多久，俞小伟果真出现在两人面前，并随他们坐上警车回派出所。

一颗坚韧不拔的心

到派出所的时候，还不到六点，天色还很暗，食堂阿姨已经开始忙碌，值班大厅倒是灯火通明，几个打架闹事的人正由处警民警带着做笔录。

二楼办公室里，孙何峰让双方面对面地坐下，开口说："这件事今天大家说说清楚，该赔偿的赔偿，以后就两清了。"

"我不知道你们找我什么事情。"俞小伟低着头说。

"你个畜生，两年前你把我右手打骨折了，你想赖啊。"

"没有的事，你瞎编什么？"

柴建江拿出一沓医院病历卡和发票扔到桌子上。

俞小伟瞄了一眼,说:"这不是证据,怎么能证明是我打的?"

柴建江气得一时语塞,站起来又要扬起手。孙何峰上前制止道:"老俞,这事不是你想抵赖就能赖掉的,当时在场的顾老板和冯师傅都是证人,我们都是做了笔录的。"

"反正我没打过。"俞小伟依旧死活不承认。孙何峰见状只能联系当时在场的顾某,大约一个小时后,顾某赶到派出所。

"顾老板,你要给我评评理啊。"柴建江看到顾某像看到了救命稻草。

"老俞,你也别不承认了,这事大白天这么多人看见的。"

顾某又转过头对孙何峰说:"孙队长,我能作证。"

"对啊,老俞,像你这种做工好口碑好的泥水工,顾老板还要给你介绍客户的。为了这么点小事,坏了自己的名声,太不值得了,这件事不解决迟早要影响你业内的声誉的。"孙何峰立即接上说。

俞小伟眼见无法抵赖了,干脆地说:"对啊,我是打了他,但也是他先动的手。"

"老俞,你把他打骨折了,他都一年没有工作了。我们做事要对得起自己的良心,我相信你心里一定也过意不去的。"

俞小伟沉思了一会说:"我会赔的,但现在我拿不出这么多钱,你们给我三个月时间。"

孙何峰望向柴建江说道:"老柴,你看怎么样,行的话,我们白纸黑字写下来,双方签字画押。"柴建江点了点头。

原本以为事情就这样了结了,没想到三个月后,俞小伟并没有按照协议履行条款,人也消失了,柴建江没有办法只能再次找到孙何峰。

为了过个舒心年

孙何峰拨通了俞小伟的电话："老俞，我是店口派出所的小孙呀，你在哪里？"

"我在外面打工，我很忙，以后再说。"电话那头只剩嘟嘟声，再打电话已经关机了。孙何峰又想到上网查一下去向，结果也毫无头绪，他决定还是再去一趟俞家村。经过打听，孙何峰确定俞小伟是去宁波打工了，要年底才会回来，此时他心中便有了打算。

2009年的腊月廿八下午，孙何峰收到消息，俞小伟已经回到家中，他立刻布置行动，带领三名民警、五名协警直奔俞小伟家中。隔天就是大年三十，村里随处都能听到稀疏的鞭炮声和小孩子们的追逐嬉闹声。还没到下午五点，天色却已经暗了下来，俞小伟的家中灯火通明，不远处便能听到屋内的笑声，一大家子其乐融融。确定许久未露面的俞小伟就在屋内，孙何峰原本想冲进去直接将他绳之以法，但是看到眼前这温馨祥和的场景，孙何峰考虑再三，示意大家在一旁等候。寒风刺骨，年纪稍小一点的协警阿宣明显不耐烦了，"孙队长，我们就进去直接把他带走吧，你难道还怕我们抓不住他？"

"我们再等等吧，大过年的，我们穿着警服这样冲进去，他们还怎么过年呀。现在他人也在，我们就再等等，有合适的时机单独把他带出来，尽量不惊动家里的老人。"

时间一分一秒地过去了，孙何峰看着身边冻得瑟瑟发抖的同事，心想着一直等待下去也不是办法。他拨通了俞小伟的电话，一个两个都没有接，第三个电话嘟嘟响了很久，俞小伟终于拿着手机走出门来："孙队长……"

没等俞小伟详说，孙何峰立马抢话："俞小伟，我们现在有9个人都在门口等你，你不要想跑，快过年了，你也不想闹得街坊邻居都知道吧？你找个理由，现在跟我们回派出所把事情解决掉，我保证不惊动你家里人。"

沉默了一分钟，电话那头传来："谢谢，你们等我。"

连夜，孙何峰将事情调解完毕，把2.1万元钱交到了柴建江手中。俞小伟惭愧地对孙何峰说："孙队长，我就觉得愧对你，你处处为我考虑，我还这么不配合你工作，现在把事情彻底了结了，我也松了一口气，终于能轻松过一个年了。"

孙何峰笑笑说道："这样，我们大家都能过一个舒心年了。"

杨天均心中的一家人

孙硕行

城区中队历来都以辖区大、业务繁忙、队伍人数多出名,要啃下这块"硬骨头",身为中队长的杨天均可是花了不少心思。不信啊,你瞧:民警协警相互配合着工作,效率大大提升,整个中队都洋溢着一团和气。而这一切,都源于杨天均的一句话:"不管民警还是协警,都是中队的宝。"

杨天均刚上任城区中队中队长的时候,精准的业务水平自是不必说,他更关注的却是整个中队的人文环境。中队里民警少协警多,这是无法避免的一种现象。很多协警从上岗开始,就一直默默做好自己该做的事,以至于到离开的时候,也不过是别人口中的"那个谁",连名字都不曾被记得。

可是,在杨天均的眼里,只要身在同一个团队里,不管民警还是协警,在他眼里都是他的队员,大家聚在一起就是一家人。

既然是把队员当家人,哪有喊不出人家名字的道理?所以,杨天均刚到中队做的第一件事就是把人给认全了。这事儿呢说难不难,毕竟是每天朝夕相处的同事,把人和名字对上号总比刑侦队破案要容易多了。可是说简单吧,其实还真不简单。百来号人,一个个都要叫上名来,就像念书的时候新到一个班级,怎么着也得花上几天工夫。

"办法总比困难多!"这么想着,也就没什么办不成的事儿了。于是,杨天均花了几个夜晚的工夫,把中队里的队员挨个儿认了一遍，可算是把名字和脸对上了号。

为了更好地认识每一个队员，杨天均时刻关注着城区中队办公楼里警营建设的文化墙，墙上贴满了中队所有人的照片，一旦有人员更替，杨天均都第一时间把墙上的信息更新优化。

不仅如此，不管在哪里遇到自己的队员，杨天均都会主动开口叫出对方的名字，顺便再跟队员寒暄两句，或是工作，或是生活。这么一来，不仅仅把人和脸对上了号，杨天均对队员们也是愈发了解。所以，当老民警还叫不全中队里的队员时，杨天均已经能一一道出他们的情况了。

正是这样，中队里的协警对杨天均可以说是格外"服帖"，出任务的时候，他们总爱跟着杨天均。不为别的，就因为杨天均格外重视团队的力量。每次上路执勤，杨天均都变着法子让协警配合着民警工作，让他们在完成工作任务的同时，也能有自己的"存在感"。

杨天均总是这样"教育"他的队员："虽然你们是协警，但是你们同样是公安队伍里不可或缺的一部分！"

正是这番话，整个中队士气大振，不管是民警还是协警，每一个都铆足了劲，把工作任务完成得相当出色。而杨天均呢，这个城区中队的"将领"，一丝不苟的工作态度感染着大家，而心有猛虎、细嗅蔷薇的他更是把爱带给了每一位队员。由此，他下面的"小兵"也格外敬重他。

"唉，这个月的工资又花完了。"

"我也是，唉。"

这天午休，杨天均偶然间在过道上听到队员们正在讨论工资的事儿。"不对啊，不是前两天才发的工资，这俩小子怎么这么快就花完了？"带着满腹疑惑也带着一丝好奇，杨天均推门走了进去。办公室里的两个协警完全没料到杨天均会进来，立马整了整衣冠，笔直地站立在杨天均面前。

"坐下，坐下，现在是休息时间。"听到杨天均开了口,两个人犹犹豫豫地坐了下去,但依旧是笔挺的坐姿。

"我听你们在说工资花完了,这不是前两天才发的吗,你们是买了什么新鲜货,也给我分享分享啊……"杨天均笑着说。

三分调侃,七分认真,杨天均的话还真是把几个正在闲谈的队员给问倒了。这脸上呢,也是不自然地红一阵白一阵,不知道该怎么回答。

眼见着眼前的人发愣,杨天均倒是着急了:"问你俩话呢,发什么呆啊?"

听到杨天均发问,其中一个才嗫嚅地开了口:"嗯……其实我们也没买什么……每个月都是这样,钱都不够花……"

"那你们刚发工资就把钱花完了,剩下的日子怎么办?这离下一次发工资怎么着也还有大半个月呢!"杨天均担忧地问道。

"爸妈会给的呀!"这回,倒是两个人异口同声。

看着眼前的两人若无其事,杨天均倒是有些吃惊,心想自己十几岁就出来上班,再也没跟家里伸过手,现在的小年轻怎么……

"唉……"杨天均叹了口气,却是什么都没说,摇了摇头就走了。倒剩下两个队员面面相觑,不知所措。

到了晚上,正在值班的杨天均又想到了白天的事儿,越想越不是滋味儿,随手拿出纸笔,"刷刷刷"写了起来……

第二天,城区中队的群里出现了一条信息:"从这个月开始,协警队员的工资卡都由我代为保管,每个月按时从我这儿领生活费。"

"这叫什么事儿呀?"

"快问问别的中队有没有这种规定?"

"这也太离谱了吧,出来工作父母都不管了,杨队这么一搞不就又回到以前被约束的日子了嘛?"

几个年轻的协警纷纷面露难色,心有不悦。但是这心里的怨言还是没敢说出口,有个胆大的嬉皮笑脸冲杨天均开了口:"能不能不交啊……"

"行,你自己决定。"杨天均平静地回答道,甚至还面带微笑。

没想到,这个胆大的队员脸色都变了,脑海中开始浮现自己进入城区中队以后的点点滴滴。

当初自己一个月电话费就要四位数,要不是眼前这个人帮自己慢慢戒掉了煲电话粥、不当使用收费软件等坏习惯,怕是现在还每个月都过着捉襟见肘的日子呢。虽然杨天均在工作上对自己的苛责不在少数,但那不都是对事不对人吗?而生活上呢,杨天均对自己的关爱甚至比父母还多。

想到这里,这个队员毫不犹豫地把工资卡递给杨天均,还不忘吐吐舌头:"我开玩笑的啦。"其他人呢,眼见这个"刺头儿"也遵守了规矩,也不好顶牛,乖乖上缴了工资卡。

这以后,每个月到了发工资的日子,城区中队就会出现一道奇特的景象:中队里的协警们在杨天均办公室里排着队领生活费。

"以后就这样,每个月从我这儿领生活费,要怎么花我不管你们,但是用完了就得等到下个月才能领。"杨天均一番话,在场的协警们你看看我,我看看你,更是不知所措。

"不仅如此,以后你们出去玩都得跟我报备,你们去哪儿我必须要知道!"杨天均接着说道。

"唉,算了,反正都把工资卡上交了,除了听话还能怎么样呢?"一个队员小声说道,其他人默默点了点头。洞察眼前这一切,杨天均却当做什么都没看到,任由他们小声抱怨。

接下去的一个月里,队员们仿佛有了默契,同吃同住,基本都没有离开过单位。杨天均把这一切都看在眼里,却是喜在心头。

到了第二个月领工资的时候，杨天均办公室里的协警可不是一副愁眉苦脸的样子了，几乎每个人的脸上都挂着笑容，相互讨论着上个月的开销情况。

杨天均特意把之前讨论工资不够花的两个队员喊到跟前道："你们俩上个月怎么样？这个月有没有什么打算？"

两个队员脸上都挂着笑容，一个说："杨队，我这个月没超支，嘿嘿！以后都按你说的做。"另一个也附和道："杨队，我也是，不仅没超支，我还有钱省下来呢！还是你这个办法好，以后我们都听你的！"

杨天均看着眼前俩活宝，嘴角不自觉往上扬。"那，我们剩下的工资……"两人异口同声地问道。

杨天均正色道："放心，你们的钱都在！我只是帮你们代管，到时候都会还给你们的！"

听到杨天均铿锵有力的话，在场的协警都觉得杨天均这规矩不错，纷纷领了自己这个月的生活费回去了。从此以后，这些协警都习惯了被杨天均管着，大事儿小事儿都习惯跟杨天均汇报，不管是工作上的，还是生活上的，都得先问问杨天均。

后来，杨天均的这套管理模式不知怎地就被传开了，其他的中队纷纷效仿，协警队伍的管理出现了前所未有的突破。也是打那之后，城区中队的协警队伍流动性好像不再那么大了，人心慢慢稳定下来，队伍也越来越强大。

2013年，中队里一名协警患了鼻癌。杨天均听说后，立马赶到了队员所在的上海医院探望。看着病床上的队员，杨天均回想着队员和自己并肩奋战的一幕幕，忍不住有些心酸。回到中队，杨天均第一个给他捐了钱。"每一个队员都是我的家人，怎么忍心看着他受苦。"在杨天均的带领下，全中队凑了2万多元，给患病的协警送去。

这个曾经因为做错事被杨天均劈头盖脸痛骂过的协警，如今对杨天均来说是躺在病床上的兄弟。"尽己所能为兄弟做点事，可不是理所应当吗？"这个用心去贴近团队的男人,早已不仅是大家的中队长,俨然是一名城区中队的"大家长"。

一年又一年,杨天均始终践行着自己的原则,民警、协警是一家,当着城区中队的"大家长",大事、小事,民警的事,协警的事,都是他的事……

社区"三哥"魏越锋

张 扬

"三哥,值班室有人找你!"
"三哥,来我办公室一趟。"
"三哥,这件事情你安排一下。"
"……"

几乎每天都能听到不同的人频繁呼叫"三哥"这个名字,那么这位"三哥"究竟是谁?在他身上又有怎样的故事呢?

"三哥"名叫魏越锋,是诸暨市枫桥镇霞朗桥村人。2014年6月从浙江警察学院毕业后,被分配到诸暨市公安局安华派出所从事社区工作,现在是所里的社区中队中队长。之所以被大家亲切地称作"三哥",是因为安华所里有三个"魏姓"民警,魏越锋排行老三,"三哥"这称号也由此得来。匆匆四年,从初出茅庐的新警成长为独当一面的社区骨干,锻炼的是遇到难事的处事不惊,坚持的是从警之始的不忘初心。

2016年国庆长假的第一天,当朋友圈开始晒起各地美食美景,享受惬意时光之时,"三哥"则在派出所值班大堂里开始了他一天的"值班之旅"。

"砰!!!"

"什么声音?"正在接处警大堂内的魏越锋立马从座位上站起来,内心隐约猜到发生了什么,听这声音,应该离所不远,"三哥"心里想道。"快!队员呢,跟我去看看。"话音刚落,"三哥"就立刻朝所门口跑去。

就在所门口不远处,围观着很多老百姓,正在七嘴八舌议论着什么。"三哥"跑近一看,发现一名中年妇女趴躺在地上一动不动,边上还有一辆被撞倒的电瓶车,小轿车司机早已下车在边上惊慌失措。"三哥"立马反应过来是怎么回事,立即从口袋里掏出手机:"喂,'120'吗?在诸暨市安华镇安华派出所门口发生一起交通事故,一名女性伤者被撞翻趴倒在地,需要急救,请快点来,谢谢!"

"这人有没有事情啊?"

"怎么趴在那边不动了?"

"谁知道呢,看样子不太好啊。"

边上的老百姓你一言我一语地谈论着。眨眼间的工夫,周围就聚集起了很多来自四面八方的老百姓。

"三哥"看到这一情形,转身对队员说道:"快,通知所里值班队员,到现场维护秩序。"同时,对在场的老百姓说:"大家配合一下,不要聚集起来,给伤者留点空间,我们会处理好的。"看到伤者趴躺在地,"三哥"立马俯身上前查看伤者情况,由于救护经验不足,考虑到随意移动伤者身体反而可能会产生伤害,但是时间就是生命,我们必须争分夺秒!"三哥"迅速在脑海里思索着接下去的步骤。

根据这几年的工作经验,救护车到达现场还需要一定的时间,但是现在一分一秒都很宝贵,这期间如果不好好利用,可能会错失救人的最好时机,到时候后悔就来不及了。"怎么办?怎么办?得抓紧时间救人啊!""三哥"心里一遍又一遍地对自己讲着,"对了!可以先找个有救护经验的人!""三哥"一拍大腿,脑海里迅速闪过附近的安华卫生院。"你们先照看好现场,我去一下卫生院!""三哥"对现场队员嘱咐道,说完自己转身跑回所里。

到所后,"三哥"跳上自己的车辆,启动车子就立即前往附近的安华卫生院。

"医生,医生,派出所门口有人被撞了,快跟我一起去一下现场,帮忙施救一下伤者!"

"好的。"值班医生二话没说就站起来，跟"三哥"一起上了车。

到达现场后，考虑到伤者趴躺在地，人员的聚集对空气流通产生影响，"三哥"对周围的老百姓劝说道："大家散一散，让空气流通流通。大家聚在这边，我们救援工作也不能很好地开展，大家配合一下。"说完上前将围在伤者周围的人员劝退了一些。看着医生对伤者进行着救治，"三哥"积极配合医生工作。不久，"120"救护车也赶到了现场，"三哥"协助救护人员一起将伤者抬上了救护车。

看着救护车驶出自己的视线，"三哥"才长长地舒了一口气。

"三啊，今天放假还在单位上班啊，你们过来动作倒是快的。"边上一位老百姓对着"三哥"讲道。

"是啊，陈伯，刚好轮到值班呢。听到声音就立马赶了出来，还好来得及。"

"是的，你看看你额头上都有汗珠了，快擦擦吧。"

"好嘞！还好及时，我弄好得赶回去值班了，大家伙都散了吧。"说完，"三哥"带着现场的队员一起走回了所里，继续他的"值班之旅"。

看到这里是不是会好奇，突发事件现场居然也有老百姓认出"三哥"，并且亲切地和他打招呼。

其实啊，"三哥"刚分配到安华派出所就被分到了社区当社区民警，现在管辖的是安华集镇一片的社区。集镇上人多事多，加上娱乐场所也都在集镇上，很大一部分事情都发生在集镇一片，做好集镇的社区工作很不容易。面对偌大的居民居住群体，"三哥"深知责任重大，为了做好社区基础工作，他制定了自己的工作思路，就是扎根社区，把自己融于社区居民之中。"三哥"凭着自己的干劲，不仅做好了自己的社区工作，还让老百姓熟悉自己、认识自己，慢慢走出了属于自己的社区警务之路。

救助围困屋顶老人，排查辖区消防隐患，调解打架斗殴纠纷，这一件件一桩桩的事情，"三哥"用自己的付出和精力,用心塑造着属于自己的社区故事。

同样是"三哥"值班的一天,2018年5月9日,值班室的电话突然响了起来。

"喂,你好,这里是安华派出所。"

"喂,你好,警察同志,同山西源这儿有个七八十岁的老人在路边,好像迷路了,一直站在这儿不敢走了,你们过来看一下吧。"

"好的,我们马上就过来,你们那边帮忙先照看一下,不要让他乱走。"

"寿泽、寿景,跟我一起去同山,有老人走丢了。"在迅速驱车赶赴现场后,"三哥"看到一个身穿黑色外套,头发花白的消瘦老伯正站在路边一个枇杷摊位前,神情恍惚,左顾右盼。"三哥"迅速下车上前和老人交谈:"老伯,你是哪里人呀?"

"唔……嗯……"老人似乎并没有听懂"三哥"的问题,左看右看不知所措。

"老伯,那你叫什么名字呢?"

"嗯……"

仍然没有得到答案!面对"一问三不知"的情况,这该如何是好?

"你好,请问你知道他吗?"

"请问你有见到过这个人吗?"在老人身上找不到答案,"三哥"只能通过询问边上的小摊店主和附近的人,可是得到的答案都是"不知道"。正当束手无策之际,"三哥"发现老人的手上一直紧紧攥着一只小竹篮,里面还放着一只手提包。

"老伯,这个包包能不能让我看一下?""三哥"用手指了指小竹篮里的手提包,老人低头看了一下手上的包包,点点头将小竹篮交给了"三哥"。"三哥"从手提包里翻找出了一张老年卡和一些病历本。老年卡上的信息是一名女性,推算一下年龄应该就是老人的妻子。"三哥"立即打电话给值班室,要同事帮忙核实一下人员的信息,可惜对方并没有登记联系方式，想直接联系到老人家属的愿望也落空了。

正当此时，一位妇女骑着电瓶车来小摊买枇杷，看到民警在场就上来看看发生了什么事情。"这不是同山唐仁的那谁嘛，怎么了？今天又走丢了吗？"

"是啊，大姐，你认识他吗？"

"他呀，有老年痴呆的，以前也经常走丢的。要不这样吧，我也住在那附近的，可以帮你们带路送他回家。"

"真是太感谢你了大姐！我们正愁找不到他家呢。"说完，"三哥"转头对老人说："老伯，我们现在带你回家，先跟我们上车吧。"老人神情木讷，但手上依旧紧紧攥着小竹篮。"三哥"小心地将老人扶上警车，在好心人徐大姐的带领下很快便安全地将老人送到了家里。

"你又走丢了啊！你今天不是去体检了吗？"邻居看到民警将老人送回家里，心里便知道了八九。

"是啊，路人报了警，我们就把他送回来了。""三哥"如是说。

"他和他老婆一起去同山卫生院体检去的呀，他老婆可能还在卫生院呢！"

"这样，寿泽，你留在这边看管一下老人，我和寿景去卫生院找一下老人的妻子。"

在迅速赶到卫生院后，"三哥"和寿景看到一位老太太正在焦急地转来转去寻找着什么。"三哥"赶紧上前问道："大婶，你丈夫是不是走丢了？我们刚刚把他送回家。"

"哎呀，是呀，我一转眼他就不见了，都快急死我了。"

"那大婶你先跟我们回家吧，大伯正在家里等你呢。"

"好的好的，我人都急死了。"

"三哥"带上老人的妻子迅速回了家。

"你呀你，就一挂号的时间你就顾自己走掉了，看吧，又走丢了！"老人面对妻子的批评默默点头。"体检都还没完成呢，哎，人老了真是不中用了。"老人的妻子无奈地说道。

"大婶，要不这样吧，你们体检不是还没完成嘛，我们再把你们送回卫生院吧，省得你们麻烦再自己去了。"

"那多不好意思，太麻烦你们了。"老人的妻子表现得很难为情。

"没事没事，为人民服务嘛！哈哈。"说完"三哥"将这对老夫妻再次送到了同山卫生院。"老伯啊，以后要跟牢你老婆，不能再自己乱走了。""三哥"不禁再三叮嘱大伯。

"谢谢你们了啊，真是人民的好警察！"

悠悠从警心，漫漫社区路，社区这一路"三哥"一走就是四个春秋，四个冬夏。而接下去这充满挑战的社区之路，"三哥"也一定会走得更加踏实、更加有力。

何伟忠：被群众需要就是一种幸福

陶蓓静

19 岁，他穿上戎装，成为一名解放军战士；29 岁，凭着老实的为人、踏实的作风、愣头青的干劲、好钻研的韧性，成为全军区历史上最年轻的副营级干部；34 岁，他脱下军装换上警服，安安心心地成为工业新城派出所一名普通的社区民警。

这就是何伟忠何师傅，他就是一棵树，刚直腰身张开伞臂，一半根植于社区，一半奉献于群众；一半沐浴阳光，一半洒落阴凉，默默地守护着滋养自己的这片土地！

辖区"活档案"

何伟忠的辖区包括城西社区、曲山居委会，是城郊结合部，出租私房多，外来人口密集的复杂地域，但要是有人问起"某某家住在什么位置""某某家租住了几个外地房客""某某人目前在从事什么行当"，等等，何伟忠准能给你准确无误地报出来，让没有下过社区的人真切地感觉到他俨然是本辖区的"活档案"。

2013 年 7 月，城西翟山村拆迁工作在即，但村民并不配合，拒绝搬迁，只要有拆迁办的工作人员准备进村做思想工作，村民就联合在一起敲锣打鼓将工作人员堵截在村口，致使拆迁工作一度陷入僵局。这时候，何伟忠主动请缨，要求进村去做村民的思想动员工作。

8 月 7 日早上，何伟忠就和同事开车前往翟山，不料刚到村口，就见一中年男子领着好几个村民操着棍棒朝警车冲了上来，嘴里还喊着："我们不能让他们进村子来，我们可不拆迁！"

正在这紧急时刻，何伟忠立即推开车门对着领头男子大声一吼："陈辉，你这是干什么？"

领头的男子一听这个民警竟然叫得出自己的名字，顿时停住了脚步，随后的村民见带头的都止步了，也都纷纷地停了下来。"何警官，你竟然还记得我？"原本带头的陈辉很不好意思地把手里的棍棒丢到一边。

见状，何伟忠立刻上前握住他的手开始做劝说工作："陈辉兄弟啊，这拆迁是好事儿啊，你怎么还带着大家喊打喊闹的？你看啊，这老房子拆迁了，政府不是也准备了安置方案嘛，回头啊，大家伙一起住整洁的小区……"

一来二去，陈辉激愤的心情也平复下来了，何伟忠的话他也听进去了。

原来，这陈辉是一年前何伟忠辖区一起案件的当事人之一。他感叹："没想到啊何警官，过了这么长时间了，你还记得我，还和我称兄道弟，给我讲道理谈论得失，让我倍感亲切。我知道这次我又冲动了，不仅自己冲动，还带着大家闹，这次要不是你及时阻止我，唉，我又要闯祸了，还要连累大家！真的谢谢你，何警官！"

就这样，何伟忠凭借着自己超强的记忆力和做群众工作的扎实功底，成功地将一起可能发展成群体性事件的苗头，巧妙地掐灭在了萌芽状态，并为僵持状态的拆迁工作打开了突破口。

邻里"老娘舅"

2013年11月23日，曲山村的金花老太太过八十大寿，可是就在寿宴上，六个子女却为了老母亲的住宿赡养问题吵得不可开交，最后甚至拳脚相向，有人还受伤住院。何伟忠在受理案件的第一时间开展调查工作，分别上门向众人询问有关情况。

原来金花老太将原先自己的房子给了大儿子金健，金健将房子翻新成一幢三层半的小洋楼供自己夫妻俩和两个孩子居住，而在小洋楼旁搭建了一个较为简易的小单间给金花老太住宿。看到老母亲住在这样的地方，其他五个兄弟姐妹心里感到强烈不满，而且心里积怨也已经不只一两天，所以就在金花老太八十寿辰之时，怨气大爆发，闹出了六兄弟姐妹大打出手这么一场。掌握了事情的来龙去脉，何伟忠心中对这起纠纷的调解有了底，他知道这事儿如果没有解决好，那么这六户人家的矛盾肯定会进一步激化，那以后八十岁的金花老太的赡养问题就会变得更加麻烦棘手。

考虑到涉事人员多，当事人心中都还存有怨气，不适合一开始就大家一起坐下来谈事情，搞不好还会继续上演寿宴上的一幕。于是，何伟忠选择了逐个上门去做思想工作，一次不行就两次，两次不行就三次。

一次次上门做工作，金花老太的六个子女也被何伟忠的耐心和道理说服，于是六兄弟姐妹坐在一起解决这个问题。

"我知道你们都是孝顺的子女，都是觉得老妈住这么个简易的小屋受委屈了，心疼她，这都是人之常情嘛。我们这老太太也有八十高寿了，住在小屋里确实存在很多问题，这一点我必须要说说你了金健，既然你是老大，平时老妈又是跟你一起住的，你更应该担负起照顾老妈的责任，怎么能让她住这么简易的地方呢。再说她年纪这么大了，需要你多照顾的。"何伟忠又看看其他几位，"她需要你们，需要你们都好好的，团结友爱，互帮互助，兄弟姐妹之间不应该就这样吗?!都是一家人，要互相扶持，你们要是老死不相往来，你们是要你们老妈这么大年纪还继续为你们感到难过吗？"

听到这话，大家都低下了头，纷纷承诺再也不让老母亲担忧。功夫不负有心人，在何伟忠的耐心调解下，金花老太的六个子女终于握手言和，坐在一边的金花老太也是热泪盈眶，不住地点头。同时，在对金花老太的住宿赡养问题上，六兄弟姐妹也达成了一致意见：金健把老母亲住的小单间好好翻整一下,让小屋通风、整洁,适合居住,让金花老太住得舒适。

事后,何伟忠也常常去金花老太家串串门,拉拉家常,金花老太逢人就说:"何警官就和我的儿子一样亲!"

NICE COP

何伟忠当过治安民警、当过内勤,现在是一名社区民警,但是在 2012 年,何伟忠还管理过派出所的出入境工作。

刚接手出入境工作没几天,就有一位德国朋友找到何伟忠要求办理住宿登记,然而何伟忠根本不懂英文,更不用说德语了,怎么办呢?

何伟忠为了不让这位德国朋友再跑腿浪费时间,在没有任何翻译的情况下,居然通过手势比划把这位德国朋友带到了出入境办理大厅。在办理出入境的同事帮助下,何伟忠弄清楚了德国朋友找他的目的是想要办理住宿登记,在了解了办理住宿登记的程序后,何伟忠当天就帮这位德国朋友办理了相关手续。

离开时,这位德国朋友竖着大拇指赞扬何伟忠这位中国老片警:"NICE COP!"尽管听不懂,但何伟忠还是用微笑欣然接受。

既然接管了派出所的出入境工作,为了不再因为语言障碍而影响办事效率,尽可能缩短外国友人办理住宿登记的时间,何伟忠找到了所里懂得英文的年轻人:"你们年轻,懂英文。我这老头子也不懂这些,所以你们能不能帮我准备一样东西?"

"何师傅,你要什么东西呀,我们帮你准备!"年轻人都乐意给这位踏实友善的师傅提供帮忙。

"就是想让你们帮我准备一张中英文月份对照表,以及一些常用到的英文单词,"何伟忠说道,"这样我就能对照着这些东西,尽快给来办事的外国友人办好手续了。我现在一下子也学不会英语,只能用这个笨办法了。"说完,他自己笑了起来。

"没问题的,何师傅。"所里的年轻人也是满口答应。

就是通过这样的小办法、小窍门,2012年、2013年工业新城派出所出入境工作各项成绩突出,分获各自年度排名的第一和第二,当然还得到了辖区多名外国友人的赞赏。

提到何伟忠的这些事,他总是很淡然:"这些事,放在任何一个警察身上,都会那么做,这只是我们的一种工作习惯。"面对荣誉和肯定,何伟忠用一句简单的"工作习惯"来回应。而正是这些点点滴滴的平凡之举,流露出他对辖区群众的那一份真心。

部队转业从警18年来,何伟忠本人与他的名字一样,始终牢记宗旨,忠诚严谨,执法为民。作为社区民警,他充分地运用和实践"枫桥经验"的基本精神,把维护辖区稳定、群众满意作为工作的出发点和落脚点,扎根基层,奉献基层,以"专心、真心、热心"来服务群众,竭尽全力为群众办实事、解难事、做好事。

异乡人在店口

许栋海

大约在 35 年前,当店口的工厂出现第一批手提着老旧行李箱、口袋里揣着的零钱是全部家当、满脸写着要成功的外来人口时,店口人不会想到,这些外来建设者将与本地人一道,将这个山区小镇转变成一座"工业新城"。

这些异乡客们,在文化碰撞中渐渐地融入了当地社会,浓重的地方方言、吃饭放辣椒的习惯不见了,取而代之的是说着磕绊的店口话,吃着清淡的店口菜,积极投身于店口——这座梦想之镇的建设中去,成为新店口人的中坚力量。

外警的"新警察故事"

随着时间的推移,店口的外来人口愈来愈多。到了 2004 年前后,店口的街头巷尾,常常出现成群结队的新鲜面孔。

2011 年落地的中国南方五金城,正向所有怀着热切致富梦想的外来建设者敞开大门。

42 岁的江西民警解君平和贵州民警朱世洪一样,响应组织的号召,受命前来店口,以一名外来警察身份,在店口镇协助派出所开展工作,主要负责处理和外地人口有关的工伤纠纷、劳资纠纷以及治安纠纷等。

有时,老乡们的聚会也会邀请解君平参加,久而久之,就打成一片了。年纪大的,叫他小解,年纪比他小的,叫他解叔。解君平来店口短短几个月之后,便摆脱了最初的被动局面,处理老乡事务已得心应手,获得了前所未有的成就感。

"老乡，最近牛皋村的治安你看怎么样？"

2012年1月的一天，在以低矮的出租房屋居多的牛皋村，一大早，冒着雨夹雪的天气，解君平和朱世洪便开始了走访工作。

"锁不住！每次开门都是咯嘣一下，门就开了，用力大点的人，根本就不用钥匙开锁！"暂住在牛皋村的打工者老孙摸了摸头，无奈地摊手说道。

紧接着，解君平和朱世洪与分管牛皋社区的民警马迪铭接连走访了好几处出租房，发现普遍都存在"不上锁、上锁难、锁易坏"的问题。

因为这也是个不容忽视的治安"病灶"，于是几个人赶紧向店口派出所所长詹国洪做了汇报。

"自己换锁换门，要好大一笔钱，几个月的租金还抵不上锁钱，不蚀本才怪！"50多岁的老王头在牛皋村有一幢三层小楼，除一层自住之外，其余两层都租出去了。

凭着生意人的精明，以老孙为代表的租户屡次要求给楼道里换一把安全系数高的"安心锁"，但老王头就是不为所动。

"你要是不想租，大可以搬走！换锁？想都不用想！"面对屡次来反映的租户，老王头总是甩下这一句冷冰冰的话就走了。

马迪铭知道这件事之后，也多次和解君平、朱世洪一起去做工作。

其实，老王头心里也是暗自有担忧的。

而面对上门的"娘家人"，老孙和其他租户们也经常向解君平他们诉苦。

"主要是花销实在是太大，木门换防盗门，费时费精力。"

"我们住得不安心，白天上个班，晚上回来，辛苦攒下的钱被偷了，你说糟不糟心？"

双方你一言、我一语地争辩着，解君平他们则拿着笔记本一条条地记录下代表着房东和房客各自利益需求的问题。

在摸索了解情况后,店口派出所和镇政府、企业达成一致,采取政府补助、企业赞助、业主参与的多方合作模式,为牛皋村500多户出租房屋统一安装防盗门。

几个月后,望着结实的大铁门,老孙喜不自禁地摸了摸门把手,"太棒了!太棒了!以后上班都安心了。"

在防盗门安装好三个月后,再统计盗窃案件发案率,居然比原来下降了四成多。

"老孙,最近这里还太平不?"还是老式的开场白,但老孙紧皱的眉头不见了,喜笑颜开地对解君平说道:"最近上班、睡觉都安心了,咱不怕小偷了!"

刚说完,就看见老王头一个人扛着大桶"哼哧,哼哧"地往门里搬。见此情景,老孙赶紧放下手中的活,上前去帮忙。

解君平惊讶极了,之前两个人可是一见面就掐架的。望着吃惊的解君平,两人互拍着肩膀,异口同声地说道:"我们好着呢!"

2008年,是解君平来店口处理江西籍外管事务的第一年,这一年他参与处理了七八十件纠纷,第二年下降到了五六十件,再往后的时间里基本上半年就只有二十多件。

问及在店口工作的感受,解君平坦言,不可能是一帆风顺的,但在具体纠纷调解过程中,有家乡父老的信任,感觉还是比较容易调解的。

"有事到派出所来找老乡"

"啊呀,真的是太高兴了!"阮市一个村的村干部老吴逢人就笑呵呵地说道。

若是走在村里的路上,有人问:"老吴呀,今天怎么这么高兴?"老吴就会停下来,侃侃而谈。

2016年2月18日,村里十分热闹,来了铲车、挖机,还有工人拿着十几米长的水管。原来，村里正在热火朝天地进行污水管道改建。

"这管道不能从我家过，万一破了，哗哗哗的污水流出来，多脏啊！要过就从我邻居家门口过好了！"贵州籍男子小周，一看两台大挖机开到了家门口，准备破土动工的架势，便气势汹汹地拦在挖机前，叫嚷着不让开工。

谁知，小周话音刚落还没几秒，住在他隔壁的陈先生，便一把拉开了家里的铁栅门，声音提高八度，对正欲开工的挖机，叉着腰喊道："也不要从这里过，我也不是好欺负的，就从他这里过！"说完便随手拿起放在门口的铁锹，"谁要是破我家门口的路，试试看。"

施工方的工作人员见此情景，个个面面相觑，无奈之下便选择了报警。

前来处警的是一个年轻的社区民警小傅，他对自己一个人处理这档子调解纠纷感到势单力薄，就联系了设立于店口派出所内的"新店口人"党支部。这个党支部主要就是组织流动党员，开展党员活动，发挥党组织战斗堡垒作用，人员由本地党员和流动党员共同组成。

见小傅遇到了棘手事，党支部里人称"调解老娘舅"的热心党员老潘师傅，主动伸出援手，表示愿意和小傅一起到现场去做调解工作。

"老潘，我打心里对村里改建污水管道是支持的，但总不能只拆我家门口的路吧？这样显得有点不太公平。"小周对老潘如此说道。

原来，两个人都是为了争一点面子。这样一来，老潘心里就有了八九成的把握来做两人的调解工作。

"老潘，你是党支部的成员，也算是我半个'娘家人'，调解的时候，你可得站在我这边。"在村委会做调解工作时，小周紧张地把老潘叫到一边叮嘱道。

"凭什么？凭什么？就要我一个人让，你们是不是看我好欺负！"陈先生气鼓鼓地说。

"那你是什么意思？是看我好欺负是不是，你家前面总是有好大一块地,不差这么一星半点的。"小周针锋相对。

调解的客套话还没说几句,村委会里顿时火药味十足。一时间,双方开始指着对方的鼻子大骂。

"好了,都别吵了!"只见老潘用力地拍了拍桌子,站起来说道。

"说到底,都是你们私心太重。"老潘的话音一落,调解室里顿时鸦雀无声。

"都只考虑自己的眼前利益,不让自家门口破路,无非是想门口干净点,声音小一点。要是村里每个人都像你们这样,村里的环境得成什么样?"面对着老潘掷地有声的反问,两人都哑口无言地说不出话来。

此时的村委会内陷入了一片沉寂,小周的脸越来越红,羞愧地低下了头。

"村里的环境和基础设施改造是要靠大家的,人多力量大,现在村村都在建设美丽乡村,你们想给自己的村拉后腿吗?"见两人的态度都有所松动,老潘趁热打铁地说道。

"老潘师傅,别说了,我表个态,我支持污水管道改造,就从我家门口过好了,我没意见。"只见小周站起来说道。

"我也同意从我家门口过,这也是利于村里的好项目。咱不能耽误了施工进度。"陈先生当即接过小周的话茬表态道。

由此,在"新店口人"党支部老潘师傅的帮助下,一起由污水管道改建引发的矛盾纠纷得以平息,改建的进度也得以跟进。

在"新店口人"党支部内,有十多名热心的外籍党员每周都会来派出所协助民警做好矛盾纠纷调解工作。

党支部书记王钢认为,有时候"乡音""乡味"比他们讲长篇大道理要有用多了。

渐渐地,在店口打工的外来建设者中,就传开了这样一句口头禅："有事到店口派出所找老乡，很管用！"

"有这种活动下次一定记得叫我"

随着党支部的名气越来越大，不少活跃在店口的义工社团和公益组织里的新店口人也希望加入其中。于是，"新店口人"先锋队顺势成立了。

2018年6月7日，浙江省高考开考第一天，湄池中学考点前一时停满了车。

"您好，车不能停在校门口，麻烦您往旁边挪一挪。"

一大早7点30分，"新店口人"先锋队的10多名成员便自发组织前来湄池中学考点义务维持考场秩序。

"糟了，我的准考证是不是忘记带了，这可怎么办？怎么办啊？"8点左右，当考生们都陆续进校门时，还有一个戴着眼镜，身穿白色短袖的高三考生站在校门口徘徊着。

忙碌的"新店口人"先锋队成员许志见此情形，赶忙上去询问情况。

"叔叔，我也不知道我的准考证有没有带来，还是忘在家里了，现在电话也打不通，可急死我了。"一个男孩子着急得直跺脚，眼泪都快掉下来了。

许志赶紧叫来了一同维护秩序的齐克刚、胡兴海来帮忙。

"你别担心，把家里的号码告诉我，我挨个帮你打，保准帮你打通。"人称"大安徽"的胡兴海，赶忙掏出了手机。

"身上有没有带，会不会放在书包里了，我们先一起找找。"望着男孩焦急的眼神，齐克刚说道。

将男孩书包里的东西全部倒出，有一页页仔细翻看书本的，有检查文具盒里会不会夹着的，还有检查书包夹缝的。

"找到了，找到了，原来准考证在这里呢。"只见许志兴奋地从书本的内页里拿出准考证说道。

"别丧气了，赶紧收拾好书包，进场考试吧，孩子。"

说完，大家又收拾了孩子的书包，鼓励他在高考中千万不能像刚才那样马虎大意了。

　　上午，语文考试结束后，先锋队员正打算离开湄池中学。"叔叔，阿姨们，请等一会。"从队员们背后传来一个熟悉的声音，转身一望，这不是早上找不到准考证的男孩吗？

　　只见他和他的同学们，手里都拎着几瓶矿泉水，"今天，谢谢叔叔阿姨了，不然要是第一场赶不上，准备了三年，可就要后悔死了。"

　　"我们不渴，找到了就好，以后可不能马虎了，高考好好考。"许志跟男孩打趣道。

　　自2018年3月，"新店口人"先锋队成立以来，已先后组织了多场公益活动，有组织平安宣传的、有参观烈士故居的、有义务维护执勤秩序的。

　　对齐克刚来说，给他印象最深刻的还是去育蕾小学，学生们跟他的孩子年岁差不多大。那次，"新店口人"先锋队是去组织"以书会友，共享一片蓝天"的慰问活动，一年级小学生的一句"谢谢叔叔"，可把齐克刚暖到心里了。

　　而"新店口人"先锋队的成立，也标志着流动人口管理模式实现了由原先的"外警协管外口"向社团自主管理的转变。先锋队成员们积极参与到社会公益活动、矛盾纠纷调解、法律法规宣传、流动人口服务登记和维权联络沟通中去，构建出"心连心"的社会体系！

后　记

　　2017年8月，由浙江省公安厅牵头，浙江省委政法委参与，联合绍兴市公安局、诸暨市政法委、诸暨市委宣传部、诸暨市公安局、诸暨市委党校等组成"枫桥经验"联合蹲点调研组，在省公安厅副厅长金伯中同志带领下进驻枫桥镇，开展为期三个月的蹲点调研工作。调研的任务之一，就是在完成调研报告的同时挖掘整理有关"枫桥经验"的小故事，既为撰写主报告提供素材，也为本书的出版奠定基础。

　　随着调研工作的深入，我们逐渐透过纸质的资料触摸到"枫桥经验"的历史温度。如现年91岁的周长康先生为"枫桥经验"研究所付出的心血和热忱，让我们深深的感动。他从春秋鼎盛之期到如今的鲐背之年，从未停止过对"枫桥经验"的探索和思考，可以说，将之融入了生命。自1963年"枫桥经验"诞生到步入新时代的2018年，55年间，谁能统计出有多少像周长康先生这样将大部分精力投入到"枫桥经验"中的前辈呢？他们从始至终心系枫桥、志在枫桥、梦萦枫桥，把对中国社会治理模式的探索和对生命终极意义的追寻毫无保留地交给了这座长三角的小镇，拳拳之心，令人敬佩。透过历史深邃的眼眸，我们也看到2010年92岁的吕剑光厅长第三次也是最后一次回到枫桥，泪目中闪耀着不舍和爱。正是通过他们，我们才深深感受到"枫桥经验"的历史温度，这种温度，来源于许许多多的无名英雄在"枫桥经验"创新发展历程中点燃理想所产生的生命的热度。当我们再次翻开史料，不得不感叹那些看似由时间、地点和一连串文字组成历史事件，不是冰冷而泛黄的纸页，而是一个个有血有肉的生命个体、一段段灿若织锦的青春光华、一篇篇动人心魄的生命史诗。

　　毫无疑问，"枫桥经验"已经不只是一部博大的社会鸿著，她和背后那些默默无闻的创造者，共同构成了弥足珍贵的历史记忆。而我们收集整理的故事，不正是时间长河里散落四处的遗珠吗？只有把那些故事和片段连缀起来，后人才能从中窥视到历史最真实、最丰满、最厚重的一面。由此，我们更坚定了将故事集涵盖"枫桥经验"整个55年历史的想法。

　　2018年3月，浙江省公安厅党委决定成立"枫桥经验"系列丛书编纂委员会，指定由金伯中副厅长负责，组织力量开展工作。2018年5月28日，浙江省公安厅、绍兴市公安局、诸暨市公安局召开《枫桥经验故事集》编撰工作会议，决定成立33人的编撰队伍，重新对采访对象进行系统梳理，把"枫桥经验"有价值、有意义、有分量的故事充分挖掘和整理出来。8月底，全书初稿杀青。按照时间节点，我们把故事集分成"难忘峥嵘岁月·珍贵回忆""诞生时期代表·一往情深""新时期群英谱·星光璀璨""新时代新动力·平民英雄""新时代公安人·枫桥故事""新时代公安人·暨阳花开"等六个篇章。

　　"难忘峥嵘岁月·珍贵回忆"收录的是1963年参与"枫桥经验"试点总结的吕剑光、李先觉、徐贤辅、马成生、孙子甫、骆炳理、许根贤等同志写下的回忆录，留存了许多不可复制的第一手珍贵史料；"诞生时期代表·一往情深"，记述了20世纪60至70年代"枫桥经验"代表性人物的故事，这些代表人物中既有周长康、宋金良等在枫桥蹲点调查过的干部，也有许根贤、魏仲尧等在枫桥派出所默默奉献的老公安，还有陈友堂这样的基层干部；"新时期群英谱·星光璀璨"，通过20世纪80年代至2003年期间，俞国行、傅缨、金伯中、黎伟挺、石小忠、徐贤辅、朱建阳等领导专家的故事，展示了他们在创新发展"枫桥经验"过程中所起到的积极作用，同时也介绍了王水芳等具有鲜明时代特性的代表人物；"新时代新动力·平民英雄""新时代公安人·枫桥故事""新时代公安人·暨阳花开"则分类记叙新时代以来枫桥镇、派出所以及诸暨公安系统涌现出来的践行新时代"枫桥经验"的先进典型和创新举措。

  值得一提到是，在故事采访和写作的作者队伍中，除了一直从事"枫桥经验"研究的专业人员，还有部门机构的在职领导、省市和诸暨公安系统的在职和退休民警，以及职业记者、企业职工等。每个人都仿佛循着采访对象的回忆，共同进入到那一段段特殊的历史时期，不仅感动于55年来"枫桥经验"参与者、推动者、见证者的无私奉献，也深深感受到"枫桥经验"在历史进程中不断创新发展、历久弥新的生命力。我们把内心的感动化为动力，饱蘸深情地写下一篇篇成稿，并几经修改，数易其稿。正是凭着这样的执著，才让许多故事以最真实和完整的面貌呈现在读者面前。在采编工作启动之际，上海《故事会》杂志社常务副主编吴伦老师和浙江余杭"故事大王"丰国需老师应邀亲临诸暨进行指导。在成书过程中，浙江省公安厅承担了对新时期群英谱中俞国行、傅缨，以及仍在从事"枫桥经验"实践和研究的现任领导金伯中、黎伟挺、石小忠等同志的采访重任，也是数易其稿。我们在此一并表示感谢。特别需要指出的是，浙江省公安厅治安总队副总队长沈秋伟同志，承担了本书的筹划、组织、篇章构思和文字审校把关工作，为此付出了大量心血，他的敬业精神令人感佩。

  因为承载了太多的期待，我们始终以最高的标准作为成书的要求。可是，依然留下许多遗憾。林乎加同志是"枫桥经验"绕不开的人物，1963年6月，他带队进驻枫桥，开展试点工作，为"枫桥经验"的诞生立下了汗马功劳。2018年，林老已101岁高龄。为了采访，我们赶赴北京并通过多方努力，联系到了林老的女儿。但因为身体原因，林老无法接受采访，我们只能通过他的女儿转达了对他的祝愿。2018年9月13日在撰写本后记时，得知林老去世的消息，扼腕之余，也无疑为成书过程增添了与时间赛跑的无形压力。另外，因为体裁等原因，日期考材料及一小部分当事人的回忆材料没有收录到本书，我们只能以另外的形式呈现。还有个别成稿，应采访对象本人的要求，在最后送出版社之前无奈删除。遗珠之憾，在所难免。

但"枫桥经验"没有爱的遗憾。从毛泽东同志的重要批示到习近平同志的重要指示，从改造"四类分子"的人性关怀到新时代治理下的"爱满枫桥"，从各级领导殷切的眼神到基层"枫桥式"社区民警的坚定步履，历史的车轮滚滚向前，那些在"枫桥经验"故事中闪烁的人性光辉，必将永恒。我们都将通过书中的故事汲取到爱、温暖和希望。

《枫桥经验故事集》编委会
执笔：周颖